W0351346

J. S. Wonda

VERY BAD BASTARDS
Drittes Semester

J. S. WONDA

VERY BAD BASTARDS

KINGSTON UNIVERSITY

DRITTES SEMESTER

Meine Bücher und Produkte gibt es zukünftig im:

www.wondaversum.de

VERY BAD BASTARDS
Kingston University
3. Semester

Band 6 einer Reihe

2. Auflage
Copyright: J. S. Wonda, 2021, Deutschland
Bildmaterial: Shutterstock.com, freepik.com, rawpixels.com
Korrektorat: Kristina Butz, Anika Lorenz-Demschke,
Michelle Giffels, Hannah Koinig

Bestellung und Vertrieb: Nova MD GmbH, Vachendorf

ISBN: 978-3-98595-007-2

CPI books GmbH, Leck
Printed in the EU

Alle Rechte vorbehalten.

Jane S. Wonda
Am Himmelkamp 10
30890 Barsinghausen
www.janeswonda.com
www.wondaversum.de

Du findest mich auf Facebook | Instagram | TikTok

Weil bei den Büchern der Very Bad Kings Reihe das Verlagslogo zukünftig nicht mehr auf dem Buchrücken zu finden sein wird, könnt ihr euch im Shop des WondaVersums ab 2023 kostenlos Sticker bestellen, die eure Bücher wieder vereinheitlichen. Danke für euer Verständnis.

FÜR ALLE, DIE BÖSES TUN, WEIL SIE DAS GUTE VERLOREN HABEN.

Ich habe dir versprochen, dass jeder von ihnen weinen wird. Damals wolltest du es noch – und jetzt?

VANCE

VERLOREN

PROLOG

Die Angst zerreißt mich wie ein Schwert. Es scheint, als würden zwei Teile von Mable versuchen, die Tür von innen zu öffnen. Die eine, die nicht mehr klar denken kann, die vor Kummer droht, selbst zu sterben, und die andere, die es gerade so schafft, sich auf den Stift in meiner Hand zu konzentrieren. Ich stochere damit im Schloss herum, bis ich aufgeben muss, weil Jaxon die Tür von außen verriegelt hat. Er hat mich eingesperrt.

Jeder Atemzug bringt mir den Tod näher. Wenn ich es nicht rechtzeitig schaffe, werde ich vielleicht ein Blutbad vorfinden.

Vance.

Am Boden.

Mehrere Schüsse in seiner Brust, in seinem Kopf.

Meinetwegen. Meinetwegen.

Romeo.

Romeo, wie er mit einem einzelnen Schuss sein

Leben ließ. Wie er dasitzt auf dem Sofa, erschlafft, fast friedlich.

Und Zayn.

Ich spüre Ohnmacht in mir aufkommen, als wäre es bereits passiert. Sein ebenmäßiges Gesicht, sein blauer klarer Blick. Verloschen. Seine Haut kalt.

Sein Puls vergangen.

Sein Lächeln verschwunden.

Ich würde da kauern, seinen Kopf in meinen Händen, und nichts, absolut nichts und niemand könnte jemals den Schmerz füllen. Es ist, als würde die Realität über mich einbrechen und jeden Rest der Blase zerstören, in der ich gelebt habe. Ich wäre beinahe gestorben. Es war so knapp. So real, so greifbar, so wirklich. Ein Leben vergeht wie ein Hauch. Die Seele auf der Durchreise. Und ich habe auch nur eine einzige Sekunde in dem Glauben leben können, wir wären außer Gefahr?

Dass mir nicht jemand das Wichtigste entreißen könnte?

Der Zirkel?

Der Hass der Kings?

Mein Verrat?

JAXON

Wer war es?

Das ist die Frage, die sich alle stellen werden. Wer war die maskierte Person? Ein Fremder? Romeo? Ich? Jemand, der bisher im Schatten blieb?

Wer?

Wer will dich tot sehen?

Wer will dich lebend?

Kennst du die Antwort?

Willst du sie kennen?

EINS

MABLE

Vance Buchanan fällt zwischen seinen weißen Mannschaftskollegen auf. Er wird von ihnen in die Mitte genommen, bejubelt, beklatscht und schließlich in die Höhe gestemmt. Zehn junge Männer sind nötig, um ihn zu tragen.

Ich sitze am Spielfeldrand und sehe ihm zu. Versuche, die Nägel meiner Finger nicht zu fest ins Fleisch meiner Hand zu graben. Doch ich bin nervös. Vance darf nicht erfahren, warum ich zu jedem Spiel komme und mich ins Publikum setze.

Er darf es nicht erfahren. Und trotzdem muss ich es ihm sagen.

Meine Knie sind weich, als ich der Mannschaft in Richtung der Duschen folge. In Kingston ist der Umkleidebereich des Sport-Campus gestaltet wie ein Fünf-Sterne-Spa. Überall zieren künstliche Pflanzen, runde Spiegel und Kronleuchter die Gänge und Bäder.

Ich weiß, dass jeder Sportler ein eigenes Bad hat. Ja, Mannschaftsduschen sind für Kingston unter der Würde. Auch Vance hat ein privates Badezimmer, und ich wette, dass es täglich mehrmals gesäubert wird. Ich folge ihm heimlich und öffne seine Tür. Er hat nicht abgeschlossen, wie ich erleichtert feststelle.

Als ich in das Bad trete, steht er bereits unter der Dusche. Meine Mitte beginnt zu ziehen, als ich seinen strammen Rücken und den trainierten Hintern ins Auge fasse.

Und dann tue ich es einfach. Ich halte es nicht mehr zurück. Für wen verleugne ich mich? Wem bin ich Rechenschaft schuldig?

Ich trete in die Dusche und er dreht sich zu mir um. Wasser läuft ihm in die langen, schwarzen Wimpern und über das markante Kinn. Meine Kleidung wird nass, aber es kümmert mich nicht.

»Prinzessin«, sagt er mit einem schiefen Grinsen. »Wie komme ich zu der Ehre?«

Ich versuche, zu ignorieren, wie sein Schwanz hart wird. Allein sein muskulöser Oberkörper bannt meinen Blick. »Ich muss dir sagen, dass du mich in Ruhe lassen sollst.«

»Ich dich in Ruhe lassen?«, fragt er lachend. »Wer kommt wie ein fanatischer Fan zu jedem meiner Spiele? Wer folgt mir bis in die Dusche?«

»Du musst aufhören, mich so anzusehen.«

»Wie sehe ich dich an?« Seine Augen sinken tief in meine und ich weiche zurück.

»Ich bin mit den Kings zusammen.«

»Ja?«

»Ja.«

»Komisch ... Eine vergebene Frau würde sicher nicht mit mir in einer Dusche stehen, während ich nackt bin ...« Vance streckt eine Hand nach meiner Wange aus, dann beugt er sich zu mir herunter. Anstatt dass er mich zärtlich streichelt, packt er mich fest. Er stößt mich gegen die Duschwand, reißt mir die Kleidung vom Leib und ...

»Vance!« Ein brennender Kopfschmerz. Ein Ziehen hinter meiner Stirn. Meine Lippen, spröde und trocken. Grelles Licht hinter meinen Lidern. Etwas flimmert. Kalt und grau und unangenehm. Geräusche, laut und leise, hart und weich, ich spüre meinen Körper nicht und bin dankbar dafür.

»Hat sie Vance gesagt?«

Die Realität drückt sich wie ein Spielfilm in mein Bewusstsein. Als wäre der Traum realer als das Bett. Die Schläuche. Der schreckliche Kopfschmerz und das sanfte Piepen. Gleichmäßig, darauf bedacht, niemals stehenzubleiben. Denn dann wäre ich tot.

Ich habe geträumt. Ich *kann* noch träumen. Auch wenn es ein dummer Traum war. Einen Traum, den ich niemals träumen *wollte*. Ich habe geschlafen und geträumt und werde überleben. Vielleicht schaffe ich es endlich, die Augen zu öffnen?

Ganz zu öffnen?

Eine Hand an meiner. Meine Finger krampfen

sich darum, ich nehme den Halt an, den mir jemand bietet, und lasse mich von dieser Hand zurückziehen.

Zurück ins Hier und Jetzt. Ins *schmerzhafte* Hier und Jetzt. Weg von der Illusion. Von der Oase. Von den Spielen, bei denen ich Vance immer und immer wieder im Geiste zugesehen habe, obwohl ich in Wirklichkeit noch nie bei einem war.

Ich schlage die Augen auf.

Der Anblick meines Zimmers trifft mich wie ein Schock. Er überfordert mich und wirft mich zurück.

»Fuck!«, ruft jemand.

Das Piepen wird lauter. Etwas stimmt nicht, mein Herz setzt aus.

Fünf Männer umringen mich. Fünf.

Sie stehen in einem Hotelzimmer. Ein Hotelzimmer, in dem ich, warum auch immer, an Schläuche gefesselt daliege. Es ist unwirklich. Wie können sie alle hier sein? Wie lange sind sie es schon? Habe ich nicht bereits hundertfach geträumt? Müssten nicht *Tage* vergangen sein seit der Gala? Ich bin bereits ewig hier, oder?

Mein Zeitgefühl ist zerstört.

Mein Körper fühlt sich matt und schwer an. Kann ich mich überhaupt bewegen?

Will ich es?

»Himmel Herrgott!« Eine hohe Frauenstimme. »Weg da! Weg da! Ich habe euch doch gesagt, haltet euch im Hintergrund! Wollt ihr, dass sie nie wieder aufwacht? Geht!«

Ich reiße die Augen erneut auf. Mir war gar nicht bewusst, dass ich sie geschlossen hatte. Langsam erinnere ich mich daran, dass ich nicht zum ersten Mal aufwache. Das letzte Mal haben mich weiße Kittel umgeben. Ich konnte nicht sprechen. Dieser Schlauch ... aus meinem Mund wurde entfernt. Dieser Schlauch, der mich nicht sprechen ließ. »Nein.« Meine Stimme ist zart, so unfassbar schwächlich, und wird durch das lauter werdende Piepen übertönt, aber zumindest funktioniert er. Mein Mund.

Vier Könige in meinem Zimmer, und sie bewegen sich zur Tür. Einer der Zwillinge ist bereits verschwunden.

»Nicht!« Röcheln. Ich ertrage meine Schwäche kaum.

»Willkommen zurück, Miss Weaver.« Eine schlanke, kleine Frau in den Fünfzigern steht neben meinem Bett und lächelt auf mich herab. Neben ihr eine Schwester, die die Geräte, die Kabel prüft. »Alles wird gut. Vertrauen Sie mir. Sie werden wieder gesund.«

»Sie ...« Es kostet mich alle Kraft der Welt, Worte zu formulieren. »Müssen ...«

»Ja?«, fragt die Frau im Kittel einfühlsam.

»Bleiben.« Ich bringe das letzte Wort hervor und sinke zurück. Dunkelheit umhüllt mich.

»Nun, das war eindeutig, oder?«

Ich lächle, als ich Zayns Stimme höre. Sie klingt erleichtert.

Die Frau an meiner Seite seufzt. »Einer nach dem anderen. Der Rest wartet draußen.«

»Sicher.«

»Ihr werdet sowieso nicht auf mich hören. Wenn sich Miss Weavers Zustand noch ein einziges Mal verschlechtert, werde ich euch mit einer Spritze hinausjagen!«

»Ist gut.« Romeo.

Ich blinzle und bekomme gerade noch mit, wie die Frau im Kittel wild gestikulierend das Zimmer verlässt. Alle Kings bleiben, wo sie sind.

Meine Lider fühlen sich schwer an, bevor ich sie ganz öffne. Mein Herz blüht auf, als ich zuerst Sylvian sehe. Er steht an der Wand neben meinem Bett, die Hände in den Taschen seiner schwarzen Chinos, und betrachtet mich durchdringend, als könne er mit einem Röntgenblick in meinem Kopf erkennen, wie viel Schaden ich genommen habe.

Es muss schlimm sein. Sonst läge ich nicht verkabelt da und würde meinen Körper kaum spüren. Sonst würde nicht jeder Atemzug schmerzen. Neben Sylvian stehen mittlerweile wieder die beiden Zwillinge.

Ich brauche sie nur anzusehen und mein Puls steigt wieder in die Höhe.

»Schsch«, macht Zayn, springt vor und hält seine Hand auf meine. »Nicht ausrasten, ja? Ich weiß, wir sehen noch hotter aus, wenn wir nicht geschlafen haben. Aber Romeos Mom wird Ernst machen, wenn das Ding neben deinem Bett noch einmal unruhig piept, okay? Also entspann dich. Einfach entspannen.«

Seine Worte machen es nicht wirklich besser.

»Mable.« Reece tritt neben seinen Bruder und lächelt warm. Die Erinnerung daran, wie er mir einen Antrag gemacht hat, wirft mich völlig aus der Bahn, aber ich setze alles daran, mich innerlich zu beruhigen.

»Warum …« Mehr bringe ich nicht hervor.

»Warum du hier liegst?«, führt Zayn meinen Satz zu Ende, als könne er Gedanken lesen. »Das sollen wir dir gerade nicht sagen, weil es dich aufregen könnte. Weißt du, was ich mich eher frage? Warum du von fucking Vance Buchanan im Schlaf sprichst.«

»Zayn«, ermahnt ihn Reece und schiebt seinen Bruder zur Seite. Reece streckt eine Hand nach meinem Hals aus und streichelt mich zärtlich.

Das ist zu viel für mich.

Ich atme so tief ein, dass es schmerzt. Gefühle durchströmen mich, weil die Sehnsucht unendlich wird. Nichts in mir ist darauf vorbereitet, sie alle vor mir zu sehen. Vielleicht habe ich bis zuletzt geglaubt, es würde sie nicht kümmern, wenn mir etwas zustößt. Zumindest nicht *alle*.

Reece weitet die Augen, sobald mein Puls zu rasen beginnt und das Piepen wieder ohrenbetäubend laut wird.

»Okay, hört auf mit dem Scheiß!« Sylvian. Er drängt die Brüder zur Seite, schubst sie regelrecht. »Verschwindet! Ihr seid unfähig darin, ihren fucking

Puls *nicht* in die Höhe zu treiben. Hebt euch dieses Talent für später auf.« Er wendet sich mir zu, während die Zwillinge zurückweichen, und fasst nach meiner Hand. »Alles. Wird. Gut. Baby. Wir sind hier. Wir werden nicht gehen. Und wenn die anderen doch gehen müssen, werde ich immer bleiben. *Ich werde immer hier sein, um dich zu beschützen.* Alles. Wird. Gut.«

»Ich liebe dich.«

Es muss an der Erfahrung des nahen Todes liegen, dass ich diese Worte hervorbringe. Und es sorgt nicht gerade dafür, dass ich mich beruhige, als Sylvian für einen winzigen Moment seine Lippen zu einem Strahlen weitet. Doch kaum habe ich einen Blick auf seine Gefühlslage erhascht, wird er wieder ernst. »Ich weiß«, raunt er. »Du brauchst keine Angst zu haben, dass ich das bisher nicht kapiert hätte. Aber jetzt ist wichtig, dass du dich sicher und geborgen fühlst, in Ordnung? Es ist sehr wichtig, dass du dich beruhigst. Dass du dir *sicher* bist, bei uns *sicher* zu sein. Schlaf, Baby. Erhol dich. Wir bleiben die ganze Zeit.«

»Wirklich?«, frage ich und eine Träne rinnt über meine Wange. Mit seinen Worten bricht der Schmerz in meiner Schulter plötzlich durch und mir wird bewusst, wie sehr mein Körper gerade kämpft.

Er kämpft hart gegen die Verletzung. Gegen die Wunde. Für die Heilung.

»Immer«, flüstert Sylvian und ich sinke dankbar zurück. Nicht ohne vorher einen Blick auf Jaxon zu werfen. Er ist der Einzige, der sitzt. Die Ellenbogen auf die Knie gestützt, die Hände gefaltet. Er sitzt abseits von den anderen und sein Gesicht liegt im Schatten. Aber ich erkenne dennoch, dass er nicht lächelt. Dass er sich nicht freut.

Vielleicht ist er nicht wie die anderen hier, um sicherzugehen, dass ich wieder aufwache. Vielleicht ist er hier, weil er darauf wartet, dass ich es *nicht* tue.

Woher auch immer dieser Gedanke in mir plötzlich kommt …

Sylvian

Wir sind hier, Baby. Und wir werden es immer sein. Selbst wenn du glaubst, jemand von uns wäre gegen dich. Diese Zeiten sind vorbei. Niemand ist mehr gegen dich. Aber das heißt nicht, dass wir gelernt haben, wie wir sein müssen, um dich nicht zu verletzen …

Um dich nicht den Gefahren auszusetzen, die ein Leben an unserer Seite mit sich bringt …

Du hast einen wahren Feind.

Einen, der kein King ist und es nie war.

Werden wir ihn finden?

ZWEI

MABLE

Es vergeht fast eine Woche, bis ich das Bett zum ersten Mal verlasse. Mein Krankenbett steht nicht in einem Hotelzimmer, wie ich nach dem Aufwachen dachte, sondern in einem luxuriösen Privatapartment als Teil eines Krankenhauses. Während sich die Möbel, die Gemälde an den Wänden und die Dekoration nicht von einem Wohnzimmer unterscheiden, verbindet die Eingangstür das prächtige Zimmer mit einem schnöden klinischen Krankenhausflur.

Doktor Portcharles ist streng, aber herzlich. Mit ihr zusammen betreuen mich drei andere Ärzte und zig Schwestern und Pfleger. Sobald die Tür aufgeht, begeben sich die Kings in den Hintergrund und lassen die Mediziner in Ruhe ihre Arbeit machen. Entweder Reece oder Zayn verbergen sich während der Untersuchungen im begehbaren Kleiderschrank, der neben dem Badezimmer liegt. Natürlich verfügt mein Zimmer auch über einen Fernseher, eine Sitzecke, einen Schreibtisch und ein Bücherregal, in dem ausschließlich aktuelle Bestsellerromane zu finden sind.

Sobald wir wieder allein sind, nähern die Kings sich. Sie sprechen wenig, vor allem nicht mit mir. Unter ihren Augen zeugen schwere Ränder von wenig Schlaf. Romeo ist der Einzige, der manchmal fehlt, wenn ich aufwache.

Ich muss zugeben, dass ich in der Nähe der Kings nicht besonders gut entspannen kann. Als die Pfleger mir in einen Rollstuhl helfen und mich aus meinem Zimmer bringen, atme ich eine Spur zu befreit auf. Die Kings – und dass sie allesamt seit Tagen bei mir sind – treiben meinen Puls in die Höhe. Ich bin so verdammt schwer verliebt, dass ich kaum einen klaren Gedanken fassen kann. Das mindert die Schmerzen, dessen bin ich sicher, aber es lässt mich auch nichts essen und kaum schlafen. Zwei Dinge, die ich momentan gut gebrauchen könnte.

Dennoch erwische ich mich bei der Angst, ich könnte in mein Zimmer zurückkehren und sie wären nicht mehr da. Allein die Möglichkeit, sie könnten verschwinden, treibt meinen Puls genauso hoch wie die Vorstellung, sie würden bleiben.

Kann ich unter diesen Bedingungen gesund werden?

Erst viel später wird mir klar, dass Sylvian und

Reece den Ärzten und mir gefolgt sind. Sie warten vor den Räumen, in denen meine Untersuchungen und Gymnastikübungen stattfinden.

Jeder, der mir begegnet, spricht von einem Wunder, dass ich überlebt habe. Die Kugel hat meine Lunge durchschossen und nur weil mehrere hochrangige Ärzte der Elite nebst Romeos Mutter mich umstanden haben und sofort reagieren konnten, wurde ich gerettet.

Über den Vorfall selbst will mir niemand genaue Details verraten. Angeblich habe man den Täter gefasst und angeblich würde ich den Täter nicht kennen.

Alles, woran ich mich erinnere, ist die maskierte Person, die auf der Gala plötzlich vor mir aufgetaucht ist.

Ihre Gestalt verschwimmt in meiner Erinnerung zu einem Schemen.

Aber wieso träume ich dann jede Nacht von einem ganz bestimmten blauen Augenpaar unter einer Maske, das eine Waffe auf mich richtet ...?

Die Ärzte beteuern, es sei wichtig, mich darauf zu konzentrieren, wieder gesund zu werden. Sie sagen es mir nicht direkt, aber ich glaube, zu verstehen, dass ich beinahe nicht überlebt hätte.

Ich lag fast zwei Wochen im Koma. Mein Zustand war die ganze Zeit über kritisch.

Zwei Wochen.

Haben sich die Kings zwei Wochen fragen müssen, ob ich noch einmal aufwachen werde?

Und wer von ihnen will mich vielleicht lieber tot sehen?

Als ich in dieser Nacht aufwache, vergewissere ich mich zuallererst, ob sie alle bei mir sind und lächle dann, weil sie schlafen. Ich habe sie noch nie schlafen sehen und sofort spüre ich wieder dieses Kribbeln im Bauch, das es mir unmöglich macht, an die Schmerzen in meiner rechten Brust und Schulter auch nur zu *denken.*

Reece und Zayn haben sich jeweils mit dem Rücken an die Lehne des Sofas gelehnt und ihre Beine längs nebeneinandergelegt, sodass sie gemütlich schlafen können. Sylvian sitzt am Tisch und hat seinen Kopf auf die Arme gebettet. Sein Gesicht sieht aus wie das eines zufriedenen Jungen und mein Herz schmilzt, während ich seine entspannten Züge betrachte. Nur Jaxon sitzt aufrecht mit geschlossenen Augen im Sessel, die er öffnet, als mein Blick auf ihn fällt, als würde er unterbewusst merken, dass ich wach bin.

Vermutlich muss einer der Kings stets Wache halten. Nicht nur, weil sie scheinbar Angst davor haben, der Attentäter tauche nochmals auf, sondern auch, um Reece und Zayn rechtzeitig wecken zu können, damit einer von ihnen sich versteckt.

Jaxon und ich sehen uns an und alles in mir beginnt zu glühen. Es ist absolut unmöglich, zu durchschauen, was ihn so hart sein lässt. Die Schatten in seinem Gesicht sind die schlimmsten von allen Kings. Nie zuvor habe ich ihn derart entkräftet gesehen.

Während er mich fixiert, spüre ich, wie mein Herzschlag sich beschleunigt. Schnell starre ich an die Decke und versuche, mich zu beruhigen. Immer dann, wenn mein Herz zu heftig schlägt, zieht es in meiner Brust. Vielleicht kommt es von der Schusswunde.

Wer hat auf mich geschossen?

Werde ich es noch erfahren?

Wäre ich eigentlich tot, wenn Vance nicht gewesen wäre und mich rechtzeitig zur Seite geschubst hätte?

Fragen über Fragen ... Aber sie scheinen alle nicht so wichtig wie die, warum Jaxon nicht ein einziges Wort von sich gegeben hat, seitdem ich wieder aufgewacht bin.

Auch jetzt steht er wortlos auf, starrt mich schweigend an, während er auf mich zukommt, und geht an meinem Bett vorbei. Er wendet sich ab, öffnet die Tür und schlägt sie hinter sich zu, als wolle er seinem Unmut Ausdruck verleihen.

Weiß er nicht, dass Sylvian mich dazu gedrängt hat, Reece' Antrag anzunehmen? Oder hat Jaxon mitbekommen, dass ich Reece gebeten habe, es *echt* sein zu lassen? Wieso lässt Jaxon mir nicht die Chance, es zu erklären?

Und wieso habe ich das Gefühl, er würde *mich* dafür hassen, dass ich verletzt wurde?

Dass ich überlebt habe?

Durch den Knall der Tür ist Sylvian hochgeschreckt. Er steht sofort auf und kommt zu mir. Ein flüchtiger Blick auf die Geräte, an die ich angeschlossen bin, um meinen Zustand im Blick zu behalten.

»Sylvian?«, flüstere ich, um die anderen nicht zu wecken.

Er zieht einen Stuhl neben mein Bett und wirkt wahnsinnig verschlafen. Fast niedlich. »Hm?«

»Ich habe keine Krankenversicherung, das wisst ihr, oder?«

»Du hast eine.«

»Was?«

»Du hast eine Versicherung. Keine Sorge. Außerdem werden dir die Crescents jeden Wunsch von den Lippen lesen, wenn du einen haben solltest.«

»Die Crescents?«

»Reece' Eltern. Falls ihnen Reece und Zayn nicht sowieso zuvorkommen.«

»Es hat nichts genützt, oder?«, frage ich leise. »Ich sollte mich mit Reece verloben, damit ich sicher bin. Damit mich niemand angreifen wird. Aber es ist trotzdem passiert.«

»Du bist sicher«, behauptet Sylvian. »Schlaf jetzt. Jeder Tag wird dich mehr herausfordern als der vorherige, bis du wieder ganz gesund bist.«

»Okay«, murmle ich und vertraue ihm. Es ist das, was ich jetzt brauche. Ihm vertrauen zu können, um meine Kräfte dafür zu sparen, die volle Macht über meinen Körper zurückzugewinnen.

ZAYN

Es ist lächerlich, wie sie versuchen, das Netz um dich herumzuspinnen. Dieses Mal mit guten Absichten, aber ehrlich, bin ich der Einzige, der weiß, dass dir dieses Netz auf kurz oder lang nicht gefallen wird?

Du hasst es, wenn wir dir etwas vorlügen, um dich zu beschützen.

Du hasst es, wenn wir Probleme verschweigen.

Du hasst alles hiervon. Gerade bist du nur zu schwach, um dazuzustehen.

Jetzt, nachdem einmal die Wahrheit ans Licht gekommen ist, mutieren wir wieder zu lügnerischen Bastarden. Lern es einfach, Doll. Wir werden uns nie verändern.

DREI

MABLE

»Ihr dürft nach Hause fahren.«

Reece lässt die Gabel sinken, die er zuvor halbherzig in seinen Trüffelsalat geschoben hat, und sieht auf. Er sitzt mir in dem Michelin-Restaurant des Hospitals gegenüber, während Sylvian einen Arm auf die Lehne meines Stuhls gelegt hat. Jaxon hat neben Reece Platz genommen, seinen Stuhl aber etwas abseits gerückt. Es scheint eine neue Barriere zwischen den Kings und ihm zu geben, die sie nicht überbrücken wollen. Aber immer, wenn ich frage, ob es irgendetwas gibt, dass sie mir erzählen möchten, schweigen sie und betonen, dass dafür Zeit ist, wenn ich wieder ganz gesund bin.

Ich kann mittlerweile mit einem Arm essen, mich anziehen, mich im Alltag bewegen und alles sonst tun, was mich gesund genug für ein ernstes Gespräch sein lässt, aber für die Kings ist das nicht genug.

»Ehrlich«, sage ich laut, damit alle drei mich hören, »ihr habt auch ein Leben, oder? Es ist nicht so, dass ich es nicht genießen würde, dass ihr alle vier ständig um mich seid, aber …«

»Dann genieß es.« Jaxons Worte kommen so hart, dass ich zusammenzucke.

Reece seufzt. »Mach dir keine Gedanken, Mable. Wir sind große Jungs und können gut selbst entscheiden, ob wir diesen Sommer lieber in deinem Krankenzimmer oder in Paris auf der Champs-Élysées verbringen möchten.«

Seine Worte wärmen mich und ich spüre erneut, wie verliebt ich bin. Den Ring, den er mir angesteckt hat, trage ich noch immer am Finger. Für mich steht er für mehr als die Verlobung mit Reece Crescent. Er besiegelt, dass wir uns über die Grenzen gewöhnlicher Beziehungen hinwegsetzen.

Jedenfalls glaube ich, dass wir das tun.

Bisher habe ich keinen der Kings geküsst. Sie halten manchmal meine Hand oder stützen mich, aber meistens ist medizinisches Personal in der Nähe, das mir aufhilft, mich von Ort zu Ort bringt und bei allem anderen zur Seite steht. Trotzdem fühle ich mich ihnen näher als jemals zuvor.

Romeo erreicht unseren Tisch. Die letzten Tage war er seltener bei uns. Als er sich neben mich setzen will, greift Sylvian um mich herum, fasst nach der Stuhllehne meines Nachbarstuhls und hält ihn fest, sodass Romeo ihn nicht zurückziehen kann. »Ist das dein Ernst, Silvano?«, fragt Romeo mit gehobener Augenbraue, geht um den Tisch herum und setzt sich neben Jaxon. *Was hat Sylvian dagegen, wenn Romeo neben mir sitzt?* »Schön, zu sehen, dass du wieder Appetit hast, Weaver.«

»Deine Mom hat mir angedroht, mich an den Tropf zu hängen, wenn ich nicht mehr esse«, entgegne ich sarkastisch.

Er grinst und ich grinse zurück, was Sylvian nach meiner Hand greifen lässt. »Warum gehen wir nicht zurück, Baby? Du kannst dich bis zur nächsten Physiotherapie ausruhen.«

Ich blicke auf meinen Teller hinunter. Er ist noch halb voll. Gequält nehme ich einen weiteren Bissen und kann nicht anders, als Jaxon dabei zu beobachten, wie er mitten im Raum eine Schachtel Zigaretten öffnet, die ihm Romeo mitgebracht hat.

»Ich glaube, hier gibt es schon seit zehn Jahren ein Rauchverbot«, informiert Sylvian ihn tonlos.

»Scheiß drauf, ich brauche jetzt das Nikotin«, zischt Jaxon und schiebt sich eine Kippe zwischen die Lippen. »Ich bin Jaxon Tyrell. Meine Familie könnte dieses Krankenhaus auf der Stelle *kaufen*.«

»Was ist eigentlich los?«, frage ich zum gefühlt hundertsten Mal. »Was ist passiert, worüber ihr nicht sprechen wollt? Warum seid ihr so aggressiv zueinander?«

Jeder am Tisch ignoriert mich. Sylvian schiebt eine Hand in die Tasche seiner Lederjacke und reicht Jaxon ein kleines Papierstück. Bei näherer Betrachtung erkenne ich, dass das Papier um etwas herumgewickelt ist. »Nimm das, wenn es dir um die Wirkung des Nikotins geht.«

Jaxon starrt Sylvian an, nimmt das Feuerzeug herunter und greift nach dem Päckchen. Nie zuvor habe ich bemerkt, dass er einen der Kings derart hasserfüllt anblickt. Seine herrschaftlichen Lippen kräuseln sich abfällig, als er das Päckchen auspackt, das Tütchen darin zum Vorschein bringt, es öffnet und zu seiner Nase führt.

»Fuck!«, murmelt Reece und nimmt Jaxon das Kokain aus der Hand.

Zu spät. Jaxon hat bereits einen tiefen Zug genommen und lehnt sich, die Nase hochziehend, zurück.

Keiner der anderen Patienten oder Restaurantgäste scheint bemerkt zu haben, was Jaxon getan hat.

Ich sehe im Augenwinkel, wie Sylvian sich nervös mit zwei Fingern über die Lippen fährt. Romeo weicht meinem fragenden Blick aus.

»Was?«, fragt Jaxon die Kings munter. »War nicht meine Idee.«

»Ich glaube, ich möchte jetzt zurückgehen.«

Alle Kings, bis auf Jaxon, stehen augenblicklich auf.

»Kann ich ... kann ich mit dir unter vier Augen sprechen, Jax?«, wage ich zu fragen.

»Nein«, entgegnen Reece und Sylvian wie aus einem Mund.

Jaxon sieht feixend zu ihnen hoch, dann zuckt er die Achseln und fixiert mich. »Wohl nicht, Belle. Die Zeit der klärenden Gespräche ist vorbei.«

»Schade«, murmle ich und bemerke Sylvians und Reece' gequälten Blickaustausch, aber ich bin zu entkräftet, um gegen sie anzureden.

Auf dem Weg zurück in mein Zimmer stößt Zayn zu uns, nachdem Reece unbemerkt verschwunden ist. Ich habe darum gebeten, nicht nur in unserem Zimmer zu essen, um dieses auch einmal für etwas anderes als eine medizinische Untersuchung verlassen zu können.

»Na, wie war das Essen, Doll?« Er feixt fröhlich und schiebt die Hände in die Taschen seiner Chinos. Obwohl die Kings Tag ein Tag aus mit mir in der Klinik verbringen, tragen sie ihre gewohnt elegante Kleidung. Bis auf Sylvian, der seine Lederjacke wohl niemals ablegen würde, wenn er es nicht muss.

»Ganz gut.« Ich versuche zu lächeln, allerdings fällt es mir schwer, länger über die Unstimmigkeiten, die zwischen den Kings zu herrschen scheinen, hinwegzusehen. »Aber niemand will mir sagen, was los ist. Ich glaube, das verdirbt mir den Appetit.«

»Ah, die haben alle ihre Tage, mach dir nichts draus. Du musst mehr essen, Babydoll«, er bufft mich kaum spürbar in die Seite, »sonst kriegt Jaxon noch, was er will.«

Die Situation eskaliert sofort.

»Was hast du gesagt?« Jaxon fährt mitten im Krankenhausflur zu Zayn herum und verengt gefährlich die Augen. Sylvian positioniert sich vor mir und drängt Romeo besonders weit zur Seite.

Zayn hebt lässig die Schultern, als würde er nichts von all dem bemerkt haben. »Na ja, du könntest ja auch einfach aufhören, ständig so ein hässliches Gesicht zu machen, Jax. Dann würde es Amabelle besser gehen. Aber *nein,* du musst jeden Tag demonstrieren, dass dich irgendwas stört. Fast so, als wolltest du, dass ihre Psyche labil bleibt.«

»Zayn«, warnt Sylvian, doch es ist zu spät.

Jaxon hat einen kraftvollen Schritt auf Zayn zugemacht, seine Hand um dessen Kehle gelegt und ihn gegen die Wand geschoben. »Wag es nicht, zu beurteilen, was in mir vorgeht, Crescent.«

»Ich urteile gar nicht.« Obwohl Jaxon ihn würgt, bleibt Zayn vollkommen locker, auch wenn er abgehackter spricht. »Ich sag, wie's is'. Deinetwegen bleibt sie noch ewig hier drin.«

Jaxon knurrt, Zayn lächelt ihn an, obwohl ihm der Atem abgeschnürt wird, und Romeo tritt auf die beiden zu.

»Ja, komm schon, lass deine Aggressionen an mir raus, Jax, du brauchst es«, triezt Zayn ihn.

»Jaxon«, sagt Romeo leise und fasst an seine Schulter. Daraufhin passiert etwas, das ich nie für möglich gehalten hätte.

Jaxon lässt Zayn blitzschnell los und stößt Romeo mit solcher Wucht von sich, dass dieser durch den halben Flur fliegt und gegen einen mobilen Speisewagen prallt.

Sofort stürmen mehrere Pfleger und Schwestern herbei.

»Was passiert hier«, frage ich verzweifelt. Am liebsten würde ich Romeo aufhelfen, mit Jaxon unter vier Augen sprechen und Zayn dazu bringen, aufzuhören. Aber ich habe gerade erst wieder gelernt, aufrecht zu stehen und zu gehen, und bin zu schwach für eine solche Situation.

»Toll, meinst du, damit machst du wieder gut, was passiert ist, Jax?«, fragt Zayn über die verständnislosen Rufe der Pfleger hinweg.

»Ich *brauche* nichts wiedergutzumachen«, murmelt Jaxon drohend und atmet hart.

»Siehst du, du kannst ja doch lügen«, höhnt Zayn. *Bitte hör auf,* denke ich. »Also warum lügst du nicht für Doll und sagst ihr, dass alles in reinster Butter ist? Oder willst du, dass sie herausfindet, warum du wirklich hier bist? Dass du nur darauf wartest, sie würde für immer ins Koma zurückfallen?«

Jaxon sieht aus, als hätte Zayn ihm ein Messer in den Magen getrieben. Bevor die beiden sich nochmals angehen können, werden meine Knie weich.

Ich falle einfach. Das scheint ein praktikabler Ausweg aus allem zu sein. Ich spüre noch, wie Sylvian laut flucht und mich stützt. Dann bin ich fort.

VIER

JAXON

D*ein Atem geht ruhig.*

Seit Tagen fühle ich mich, als hätte jemand meine Knochen durch Stahl ersetzt. Hart, unnachgiebig und leblos. Ich sehe Belle an und fühle doch nichts. Die Emotionen in mir wurden durch reine Leere ersetzt. Mit ihr ist mein gesamtes Leben verbunden.

Nicht nur, weil ich es will. Sondern auch, weil unser Schicksal krank ist.

Nie hätte ich geglaubt, dass ich mit ihr um alles konkurrieren muss, was mir etwas bedeutet.

Meinen Platz im Zirkel, meine Kings, meine ... Familie.

Es ist lächerlich.

Dass Sylvian ausgerechnet dieses Detail über ihre Herkunft vor mir verschwiegen hat, ist einfach nur lächerlich. Ich weiß gar nicht, wen ich lieber umbringen will.

Ihn? Zayn? Alle?

Ach, fuck off.

»Wir gehen.« Sylvian tippt mich an der Schulter an und ich schlage seine Hand hart beiseite.

»Fass mich nicht an«, zische ich.

Sein Kiefer verhärtet. »Kommst du?«

Meine Hände verkrampfen sich um das Bettgestell. Mir wird übel, als ich daran denke, wie ich Amabelle gefickt habe. Klar, ich bin nicht wirklich mit ihr verwandt, aber ... *mein fucking Vater* ist *ihr fucking Vater*.

Wie soll ich ihn jemals als das sehen, was er wirklich ist? Ein Fremder, der meine Mutter geheiratet hat? Der nicht ein einziges Gen an mich vererben konnte? Wie soll ich es schaffen, Amabelle Weaver nicht als *meine Schwester* zu sehen?

Meine fucking *Schwester*, die ich mehrmals in ihre kleine Pussy gefickt habe?

Die jeden meiner Kings haben kann, nur mich nicht?

Weil das abartig wäre?

Weil durch ihren Körper das Blut meines verlogenen, heuchlerischen Fake-Daddys fließt?

Trotzdem stehe ich vor ihr.

Sylvian, Reece und Zayn sind zwar nicht von ihrer Seite gewichen, um zu verhindern, dass ich ihr etwas antue, aber es gab Gelegenheiten, die ich hätte nutzen können. Während die anderen geschlafen haben.

Ich hätte es tun können.

Ich hätte Amabelle ein Kissen auf den Kopf drücken können, bis ihr schwaches Herz endgültig zerbricht. Aber ich habe es nicht getan. Allein die Vorstellung, sie würde nie wieder aufwachen …

»Ich will unter vier Augen mit ihr sprechen«, gebe ich gepresst von mir.

»Vergiss es.« Reece steht bereits bei der Tür.

Meine Hände verkrampfen sich fester um das Bettgestell.

»Lass sie schlafen«, murmelt Sylvian.

Er hat recht, aber ich will nicht nachgeben. *Verräter. Elender, verlogener Verräter.*

Ja, Belle, die Kings glauben, ich hätte dich getötet. Reece, Sylvian, sie glauben, ich wäre es gewesen. Ich oder Romeo. Deswegen halten sie mich auf Abstand. Deswegen lassen sie uns nicht unter vier Augen sprechen. Allein das zeigt, wie tief sie gefallen sind. Einst waren wir Könige, jetzt sind sie nichts als Bauern, die um dich herumkriechen wie Aas. Sie wollen nicht wahrhaben, dass wir einen gemeinsamen Feind haben.

Sie wollen sich lieber gegen mich stellen.

Alles nur für dich, kleine Sis.

»Was hast du ihr geschrieben?«, fragt Reece Sylvian, der eine Notiz auf Amabelles Nachttisch gelegt hat.

»Dass sie sich besser ohne uns in ihrer Nähe erholt. Und dass jemand anderes auf sie aufpassen wird.«

»Vance?«, frage ich voller Abscheu in der Stimme.

Vance Buchanan ist an meine Stelle im Zirkel gerückt. Und die Kings sprechen über ihn, als wäre er bereits ein Teil von ihnen. Nun ja. Von ihren Kings. Aber nicht von meinen!

»Vance und Harper.« Sylvian streicht sanft über Amabelles Wange, bevor er sich abwendet.

»Romeo sollte ebenfalls bleiben«, merke ich an.

»Du spinnst doch«, raunt Reece. »Damit er das nächste Mal nicht nur ihre Lunge trifft, sondern ihr Herz?«

Ich verdrehe die Augen. »Romeo *war es nicht.* Wie oft soll ich es noch sagen?«

»Dann warst eben du es«, erwidert Reece kühl. »Mit Hilfe von Romeo. Es war *derselbe* Revolver, den sie im Keller hatten. Es war *seine* Maske.«

Die Kings haben gut recherchiert. Aber ich weiß es besser. Romeo würde alles für mich tun. Alles. Aber er würde Amabelle nicht erschießen. Und er würde mich *niemals* anlügen. »Amabelle fühlt sich in seiner Gegenwart wohl«, sage ich und gehe nicht auf Reece' bescheuerte Mutmaßung ein. »Harper ist eine verlogene Bitch, die von *meinem Vater* erpresst wurde, Amabelles Freundin zu spielen. Vance hat sie zweimal entführt und kann seinen Schwanz nicht bei sich behalten – was Romeo kann. Er wird aufpassen, dass Vance sich zurückhält, und für Amabelle da sein, wenn sie einen Freund braucht. Was Harper nicht ist und nie war.«

Amabelles Leben musste erst auf dem Spiel stehen, damit Harper uns verrät, für wen sie eigentlich arbeitet. Es ist schon wieder so lachhaft, dass es schmerzt. Mein *Vater* hat geglaubt, er könne mithilfe von *Harper* dafür sorgen, dass *Amabelle* vor *uns* sicher ist. Dabei hätte ich Amabelle längst *vernichtet*, wenn es mir darum gegangen wäre! Was hätte Harper dagegen unternehmen können? Nichts!

Samuel Tyrell hat mich unterschätzt.

Er hat sich von Romeos und Harpers Lügen einlullen lassen! Romeo hat aber *nie* für den Zirkel gearbeitet. Nie! Alles, was er dem Zirkel als angeblicher Spitzel mitgeteilt hat, war eine gut entwickelte Lüge. Romeo ist *mein Schatten*. Er ist ein *Teil von mir*. Und er würde mich niemals verraten, wie Sylvian und Reece es getan haben.

Niemals!

»Okay, weil Harper und Vance nicht die besten Optionen sind, lassen wir einfach Mables Attentäter mit ihr die Rehabilitation verbringen«, spottet Reece. »Was für eine brillante Idee.«

»Ich habe euch gesagt, dass Romeo es nicht war«, wiederhole ich. Ich werde es jeden Tag fünftausendmal sagen, bis sie es checken.

»Mable wird entscheiden, ob sie Romeo in ihrer Nähe haben will«, murmelt Sylvian. »Und jetzt lasst uns gehen.«

Zwar schläft Amabelle tief und fest, aber sie könnte jeden Moment aufwachen und uns belauschen.

Wir verlassen gemeinsam die Klinik und stoßen auf dem Parkplatz auf Zayn. Er hat mit seinen dämlichen Sprüchen Sylvian dazu gebracht, zu entscheiden, dass wir das Krankenhaus verlassen werden. Hätte Zayn mich nicht gereizt, wäre ich nicht ausgerastet. Wenn es ihm um Amabelles Wohl gehen würde, hätte er sich vor ihr zurückgenommen. Hat er aber nicht. Weil er es nicht lassen kann, seine Umwelt zu provozieren.

Mürrisch blickt er mir entgegen, sagt aber keinen Ton.

»Kann ich dich fahren lassen, Jax?«, fragt Sylvian, als ich meinen Ferrari per Funk öffne.

»Was ist dein Ziel?«, frage ich. »Dass ich mich um einen Baum wickle? Oder dass ich es nicht tue? Wenn du sichergehen willst, dass dies meine letzte Fahrt wird, solltest du vorher die Bremsen manipulieren.«

Nicht ein Muskel regt sich in seinem Gesicht. »Gut, wir sehen uns in Kingston.«

»Hoffentlich nicht«, murmle ich, steige ein und starte den Motor. Als ich an der Krankenhauslobby vorbeifahre, um den Parkplatz zu verlassen, bemerke ich Vance. Er ist gerade angekommen und wird ab sofort Amabelles Wachhund spielen. Lieber er als irgendein Random-Bodyguard, dem ich nicht vertraue.

Trotzdem hasse ich Vance.

Er hebt sogar die Hand zum Gruß, als würde ich mich jemals dazu herablassen, ihn wie einen Menschen wahrzunehmen.

Ich antworte ihm mit meinem Mittelfinger.

Dann gebe ich Gas, wecke mit dem Motorgeheul das gesamte Krankenhaus und schieße in die Nacht hinaus.

Jaxon Tyrell.

Ihm wurde alles genommen.

Und er wird sich alles zurückholen.

VANCE

Du weißt es nicht, aber niemand von uns traut dem anderen. Romeo traut mir nicht, was lächerlich ist, denn er hat das beste Motiv. Harper traut sich selbst nicht, weil sie Angst vor Tyrell Senior hat. Sie weiß nicht, wer er ist und was er plant und ob sie sich sicher sein kann, das Richtige getan zu haben.

Und dann gibt es mich. Ich traue keinem King und schon gar nicht den Menschen, die du deine Freunde nennst. Aber ich verstehe das Konzept von Freundschaft, das du jetzt brauchst. Niemand von uns will dich tot sehen. Das ist es, was uns alle eint. Und ich werde dafür sorgen, dass du dich sicher fühlst.

Immer.

FÜNF

MABLE

Wir verstauen insgesamt vier Koffer in Vance' großem, neuen Pick-up.

»Schicker Wagen, Buchanan«, stellt Harper grinsend fest. »Willkommensgeschenk im Kingstonclub?«

»Ich hatte einen in der Garage rumstehen«, erklärt Romeo tonlos, »und falls Vance öfter Taxi für Weaver spielen muss, kann er es jetzt tun, ohne dass irgendjemand Angst haben muss, der schrottige Motor würde während der Fahrt in die Luft gehen.«

»Wie aufmerksam von dir«, neckt Harper ihn und Romeo lächelt sie schief an, bevor sie meine Handgepäckstücke im Fahrerraum verstauen.

Wie immer, wenn sie sich gegenseitig foppen, merke ich, dass ich unendlich glücklich bin. Ich war ganz bestimmt noch nie glücklicher als während der letzten Wochen.

»Soll ich die nehmen?«, fragt Vance und zeigt auf den Strauß Rosen, den ich fest umklammere.

Ich habe Angst, dass auch nur eine einzige davon kaputtgehen könnte, und schüttle daher den Kopf.

»Willst du sie mit nach vorn nehmen?«, fragt er zweifelnd.

Ich seufze. Er hat recht. Auf meinem Schoß könnten die Blüten mehr Schaden nehmen, als wenn Vance sie vorsichtig im Kofferraum verstaut. Widerwillig strecke ich ihm den Strauß entgegen und halte ihn fest, als Vance danach greift.

»Ich werde vorsichtig sein, versprochen.« Seine Stimme ist warm, sein Äußeres ist warm, alles an ihm ist die Sonne.

Wieder seufze ich, als ich den Strauß loslasse. Vance war mein Held in den letzten Wochen. Er hat mich gestützt, wenn ich Schmerzen beim Gehen hatte, hat mir aus dem Bett aufgeholfen und war immerzu und rund um die Uhr für mich da. Er hat mir den Raum gelassen, den ich brauchte, war zurückhaltend, schweigsam, still. Auch wenn ich jede Sekunde, in der die Kings für mich da waren, genossen habe, ist mir von dem Moment an, als nur noch Vance da war, ein gewaltiger Stein vom Herzen gefallen. Die Anspannung zwischen Jaxon, Reece, Zayn, Romeo und Sylvian, ihre ständige überfürsorgliche Nähe, ihr extremes Beschützerverhalten, das jedem Pfleger Angst machte ... All das war mit einem Schlag vorbei und es hat mir gutgetan.

»Du musst mit dem letzten Koffer vorsichtig sein«, erinnere ich ihn. »Da sind die ... zerbrechlichen Dinge drin.«

»Ich weiß«, sagt er nur und hebt den schweren Koffer an, als würde er nicht mehr wiegen als eine Packung Mehl.

Die Kings haben mich jeden Tag wissen lassen, dass sie an mich denken, und ich bekam von ihnen Briefe und mehrere Geschenke – mein Handy wurde mir erst heute wieder ausgehändigt, da ich mich ganz auf meine Genesung konzentrieren sollte. Ich habe bei jedem einzelnen Brief gespürt, wie sehr ich sie liebe. Und ihre Geschenke waren schon fast lächerlich übertrieben. Reece ließ mir am ersten Tag ein silbernes Bändchen und an jedem weiteren Tag einen Anhänger dafür zukommen. Die meisten winzigen Anhänger stammen aus fernen Städten, die er mit mir bereisen möchte. Zayn hat mich mit Schokolade, Pralinen und irgendwelchen superteuren Delikatessen überhäuft. Hätte ich sie alle allein gegessen und nicht mit den anderen geteilt, wäre ich jetzt nicht nur genesen, sondern auch zehn Pfund schwerer.

Sylvian hat mir nur alle paar Tage etwas zukommen lassen. Dafür waren seine Briefe länger und seine Geschenke ausgewählter. Ein Buch, eine CD, ein neues iPad, eine Uhr, eine Reisetasche, ein Paar viel zu teure Kopfhörer, ein edles Schachspiel, eine neue Federmappe ... Es war, als hätte ich jeden dritten Tag Geburtstag gehabt.

Zuletzt Jaxon.

Er schickte mir weder einen Brief noch irgendwelche anderen Nachrichten. Dafür erhielt ich von ihm jeden Tag eine Rose. Einige sind bereits verwelkt, doch die meisten Blüten des gesammelten Straußes blühen noch immer tiefrot.

»Wir treffen uns bei dir zu Hause, okay, Mable?« Harper tritt vor mich und nimmt mich in den Arm. Es war nicht viel nötig gewesen, damit wir beide uns gegenseitig verzeihen konnten. Ich habe das Gefühl, als sei unsere Freundschaft erst durch all die Verwicklungen wirklich tief geworden. Mit ihr, Vance und Romeo habe ich die letzten Wochen so oft und laut gelacht, dass ich sicherlich nur deswegen so wenig Schmerzen hatte.

»In Ordnung«, gebe ich zurück.

Romeo stellt sich neben sie. Er ist wie immer kühl und undurchschaubar. Manchmal habe ich mich gefragt, ob er es war, der auf mich geschossen hat. Aber dann hätten die Kings ihn wohl kaum in meine Nähe gelassen, oder? Auch wenn sie sich ihm gegenüber komisch verhalten haben …

»Wir sehen uns erst in Kingston wieder.« Es ist eigentümlich, wie er vor mir dasteht. Als wäre er sich unsicher, welche Art der Verabschiedung angemessen ist. »Mach's gut, Weaver.«

Ohne darüber nachzudenken, schlinge ich meine Arme um ihn und drücke ihn fest. Wäre Romeo nicht gewesen, hätte ich in den ersten Tagen nicht verkraftet, dass die Kings abgereist sind. Vance ist … na ja, er ist Vance und ich hatte noch nicht gelernt, ihm voll und ganz zu vertrauen. Und bei Harper verhielt es sich ähnlich. Ich brauchte Zeit, um die beiden an mich heranzulassen.

Romeo hingegen gibt mir eine Form von Sicherheit, die nicht auf Sympathie begründet ist. Er sagt, dass er für mich da ist, also ist er für mich da. Rein nüchtern. Simpel. Komplikationslos.

Als ich ihn jetzt drücke – das erste Mal überhaupt, dass wir uns so nahe sind – wird er steif. Ich lasse ihn aber nicht los, bis auch er eine Hand auf meinen Rücken legt und kurz dagegen klopft.

»Irgendwann wirst du dich fragen, warum du mich umarmen wolltest, Weaver«, flüstert er in mein Ohr.

Ich lasse ihn los. Vance ist deutlich nähergetreten, als würde er davon ausgehen, mich jederzeit von Romeo wegzerren zu müssen. »Weil du es warst? Du warst die maskierte Person?«, frage ich Romeo ganz direkt. »Wolltest du beenden, was Jaxon nicht geschafft hat?«

Seine Augen blitzen auf. »Wenn es so wäre … würdest du mir glauben, dass ich es nicht wieder tun werde?«

»Nein.« Ich bin ehrlich.

»Und trotzdem umarmst du mich?«

»Vielleicht wirst du es nicht wieder tun, wenn du

etwas Liebe erfährst.« Ich lege eine Hand auf seine Brust und er weicht zurück. »Ich hoffe wirklich, dass ich mich nicht in dir getäuscht habe.«

Romeo antwortet nicht mehr und Vance greift nach meiner Hand, um mich zur Beifahrertür zu ziehen.

»*Jeder* von uns glaubt, dass er es war«, brummt er, sobald wir eingestiegen sind.

Wir fahren los und ich sehe Romeo über den Seitenspiegel an, der noch immer steif dasteht. »Ihr glaubt, dass *er* auf mich geschossen hat?«, frage ich Vance. »Habt ihr die Person denn wirklich nicht erkannt?«

Vance schüttelt den Kopf. »Reece und ich zermartern uns die Köpfe, aber wir können es einfach nicht mit Gewissheit sagen. Im Feuerwerk und dem ganzen Geknalle war zu viel los. Jaxon behauptet, Romeo würde niemals so weit gehen. Und Sylvian glaubt Jaxon. Ich glaube Sylvian. Aber am liebsten würden wir Romeo alle von dir fernhalten. Keine Ahnung, warum du ihn magst.«

»Er ist lustig«, entgegne ich schulterzuckend. »Du hast doch selbst total oft über seine trockene Art gelacht.«

Vance biegt auf den Highway ab, der zurück nach Philadelphia führt. »Harper und er zusammen ergänzen sich perfekt. Sie sind arschlustig, definitiv. Aber ich habe gelacht, weil du gelacht hast. Das war ...«

»Einfach eine schöne Zeit«, murmle ich gedankenverloren und schließe die Erinnerungen an die letzten Wochen tief in mein Herz ein.

»Ja.« Vance schweigt für eine ganze Weile. »Du bist richtig aufgeblüht. Ich habe dich noch nie so glücklich gesehen wie in den letzten Wochen.«

»Ich *bin* glücklich.«

»Du wurdest angeschossen. Wir wissen nicht von wem. Ausgerechnet *jetzt* glücklich zu sein …«

»Ich nehme mit, was ich kriegen kann, ist das nicht gut?«

»Doch. Warum hast du jede Nacht meinen Namen geseufzt?«

»Was?!« Ich schrecke hoch.

Sofort blickt er besorgt in meine Richtung. »Beruhige dich.«

»Ich hatte Albträume, das habe ich doch gesagt!«

»Ja, aber warum von mir?«

Ich beiße mir auf die Unterlippe und versuche, nicht an all die heißen Träume zurückzudenken, die ich definitiv hatte. Leider kam Vance darin ebenso vor wie die anderen Kings. Und es waren Albträume. Immer dann, wenn einer der Kings mitbekommen hat, dass Vance sich mir näherte, sind sie auf ihn losgegangen. Ich habe in einer Nacht geträumt, wie sie ihn umbringen. Das war … heftig. »Die Albträume handelten nicht nur von dir, wirklich nicht. Aber ich kann mich zum Glück nicht mehr an sie erinnern.«

»Du lügst schlecht.« Er grinst mich schief an. »Glaubst du, ich merke nicht, wie du mich ansiehst?«

»Ich bin mit …«, setze ich wütend an und frage mich, was zur Hölle ich eigentlich sagen will. Ja, mit wem bin ich zusammen? Mit Reece Crescent? Bedeutet unsere Verlobung etwas? Mit Jaxon? Bedeutet meine Entscheidung etwas? Mit Sylvian? Weil klar ist, dass wir uns lieben? *Hell* … ich habe keine Ahnung.

»Du bist mit den Kings zusammen, schon klar«, entgegnet Vance, aber sein Schmunzeln entgeht mir nicht. »Scheint, als hättest du Albträume, weil du etwas ganz Bestimmtes nicht haben kannst.«

»Dich?«, frage ich spöttisch. »Ich kann dich doch haben, wenn ich will, oder?«

Sein Grinsen wird breiter. »Ja? Oder werden mich die anderen killen, wenn du es wagst, dich mir zu nähern?«

Ich schlucke hart. »Können wir das Thema wechseln?«

Vance lacht gut gelaunt, bevor er das Radio einschaltet. Ein neuer Top-1-Hit, den ich durch den Aufenthalt im Krankenhaus verpasst habe, füllt das Fahrerhaus. Mit einem gewaltigen Prickeln im Magen strecke ich eine Hand nach seiner aus und umschließe sie.

Zum ersten Mal fällt mir auf, wie schön unsere Hauttöne zusammen aussehen. Als würde er mich vor jedem Schatten beschützen können, weil er ihn einfach absorbiert.

Vance öffnet die Hand und hält meine Finger fest. Es fühlt sich leider intimer an, als es sollte. Viel wärmer und tiefgehender als die Umarmung mit Romeo.

»Sei einfach ein guter Freund, ja?«, bitte ich ihn.

Seine Augen werden unendlich warm. »Immer.«

JAXON

So unfassbar niedlich, meine kleinen, abtrünnigen Kings und ihre gutherzige Helferin. Ich bin fasziniert von ihrer unendlichen Güte, sich dir endlich mit dem Penny, den sie spendieren mussten, erkenntlich zu zeigen. Dafür, dass du ihnen nach allem dennoch den Schwanz geblasen hast.

Klinge ich zynisch?

Nein, nein, absolut nicht.

Ich bin es.

Zynismus Jaxon Tyrell in Person. Traue ihrem netten Lächeln und ihren heldenhaften Gesten nicht, Belle.

Sie planen zwar nicht mehr deinen Untergang.

Aber sie planen auch nicht deinen Aufstieg.

Am liebsten würden sie dich in einen goldenen Käfig stecken. Sie waren dir noch nie würdig.

Sie wollen keine Königin an ihrer Seite.

Sie wollen ein eingesperrtes Vögelchen, das lieblich zwitschert.

Aber du hast es auf Dauer noch nie gemocht, wenn man deine Flügel stutzt, nicht wahr?

SECHS

MABLE

Ich bin eingenickt und wache erst wieder auf, als der Jeep zum Stehen kommt. Vance hat in einer noblen Reihenhausgegend gehalten. Ich bin mir sicher, dass wir uns nicht einmal in der Nähe Philadelphias befinden, sondern in einem Vorort von Washington D.C. Die Vorgärten sind adrett gepflegt, die Häuser mit Eisentoren und weißen Mauern verziert und an der Straße parken ausschließlich Neuwagen.

»Wo sind wir?«

Vance hält das Lenkrad noch immer umschlossen. »Ich sollte dich die Fahrt hierher darauf vorbereiten, aber du hast geschlafen. Es sollte ... eine Überraschung mit Vorbereitung werden.«

»Eine Überraschung mit Vorbereitung?«

Er führt seine Hände zum Kinn und reibt es. »Ich weiß nicht, wie ich es dir beibringen soll, ohne dass du dich zu sehr aufregst.«

»Du machst es gerade nur schlimmer!«

»Das ist dein neues Zuhause, Mable.« Er nickt durch das Fenster seines Jeeps zu dem weiß gestrichenen Reihenhaus.

»Ich soll alleine in einem Haus wohnen?« Mich überrascht das Ganze nicht so sehr, wie es sollte. Wer sich mit Reece Crescent offiziell verlobt, kann wohl kaum mit seiner Mutter weiterhin in einem Trailerpark leben, oder?

Vance lacht. »Nicht alleine.«

Wir steigen aus und gehen auf das Haus zu. Es ist zauberhaft und trifft ganz meinen Geschmack. Mit jedem Schritt darauf zu wird mir erst so richtig bewusst, was Vance gerade gesagt hat. *Dein neues Zuhause.*

Als wir vor der Haustür angekommen sind, reißt Harper sie auf. »Willkommen zu Hause, Mable!«, schreit sie quietschvergnügt und presst mich an sich. Vance muss absichtlich langsamer gefahren sein, damit sie vor uns hier ist.

»Vorsicht«, warnt Vance und umfasst ihre Schulter, damit sie Abstand nimmt.

»Ich bin so gespannt, ob es dir gefallen wird, Mable!« Sie zieht mich an meiner Hand ins Innere.

Ein komplett irres Bild tut sich mir darin auf.

Der Flur führt hinunter in ein geräumiges Wohnzimmer. Die Küche ist teils offen und, so wie alles an diesem Haus, schneeweiß. Die Einrichtung ist in sanften Beige-Tönen gehalten und sieht aus wie aus einem Möbelkatalog – nein, besser.

Meine Schwester Olive springt auf mich zu, um mich zur Begrüßung zu drücken, aber was absolut untypisch, absolut unwirklich, absolut unrealistisch ist, ist meine Mom.

Sie steht an der Küchentheke vor der offenen Durchreiche ins Wohnzimmer und schneidet einen Limettenkuchen in perfekte Achtel. Dabei sieht sie aus wie eine komplett andere Person. Ihre Haltung ist gerade, ihre Kleidung ist sauber und faltenfrei, ihr Gesicht ist nicht so bleich wie sonst und auf ihren Lippen spielt sogar ein Lächeln.

»Mom?«, frage ich sicherheitshalber.

»Hallo, Darling, hast du eine gute Fahrt gehabt?«

»Mom?«, frage ich noch einmal, nachdem Olive mich losgelassen hat.

»Den musst du probieren«, sagt meine Schwester munter und klaubt sich ein Stück Kuchen vom Blech. »Sooo gut! Mom kann richtig geil backen!«

Meine Mutter zuckt entschuldigend mit den Schultern, als würde sie mit dieser einen Geste sagen wollen, dass ihr all die Jahre leidtun, in denen sie sich gehen lassen und nicht ständig Kuchen gebacken hat. Doch diese eine Geste erklärt gar nichts.

»Komm, ich zeige dir alles.« Harper fasst nach meiner Hand und zieht mich durchs Haus.

Vielleicht weine ich, als sie mir den Whirlpool zeigt. Ich will keinen Whirlpool. Ich will, dass sie mich endlich behandeln wie eine Person, der man Fragen beantworten kann. Erst die vielen Geheimnisse, weil sie nicht wollten, dass ich die Wahrheit erfahre, und jetzt halten sie sich zurück, damit ich mich nicht aufrege und einen Schwächeanfall erleide?

Aber ich brauche Antworten!

»Reece hat das Haus gekauft«, erklärt Harper, als sie mir anmerkt, wie verstört mich all das werden lässt. »Deine Mom und Olive sind schon vor zwei Wochen hier eingezogen und ich konnte es mir einfach nicht nehmen lassen, dich damit zu überraschen. Ich wollte nicht, dass du von dem Haus erfährst, wenn es noch nicht fertig ist.«

»Fertig?«

»Die Einrichtung, meine ich.« Sie zeigt mit der Hand in den Garten. Es sieht aus, als hätte jemand einen Filter über alles gelegt. Selbst die Pflanzen und Pflanzenkübel wirken wie mit Photoshop bearbeitet. »Gefällt es dir?«

Ich nicke hilflos und folge ihr ins Innere. Sie zeigt mir die oberen Zimmer.

Olives Zimmer und das Schlafzimmer meiner Mom, die sich ein Bad teilen, und dann meines.

Ich trete in den Raum und stehe einfach da. Die Schönheit der einzelnen Komponenten, die aus dem Zimmer ein kleines Wunder machen, kann ich nicht im Einzelnen begreifen. Über dem niedrigen, gemütlichen Bett wurde zu beiden Seiten unter der Dachschräge ein Vorhang geschlungen, sodass es aussieht wie ein Himmelbett. Es gibt einen Schminktisch, einen großen Schreibtisch vor dem Fenster des Balkons, einen begehbaren Kleiderschrank, ein eigenes Bad, einen gemütlichen Sessel, ein Bücherregal, gefüllt mit den wenigen Büchern, die ich im Trailer besaß, und auf dem Boden liegen mehrere flauschige Teppiche.

»Gefällt es dir?«, fragt Harper nochmals. Sie nagt an den Fingernägeln, als könne ich auch nur im Ansatz auf die Idee kommen, es nicht zu mögen.

»Hast du das eingerichtet?«, frage ich verwundert.

Sie nickt und strahlt. »Ja! Nebenbei im Krankenhaus habe ich alles designt, dann die Möbel geordert und aufbauen lassen. Am Wochenende war ich hier für den Feinschliff. Beim Esstisch war ich mir nicht sicher, ob ihr überhaupt einen großen braucht, und deine Balkonmöbel fehlen noch …«

Ich starre sie an.

»Du brauchst dir keine Sorgen zu machen! Reece hat alles bezahlt, was ich für das, was er dir angetan hat, als annehmbare Wiedergutmachung sehe, *und* ich habe ganz viele günstige Möbel von Target und Ikea integriert. Es war wirklich nicht so teuer, wie du denkst.«

»Es ist perfekt«, wispere ich.

Ein breites Grinsen klettert auf ihre Lippen. »Wenigstens eine Sache kann ich gut, oder?«

»Du hättest Innenarchitektin werden sollen.«

»Als Innenarchitektin kann man leider nicht Richterin werden. Und das ist es nun mal, was mein Vater für mich will.« Sofort stirbt ihr Lächeln. »Lass uns nach unten gehen und Kuchen essen.«

Ich wandle wie in Trance durch das Haus. Am Fuße der Treppe wartet Vance. »Du wusstest von all dem?«, frage ich ihn flüsternd.

Er zuckt die Achseln. »Sie hat hier und da was erwähnt.«

Als wir die Küche betreten, drückt mir meine Mom ein Stück Kuchen in die Hand und blickt mich nochmals entschuldigend an. Sie ist wie ausgewechselt. Ich weiß nicht einmal, ob ich sie so mag. Sie hat mich ein paar Mal in der Klinik besucht, aber erst, nachdem die Kings weg waren. Insofern kennt sie Vance und Harper bereits. Und ich war schon im Krankenhaus überrascht, dass sie es geschafft hat, sich etwas Ordentliches anzuziehen.

Doch was ist wirklich mit ihr passiert?

Nimmt sie neue Tabletten?

Ist das eine ihrer ›guten‹ Phasen, dessen Ende umso schrecklicher wird?

Kaum habe ich einen Bissen des Kuchens genommen, geht die Haustür erneut auf. Mein Herz beginnt, wild zu flattern, als Zayn im Torbogen zum Flur erscheint. »Störe ich?«, fragt er in Reece-Manier und mein Puls beschleunigt umso mehr.

Ich kann nicht anders, als darauf zu stehen, wenn er sich als sein Bruder ausgibt.

»Nein!«, ruft Olive sofort und zieht ihm hektisch einen Stuhl zurück. »Setz dich!«

Zayn lächelt sie als Reece gönnerhaft an und ich schmelze. Ich schmelze einfach.

So viele Wochen habe ich ihn nicht gesehen und kaum steht er vor mir, frage ich mich, wie ich diese Trennung ausgehalten habe. Wie ich die Trennung von *irgendeinem* King ausgehalten habe.

»Eigentlich wollte ich nur den Schlüssel abliefern.« Zayn legt ihn auf dem kleinen Tisch ab, an dem kaum Platz für uns fünf ist. »Ich brauche ihn jetzt ja nicht mehr.« Ein minimales Zwinkern in meine Richtung zeigt mir, dass er mich auf Zayn-Art begrüßen will. »Schön, dass du endlich hier bist, … Mable.«

Ich nicke nur, als er mir einen Kuss auf den Haaransatz gibt und sich im Anschluss setzt. Olive verwickelt ihn in ein Gespräch. Es kommt mir vor, als würde sie für ihn und Vance schwärmen, während sie sich gleichzeitig wie eine kleine Schwester verhält.

Reece-Zayn und Vance foppen sie und sich gegenseitig. Die altbekannte Feindschaft zwischen den beiden scheint verflogen.

Meine Mutter hat sich in ein Gespräch mit Harper vertieft, die ihr mit rosafarbenen Wangen erklärt, wie sie an die einzelnen Möbelstücke gelangt ist.

Nach etwa einer Stunde, in der ich versuche, zu begreifen, was geschieht, schlägt Zayn vor, dass ich meine Taschen auspacken sollte. Vance und er haben sie in der Zwischenzeit ausgeladen und in mein neues Zimmer gebracht.

Ich spüre geradezu, wie sie sich sorgen, ob ich all

das Neue verkrafte. Aber das ist es nicht, was mich stumm dasitzen lässt. Es scheint, als hätte mein Leben eine Wendung genommen, die jeden meiner Träume übertrifft.

In meinem Zimmer wartet Reece. Ich weiß es einfach, obwohl Zayn so nah ist, dass auch er es sein könnte, der vor mir in mein Zimmer gegangen ist. Aber ich sehe Reece und erkenne ihn. Er steht vor dem impressionistischen Gemälde, das Harper aufhängen ließ, um meinem neuen Zimmer den letzten Pep zu verleihen, und betrachtet es, als böte es ihm eine tiefe Message.

Nachdem ich die Tür geöffnet habe, dreht er sich zu mir um und lächelt breit.

Und im nächsten Moment sind sie bei mir.

Beide.

Zayn, der mir durch die Tür gefolgt ist, und Reece, der den letzten Abstand zwischen uns überwunden hat.

Sie küssen mich. Erst Reece, während Zayn meinen Nacken mit den Lippen berührt, dann Zayn, während Reece mich fest in seine Arme schließt.

Ich werde übermannt von ihrer körperlichen Präsenz und ihrem Charme und sinke atemlos zwischen sie.

»Willkommen zu Hause, Mable«, flüstert Reece und schickt mich damit ins Paradies.

SIEBEN

ZAYN

Ich bin zu einem Loser mutiert. Die letzten Wochen des Sommers gehen vorüber und ich habe nicht ein einziges Mal Sex. Ich weiß gar nicht, wie es ausgerechnet mir passieren konnte, nicht mehr regelmäßig irgendeine Hoe zu ficken. Zayn Crescent, hallo?

Mein glamouröses Schönlingsaussehen à la Reece muss doch zu irgendetwas gut sein?

Nein. Stattdessen spiele ich den Trottel und chille wie so ein armes Vorstadtkind in 'nem Reihenhaus am Rande Washingtons. Mitbewohner eins: 'ne nervige Vierzehnjährige, die ständig heimlich Kippen von mir schnorrt, mir mit dummen Sprüchen übelst auf den Sack geht und 'nen Macker hat, der seinen Schwanz lieber bei sich behalten sollte, weil ich echt Lust bekomme, ihm die Eier zu zerquetschen. Der Typ sieht aus wie ein noch größerer Loser als ich. Der hat nicht mal Stil. Dass Olive mit ihm rummacht, ist schon ätzend genug. Dabei ist die Kleine nicht mal mit gewaltigem Abstand meine Schwester.

Die ist eigentlich nix für mich.

Aber nein.

Ich bin ein Loser und will so tun, als eignete ich mich als großer Bruder.

Toll.

Mitbewohnerin zwei: eine komplett durchgedrehte Übermutter, die nicht eine Stunde das Haus verlässt, was einer der Gründe dafür ist, dass ich einfach nicht zum Ficken komme. Ihr Gesicht sieht aus, als hätten Tabletten es über Jahre hinweg zerfressen, und seitdem ich sie kenne, will ich irgendwie Abstand von Drogen nehmen. Das Problem ist, dass Amabelle – nach anfänglichen Schwierigkeiten – völlig in ihrer neuen Tochter-Mommy-Beziehung aufgeht. Also verbringe ich *meinen Sommer* damit, mit drei Frauen *vor dem Fernseher* zu hocken, während ich *keine einzige* davon ficke.

Wobei zwei davon sowieso wegen des eher kritischen Alters rausfallen.

Aber trotzdem.

Ich fühle mich, als wäre ich in einem Paralleluniversum gestrandet.

Und es ist verdammt geil.

Leider.

Da Reece die meiste Zeit des Tages so tut, als müsse er in der Stadt arbeiten – wobei er mich zehnmal am Tag anruft und irgendwelche Fragen hat, die ich ihm beantworten soll –, bin ich mit Prinzessin herself allein. In ihrem Zimmer. Oder ihrem neuen Garten. Oder im nahe gelegenen Park. Oder Schießmichtot. Bedauerlicherweise bin ich mehr Reece als Zayn, wenn ich wie ein Idiot neben ihr hertrotte, mit ihr herum philosophiere, irgendwelchen Kiddies beim Spielen im Sand zusehe, mir vorkomme, wie ein alter, dummer Mann, der nix sonst in seinem Leben zu tun hat, und mich dabei auch noch gut fühle.

Genau das ist alles Reece-Style. Etwas, das ich nie für mich wollte.

Das ich auch jetzt nicht will.

Eigentlich.

Wären da nicht die Momente, wenn Doll einfach stehen bleibt. Sich zu mir dreht. Sich auf die Zehenspitzen stellt, meine Wangen zwischen ihre Hände nimmt und mich küsst. In diesem Moment möchte ich im falschen Universum mit dem falschen Zayn, der niemals so sein oder werden wollte, verharren. Es einfach einatmen. Ich will ihre süße Zunge spüren. Ihren niedlichen Atem schmecken. Ich will meine Hände an ihre Taille legen und bleiben.

Genau da.

Mit diesem Mädchen in meinem Arm.

Manchmal will ich es so sehr, dass ich noch in dem Moment Schiss bekomme, jemand könnte es mir wieder wegnehmen, wenn es gerade passiert. Dieser Moment. Dieses Mädchen. Diese Gewissheit, dass sie mich ... liebt.

Liebt sie mich?

»Weißt du, wo wir noch gar nicht zusammen waren?«, fragt Amabelle mich nach dem zärtlichen Kuss und verschränkt ihre Finger wieder mit meinen, bevor wir weitergehen.

Ich bin ein Wrack. In ihrer Nähe fällt mir das Sprechen schwer. Vielleicht, weil ich es ihr nicht sagen kann. Ich kann ihr einfach nicht sagen, wie ich mich innerlich mit ihr fühle. Was sie in mir auslöst. Durch ihre bloße, fucking, dumme, schnöde Existenz.

Die Worte kommen nicht über meine Lippen.

Und mit jedem Tag, der vergeht, wird die Angst in mir größer, dass ich sie verliere, wenn ich es nicht endlich ausspreche.

Diese ... verdammten drei kleinen, alles verändernden Worte.

»Wo waren wir noch nicht zusammen?« Scheiße, ich klinge wie mein Bruder. Sogar noch zehnmal mehr wie er. Wie ein Schnösel im Schnöselkostüm, der noch nie irgendein böses Wort gedacht hat. Dabei bin ich fucking Zayn Crescent! Amabelle Weaver sollte lieber schreiend vor mir davonlaufen, nach dem, was ich Mädchen wie ihr bereits angetan habe, weil es mir egal war. Weil ich es geil fand. Weil ich mir einen drauf runtergeholt habe, sie alle zu ficken. Und zwar nicht nur mit meinem Schwanz. Ich habe Girls psychisch in den Abgrund getrieben, so wie alle Kings es getan haben.

Weil wir das Schachspiel brauchten, weil es uns

die Macht gab, die wir eigentlich nie haben werden. Denn dann muss nur eine wie *sie* kommen und wir sind machtlos.

Wie kannst du mir verzeihen, was ich dir angetan habe?

Ich habe dich leiden lassen. Ich habe zugesehen, wie Jaxon dich zerquetscht hat.

Ich habe dich gehasst und ich habe dich diesen Hass spüren lassen.

Warum verzeihst du mir das überhaupt?

Ist dein Gehirnfehler vielleicht größer als meiner?

Amabelle grinst schief zu mir hoch. »Im Kino.« *Warte, Kino? Worüber reden wir? Ah, stimmt, wo wir noch nicht zusammen waren.* »Meinst du, Reece hat am Wochenende Zeit, uns zu begleiten?«

So sehr ich meinen Bruder liebe, es nervt mich schon jetzt, dass sie ihn dabeihaben will. Es nervt mich, ihnen dabei zusehen zu müssen, wie sie knutschen. Es nervt mich, wie ihre Wangen in seiner Anwesenheit erröten. Und dabei zu sein, während sie ficken, würde mich auch nerven.

Alles nervt mich.

Ich bin nämlich fucking eifersüchtig und will es nicht zugeben, Doll. Niedlich, oder? Keine Ahnung, wie die anderen das machen. Ich bin mir verdammt sicher, dass sie nicht eifersüchtig sind. Aber ... lieben sie dich dann überhaupt? Kann man jemanden lieben und nicht *eifersüchtig sein?*

Nö, oder?

Keine Chance.

Das geht einfach nicht.

Du würdest schließlich auch ausrasten, wenn ich noch 'ne andere am Laufen hätte. Du würdest mich killen. Aber ich muss dich teilen.

Das ist scheiße, Babydoll. Es ist einfach scheiße.

»Klar, wir können ihn später fragen«, entgegne ich locker. Nach außen hin kriegt sie natürlich nichts von meinem inneren Kampf mit. Nicht auszudenken, sie könnte auf die Idee kommen, ich würde sie mehr mögen als die Aussicht darauf, sie bald wieder ficken zu können.

Was wir deswegen zurzeit nicht tun, weil erstens ihre Mom ständig im Haus ist, und zweitens Reece nachts bei ihr schläft. Das ist ganz super. Er kommt abends, meistens extrem spätabends, und tauscht mit mir den Platz. Ich tue cool, tue so, als fände ich das genau super so. Als wäre es geil, jede einzelne verdammte Scheißnacht dieses Sommers alleine in 'ner Penthousesuite zu pennen und mir bei Pornos einen runterzuholen. Geil, sag ich da nur. Vor allem, wenn ich daran denke, was ich sonst tun könnte ... Allein die *Vorstellung*, bei Mable im Bett zu schlafen ... Einfach nur neben ihr zu schlafen ...

Ah, fuck it.

Reece rührt sie nicht an, das weiß ich. Er hat Angst, dass ihr kleiner durchschossener Lungenflügel nicht mitmacht und wieder aufplatzt oder so. Sollen sie Angst haben. Ich habe ja auch Angst. Obwohl es vollkommen irrational ist.

Ist ja nicht so, als könne sie nie wieder Sport machen. Amabelle ist fit wie ein Turnschuh.

Aber irgendetwas zu tun, was Amabelle schaden könnte – und wenn es Sex ist – erzeugt Hemmungen in mir. Während wir durch den Park laufen, sehe ich mich zu ihren neuen Bodyguards um. Zwei gehen hinter uns, zwei vor uns. Die einen werden von den Crescents finanziert, die anderen von den Silvanos. Und wenn ich sage ›Silvano‹, dann meine ich damit, dass es sich bei den Typen um fiese Schlägerbullen handelt, vor denen *ich* Amabelle beschützen sollte.

Wir wissen aber zumindest, dass sie sich schwer bestechen lassen, da in der Mafia andere Gesetze gelten. Das ist also gut. Wenn die Penner, die von meinem Vater abgestellt wurden, um uns überallhin hinterherzutrotten, auf die Idee kommen sollten, sich bestechen zu lassen, sind wenigstens noch zwei andere da.

Sylvian ist durch den Aufstieg im Zirkel zu seiner Familie zurückgekehrt und hat im Nullkommanix diese Kerle klargemacht. Ich will nicht wissen, was normalerweise deren Job ist.

Die Wahrscheinlichkeit, dass jemand Amabelle killen will, ist nicht gerade gering. Schließlich hat es Mr. Unbekannt bisher nicht gepackt. Alle, bis auf Reece, sind sich arschsicher, dass Romeo auf sie geschossen hat. Aber Romeo ist ja nicht völlig dumm. Er würde warten.

Er würde sie töten, wenn sie ihn anlächelt, weil sie denkt, er sei ihr Freund.

Er würde ihr dann eiskalt ein Messer über die Kehle ziehen, wenn sie allein sind.

Nee. Der Typ ist zu klug, um durch die Menge zu rennen und auf Mable zu schießen.

Ich tippe darauf, dass es Jaxon selbst war. Sie hat ihn einfach alles gekostet. Nicht nur seinen Platz im Zirkel, seine Familie, sondern ... na ja, irgendwie auch uns.

Weil wir sie haben können und er nicht.

Hell. Wäre ich an seiner Stelle, würde ich sie auch umlegen.

Vermutlich.

Andererseits macht diese Theorie ebenso wenig Sinn. Sylvian und ich waren bei Jaxon, kurz bevor es passierte. Woher hätte er so schnell den Umhang, die Maske und die Waffe bekommen sollen?

»Worüber denkst du nach?«, fragt Doll aufmerksam.

Ich kläre mein Gesicht von den Schatten meiner Gedanken. »Das Übliche. Gibt es heute Abend Pizza oder Pasta? Kocht deine Mom oder kochst du? Habe ich genug Kippen oder muss ich später noch mal raus?«

Sie legt den Kopf schief. »Du hast wieder über das Attentat nachgedacht.«

Alter, hör einfach auf, meine Gedanken zu lesen, Bitch. »Nicht wirklich«, lüge ich. »Da gibt es nix nachzudenken. Irgendwelche Verrückten wird es immer geben, die nicht drauf klarkommen, dass du ihnen Reece weggeschnappt hast.« *Vielleicht muss ich kotzen bei der Vorstellung, wie die beiden heiraten.*

Yeah.

Eifersüchtig auf meinen Bruder.

Ich hab's so spektakulär weit gebracht.

»Glaubst du wirklich, es geht hierbei um Reece?«

Nein, Doll. Es geht darum, dass Jaxon Tyrell dein fucking Bruder ist. Stiefbruder. Whatever. Kurz muss ich schmunzeln. Jaxon Tyrell hat seine *Stiefschwester* gefickt. Er hat sich sogar in sie *verknallt.* Fuck. Ich will gerade so überhaupt gar nicht in seinen Schuhen stecken.

Vor allem, da sie es noch immer nicht weiß.

Anfangs haben wir uns schnell darauf geeinigt, dass niemand es ihr sagen wird, um Amabelle nicht unnötig aufzuregen. Aber dann schritten die Tage voran und wir bekamen uns mehr und mehr in die Haare deswegen. Bis es völlig eskaliert ist und wir abreisen mussten, damit Doll nicht wieder ins Koma fällt.

Seitdem warten wir auf den richtigen Zeitpunkt, um es ihr zu sagen.

Ich schätze mal, er wird nie kommen.

Sie ist gerade glücklich. Ihre Mom ist für sie da. Ihre Sis hat Ferien. Reece hat ihr ein neues Haus gekauft. Warum alles zerstören, nur damit sie erfährt, wer Jaxon wirklich ist? Wer Samuel Tyrell wirklich ist? Warum man sie wirklich killen wollte?

Jaxon will, dass er derjenige ist, der es ihr erklärt. Aber er will auch, dass wir anderen uns verpissen, wenn er mit ihr spricht. Und das wird einfach nicht passieren.

Ich traue ihm nicht.

Den einen Arm über Amabelles Schultern gelegt schlendern sie und ich gemächlich durch den Park. Ich versuche, die restlichen Minuten des Tages zu genießen, bevor Reece mich wieder ins Penthouse schickt. Vielleicht sage ich ihm heute, dass ich bleiben werde? Dass ich bleiben will?

Vielleicht sage ich ihm heute, dass wir – wenn – Amabelle gemeinsam heiraten werden?

Dass ich nicht in 'nem Kabuff darauf warten werde, bis er mich zum Torteessen ablöst? Nö. Ich will, dass mein Vater mich dabei beobachtet, wie ich mit *unserer* Braut tanze. Leider wird die Hochzeit sowieso nicht stattfinden, weil die Verlobung nur ein Fake war, um Amabelle vor dem Zirkel zu beschützen.

Das wird sich in dem Moment erledigt haben, wenn jeder erfährt, dass Samuel Tyrell ihr Vater ist.

Dann hätte sie als Tochter eines Zirkelmitglieds die volle Immunität. Niemand könnte ihr etwas antun, ohne die Klinge des Zirkels zu spüren zu bekommen. Sie ist doppelt und dreifach save.

Doll muss es jetzt nur noch erfahren.

Vielleicht ist heute der richtige Tag dafür.

Erst als sie mitten im Gehen stehenbleibt, sehe ich auf und bemerke den Aston Martin, der am Rand des Parks an der Straße parkt. Der Klumpen in meiner Brust, der mein Blut durch die Venen pumpt, sinkt mir bis in die Schuhsohlen.

Sylvian fucking Silvano ist plötzlich wie aus dem Nichts vor uns aufgetaucht und lehnt rauchend an seinem Wagen. Übelkeit entsteht in mir, weil ich weiß, dass Doll ihm unmöglich widerstehen kann. Der Typ sieht aus, als käme er frisch von einem *Stirb-Langsam-*Set. Alles an ihm ist auf perfekte Art verwegen.

Dagegen wirke ich mit meinem Crescent-Aufzug wie 'ne schimmernde Discokugel.

»Wusstest du, dass er kommt?«, fragt Amabelle mich vor Freude strahlend. Sie nimmt die Abbiegung, um den Park zu verlassen, und stürmt auf Sylvian zu.

Da sehen wir: Sie *kann* laufen.

Man *könnte* sie ficken.

Aber irgendwie ist Sex nicht mehr das, worum es hierbei geht ...

Mein Magen dreht sich um, als Sylvian sie fest in die Arme schließt. Sie wirken so vertraut, dass ich mich fehl am Platz fühle. Überflüssig. Er greift in ihr Haar und sie schmiegt sich an ihn.

Obwohl alles in mir vor Eifersucht brodelt, rührt es mich auch, die beiden anzusehen.

Komm drauf klar, Zayn. Es ist immer noch besser,

als wenn Sylvian ein Mädchen mitschleppt, das du nicht ausstehen kannst. Dann nervt die nämlich.

Es ist besser.

Amabelle Weaver zu teilen, ist besser.

Besser, als sie gar nicht zu haben.

Fuck.

Ich bin der coolste Typ der Welt, während ich auf die beiden zu schlendere. Sylvian redet leise auf die kleine Babydoll ein und sie hört ihm aufmerksam zu. Ich bleibe in einigem Abstand zu ihnen stehen.

»Hi, Reece.«

»Alter«, murmle ich und verdrehe die Augen.

Sylvian hebt eine Braue. »Du siehst aus wie er.«

»Ja! Haben Zwillinge so an sich, Doofkopf!«

Sylvian lacht gut gelaunt und legt einen Arm um Amabelles Schulter, wie ich es zuvor tat. Ich sehe ihr an, dass sie sich vollkommen wohlfühlt. Dass es für sie kein Problem ist, erst mit mir zu knutschen und dann Sylvian zu umarmen, als wäre er ihre One True Love.

»Kannst du sie wirklich nicht unterscheiden?«, fragt Mable Sylvian grinsend. »Ich finde, Zayn sieht einfach immer ein bisschen möchtegerncooler aus, findest du nicht? Als würde er sich bemühen, lässig zu sein.« Sie zwinkert mir zu und hat keine Ahnung, wie sehr mich ihre Worte treffen.

In ihrer Nähe bin ich zur Pussy mutiert. Nur der Hauch eines schlechten Wortes und ich verkrampfe innerlich. Klar, wer austeilt, muss auch einstecken können, und ich habe häufig genug fiese Sprüche losgelassen, um sie zu foppen.

Aber ich will einfach nicht, dass sie mich für einen Möchtegern-Fucker hält. Oder dass ich nicht lässig wirke. Ich will das alles nicht. Sie soll nicht einen einzigen Fehler an mir finden – jedenfalls keinen, den sie nicht liebt.

Liebt sie mich überhaupt?

»Nein, keine Chance.« Sylvian zuckt mit den Achseln. »Wenn er sich als Reece verstellt, dann kriege ich es nicht raus.«

»Ich verstelle mich gar nicht«, brumme ich.

»Okay?«, fragt Sylvian. Was so viel wie ein: ›*Äh, okay, was ist dann falsch mit dir, dass du nicht wie du selbst wirkst?*‹ in Sylvian-Sprache ist.

»Bleibst du den Abend über?«, fragt Mable. Sie klingt zu hoffnungsvoll für meinen Geschmack.

»Nein.« Sylvian spielt mit einer ihrer Strähnen. »Ich dachte, wir machen ein paar Tage Ferien, bis das Semester beginnt. Ich habe uns ein Strandhaus gebucht und wollte dich abholen.«

»Nur wir beide?«, fragt sie und wirft einen Blick in meine Richtung.

Sylvian lacht wieder. Er hat echt gute Laune, dafür, dass wir seit Wochen nichts von Jaxon gehört haben und er jede Minute aus einem Busch hüpfen und noch einmal auf Amabelle schießen könnte. »Als könnte ich die Crescents davon abhalten, mitzukommen. Steig ein.«

In Amabelles Augen tanzt das Glück, als sie sich ohne weitere Umschweife nach vorn in Sylvians Wagen setzt.

Ich bleibe zurück.

Ist schließlich ein fucking Zweisitzer.

»Wir sehen uns später«, ruft Sylvian mir zu, bevor er ebenfalls einsteigt und davonfährt.

Mit meinem Mädchen.

Einfach so.

Ich bin am Arsch.

Reece

Was wir tun, ist vielleicht nicht richtig. Aber glaub mir, wir sind auch nur Menschen, und neben den Fehlern, die wir bewusst tun, die wir bewusst zulassen, weil wir Bastarde sind, gibt es auch welche, die uns passieren, obwohl wir es nicht wollen.

Nicht zu wissen, ob du überleben wirst, hat vielen von uns das Genick gebrochen. Es waren diese endlos langen, quälenden Sekunden, in denen du in meinen Armen dalagst, nur Vance an meiner Seite. Kein Zayn. Kein Sylvian. Kein Jaxon. Niemand. Du lagst in meinen Armen und ich war mir zu hundert Prozent sicher, dass du sterben wirst.

Auch ich versuche nur, nach dem zu greifen, was das Schicksal mir bietet.

Die unangenehme Wahrheit, die fucking Lügen … Ich brauche sie jetzt, weil ich Angst davor habe, dass es mir erneut geschieht. Dass ich dich erneut verliere.

Kannst du mir das verzeihen?

ACHT

MABLE

»Für dich.« Sylvian greift hinter den Beifahrersitz und holt eine längliche Schachtel hervor, die er mir in den Schoß legt.

»Du brauchst mir nicht immer etwas zu schenken, Sy«, murmle ich, kann mich aber nicht dagegen wehren, dass alles in mir vor Aufregung zu kribbeln beginnt. Ich hebe den Deckel der Schachtel an. Darin befindet sich eine einfache Kette mit einem edlen Anhänger. Wenn ich die Kings nicht kennen würde, käme ich niemals auf die Idee, dass der Stein darin ein echter Diamant ist.

»Als wir letztens telefoniert haben, stand ich die ganze Zeit vor einem Juwelier und habe mir vorgestellt, wie du sie trägst. Ich weiß, dass es dir nichts bedeutet. Vielleicht trägst du sie einmal und verkaufst sie dann? Sieh es als Spende für ein Projekt, das dir gefällt.«

Ich fahre mit dem Finger über das filigrane Gold. »Danke.«

Sylvian greift nach meiner Hand, umschließt sie fest und führt sie an seine Lippen. Er sieht mich für einen Moment intensiv an, bevor er sich wieder auf die Straße konzentriert.

In den letzten Wochen haben wir jeden Tag telefoniert. Das war fast schon albern oft. Da ich Reece und Zayn jeden Tag gesehen habe, blieben Jaxon und Sylvian, die ich vermisste.

Von Jaxon habe ich seit meiner Entlassung keine Nachricht mehr bekommen. Umso größer wurde mein Verlangen, mit Sylvian zu sprechen. Es verging kein Tag, an dem ich ihn nicht nach Jaxon fragte.

Was ist los?

Worüber will Jaxon nicht sprechen?

Wieso meidet er mich?

Hat er auf mich geschossen?

Aber ... wieso?

Die Antworten brennen in meiner Brust. Solange die Kings nicht vollständig sind, kann ich nicht ganz erfüllt sein. Ich will sie *alle* um mich.

Wenn einer fehlt, bekomme ich über kurz oder lang Sehnsucht. Es ist verrückt, aber wahr.

Nach einer Stunde Fahrt, in der Sylvian und ich uns über Belanglosigkeiten unterhalten haben, hält er oberhalb eines Hangs. Durch die Blätter der umstehenden Bäume ist bereits ein weiß getünchtes Haus erkennbar, das an die Bucht gebaut ist. Ein langer Steg führt ins Meer.

Sylvian steigt aus, öffnet mir die Tür des Aston Martins und umschließt meine Hand, während er mich zum Haus führt. Er öffnet die Tür und lässt mich ein.

Es ist ein kleines, gemütliches Häuschen mit einem großen Wohnbereich in der Mitte, von dem zwei Schlafzimmer abgehen. Die Terrasse steht auf Pfosten und ist mindestens so groß wie das Hausinnere. Wände, Decke, Möbel und Boden sind aus weißem Holz. Nur hier und da mischt sich Meerblau in die Dekoration.

»Gefällt es dir?«, fragt Sylvian und streicht wie nebenbei über meinen Nacken.

»Es ist wundervoll.« Ich atme für einen Moment den Duft nach Holz und Seeluft ein, dann drehe ich mich zu ihm um und wir küssen uns. Magnetisch werde ich von ihm angezogen. Die Sehnsucht, die ich all die letzten Wochen empfunden habe, bricht sich Bahn. Ich merke, wie meine Wangen feucht werden, da ich ihn endlich wieder spüre.

Alles Schlechte, das je zwischen uns war, scheint vergessen.

Er liebt mich und er weiß, dass ich ihn liebe.

Unsere Streits, die Lügen, die Schatten seiner Vergangenheit: Alles ist fort.

Verflüchtigt sich in diesem einen Moment, in dem wir einfach sein dürfen.

In dem es uns gibt. Ihn und mich.

Als er meine Tränen schmeckt, wird sein Kuss gröber. Er schließt mich fester ein, holt mich vor sich. Seine starken Arme, sein allumfassendes Er. Ich gehe darin auf und verschmelze mit dem schlagenden Teil seines Herzens.

Nach unendlich vielen Küssen stehen wir einfach da.

Halten uns gegenseitig fest. Spüren uns. Atmen uns.

Und mit diesem einen Hauch der Gewissheit frage ich es. »Du wirst mir niemals wieder wehtun, oder?«

Ich sehe zu ihm hoch. Das Grün in seinen Augen ist ruhig wie nach einem aufwühlenden Sturm. Sein Bartschatten ist dichter als sonst. Mit seinen beringten Fingern streicht er durch mein Haar. »Nie wieder.«

»Wie kannst du dir sicher sein?«

»Ich hätte dich beinahe verloren. Nichts wird mich dazu bringen, das nochmals zu riskieren.«

»Was ist mit Jaxon?«

Sylvian atmet schwer ein. »Du erinnerst dich nicht mehr an das Gespräch, das wir hatten, oder? Auf der Gala?«

Ich runzle die Stirn. »Das, bevor ich mich mit Reece verlobt habe? Als du meintest, ich solle dir vertrauen?«

Sylvian antwortet nicht, streichelt mich nur weiter. »Erinnerst du dich daran, dass Jaxon eine Waffe auf dich gerichtet hat?«

»Du meinst ... er war es? Und ich habe es nur vergessen?«

»Nein. Du warst zuvor mit ihm in einem Raum. Mit Zayn und ihm. Jax hatte eine Waffe und hat sie auf dich gerichtet. Erinnerst du dich?«

Erst jetzt, als er es mich fragt, fällt mir auf, dass etwas in meiner Erinnerung nicht stimmig zu sein scheint. »Ihr wurdet alle aufgerufen, ich war auf der Bühne, dann hat Reece mich auf den Balkon geführt und mir den Antrag ...«

»Vorher hast du mit Zayn getanzt und bist ihm gefolgt.«

»Wirklich?«, frage ich fassungslos. Ich erinnere mich nicht. Absolut nicht. »Oh mein Gott, wieso habe ich das einfach vergessen, ohne es überhaupt zu merken?«

»Ich dachte, Zayn hätte vielleicht einige deiner Lücken gefüllt.«

»Zayn hat überhaupt nicht viel mit mir über die Nacht der Gala geredet. Es war, als wolle er mich glauben lassen, es wäre nie etwas passiert.«

»Verstehe.« Sylvian streicht mit einem Daumen über meine Wange. Etwas an ihm wirkt, als wäre er in den letzten Monaten um mehrere Jahre gealtert. Er ist kein Student mehr – sondern ein Mann. »Das würde ich dich auch gerne glauben lassen.«

»Wann hat Jaxon eine Waffe auf mich gerichtet?«

»Es war nur ... um dich zu schocken. Du hast eine ganze Weile mit ihm und Zayn im Zigarrenzimmer verbracht, bevor Reece und ich dazugestoßen sind. Wir wissen nicht, ob Jaxon der Attentäter war. Daher ... solltest du dich von ihm fernhalten, solange wir anderen nicht in der Nähe sind.«

Die Informationen sickern nur langsam in meinen Kopf. Als hätte ich Angst davor, die Wahrheit ganz zuzulassen. »Aber warum sollte er mich töten wollen? Weil ich mich mit Reece verlobt habe?«

Sylvian atmet tief durch. Dann, ganz langsam, beugt er sich zu mir vor. Seine Lippen finden an mein Ohr und er flüstert die unumstößliche Wahrheit hinein, die mir erklärt, warum ich mich nie ganz fühle, wenn nicht alle Kings bei mir sind. Weil die Kings selbst *eins* sind. »Ihn liebe ich mindestens genauso wie dich. Er wird dir alles erklären, wenn die Zeit dafür gekommen ist, aber ich nicht.«

»Ich vermisse ihn genauso wie euch anderen, wenn ihr nicht bei mir seid«, offenbare ich ihm.

»Tja, dann hoffen wir, dass er deine Gefühle auch wirklich verdient.« Er verschränkt seine Finger mit meinen und zieht mich in die Küche. »Hast du Hunger, Baby?«

Ich muss schmunzeln, als ich diesen Kosenamen höre. Hunger ist ein Gefühl, das ich nicht mehr kenne. Seit einer der Zwillinge mich ständig umgibt, ist es mit meinem fehlenden Appetit noch schlimmer geworden. Aber ich zwinge mich dazu, etwas zu essen, bevor ich noch abmagere.

Sylvian öffnet den Kühlschrank. Mich wundert

nicht, dass er prall gefüllt ist. Irgendjemand war vermutlich für ihn einkaufen.

An das Luxusleben der Kings gewöhne ich mich allmählich.

Es ist das Alltäglichste der Welt und fühlt sich dennoch magisch an, mit Sylvian gemeinsam zu kochen. Hätte ich je geglaubt, dass wir zu so etwas fähig sind? Dass wir *normal* sein können ...?

Später am Abend öffnet er eine Weinflasche und schenkt uns ein. Ich verliere mich in dem Gefühl, etwas vollkommen Gewöhnliches mit ihm zu tun.

Gewöhnlich – wenn man davon absieht, dass draußen das Meer rauscht, das gesamte Holzhaus in atmosphärisches Licht getaucht ist und das Sofa, auf dem wir sitzen, mehrere tausend Dollar gekostet haben muss.

Gerade als Sylvian mir nachschenkt, stößt jemand die Tür auf. Im allerersten Moment hoffe ich, dass es Jaxon ist, der eintritt. Ein Rausch der Sehnsucht befällt mich und ich reagiere fast enttäuscht, als es die Zwillinge sind.

»Na, ihr Turteltäubchen?«, fragt Zayn locker und schlendert selbstgefällig in den Raum. Er macht erst vor dem Sofa Halt, auf dem Sylvian und ich sitzen, und küsst mich ohne Umschweife auf den Mund. »Guter Wein, der noch an deinen Lippen haftet, Doll«, raunt er grinsend, springt über die Lehne und nimmt zwischen Sylvian und mir Platz. Er breitet die

Arme aus und wirft uns nacheinander einen Blick zu. »Stör ich?«

»Nein«, sage ich kopfschüttelnd und lache.

Er greift in meinen Zopf, den ich gerade erst neu gebunden habe, und krault meine Kopfhaut. »Gut, dann zieh dich aus, Baby.«

Sofort werde ich knallrot und sehe hilflos zu Reece, der sich an der Pasta bedient, die Sylvian und ich gekocht haben. »Hi, Mable.«

»Guck nicht ihn an«, fordert Zayn. »Sieh auf mich. Ich weiß, dass diese Hütte ganz für sich gottverlassen in der Bucht rumsteht. Keine Nachbarn. Nobody.«

»Okay«, murmle ich und fühle mich etwas weniger nervös, als Sylvian ebenfalls schief lächelt. Sie nacheinander zu küssen, ist das eine, mit ihnen Sex zu haben, wird vermutlich nie wirklich normal für mich sein.

»Okay, ab mit dir.« Zayn nickt zum Schlafzimmer. »Zieh dich aus, Babymouse.«

»Nein.« Sylvian steht auf und reicht mir die Hand. »Es gibt hier nur einen Ort, an dem genug Platz ist.«

Mein Herzschlag pocht bis in den Hals, während ich ihm nach draußen folge. Dort angekommen, lässt er sich auf einer der vielen Sitzgarnituren nieder. Zayn ist ihm gefolgt, nimmt eine der Zigaretten, die Sylvian ihm anbietet, und setzt sich breitbeinig neben ihn.

Beide sehen zu mir hoch und ich stehe wie eine Idiotin da, bis Reece kommt, mich zärtlich in seine Arme zieht und meinen Hals küsst.

»Ganz vorsichtig, ja?«, murmelt er und zieht mir in unendlicher Langsamkeit mein schlichtes Sweatshirt aus. Ich schließe die Augen, um seine Berührungen ganz genießen zu können.

So viele Nächte war er bei mir und so oft hat er mich vertröstet. Immer wieder hat er mich daran erinnert, dass ich mich noch erholen muss. Als würde Sex immer damit einhergehen, sich körperlich zu verausgaben. Vielleicht haben die beiden aber auch einfach auf diesen Abend gewartet?

Wenn ja, dann führt es nur dazu, dass ich mich fühle, als wäre es unser erstes Mal.

Zumindest ist es das erste Mal ohne Jaxon.

Reece' Finger tanzen über meine Haut und wandern zum Verschluss meines BHs. Ich öffne die Augen und begegne Sylvians glühendem Blick. Gott, allein sein Anblick löst ein tiefes Kribbeln in mir aus. Ich will das hier unbedingt. Meine Schenkel werden feucht und noch etwas feuchter, als ich Zayn beobachte. Seine Beine sind lässig ausgestreckt und er wirkt unnahbar. Er hat vermutlich keine Ahnung, wie verrückt er mich mit seiner schweigsamen, undurchschaubaren Art macht. Wenn ich es nicht besser wüsste, würde ich ihn hin und wieder für Reece halten. Aber er ist die letzten Wochen einfach nur die weniger miese Variante von sich selbst.

Manchmal habe ich das Gefühl, dass er mich eigentlich nicht mag. Dass er nur deshalb mit mir Zeit verbringt, um mich vor einer weiteren Kugel zu beschützen. Als würde er es für seinen Bruder tun. Vielleicht noch für Sylvian. Aber nicht für mich oder sich. Klar, er hält meine Hand ... er küsst mich ... und ich nutze die Chance, ihm dadurch näherzukommen. Aber er hält so dicht, was seine wahren Beweggründe angeht, dass ich allmählich verzweifle.

Was, wenn ich mich ausgerechnet in ihm getäuscht habe?

Und Zayn Crescent empfindet nicht einmal den Hauch von Zuneigung für mich?

Ich sehe ihm in die Augen und er lächelt kühl. Es ist fast so grausam wie bei Jaxon. Nur, dass ich bei Jaxon gerade dann weiß, woran ich bin, wenn er einen auf Wichser macht. Bei Zayn weiß ich es nicht.

Meine Angst, dass er eigentlich die ganze Zeit eine andere vögelt in den Nächten, wenn Reece bei mir ist, lähmt mich von Zeit zu Zeit und lässt mich auch jetzt nach Luft schnappen. Verdammt ...

»Darf ich das fühlen?«, frage ich sie alle atemlos.

Reece hat meinen BH noch nicht fallen lassen und hält inne.

»Was?«, fragt Sylvian.

»Darf ich ... darf ich euch alle wollen?«

Reece lacht erleichtert und Sylvian lächelt. Nur Zayns Miene bleibt verhärtet. »Natürlich«, raunt Reece und küsst mich am Ohr. »Wir bitten darum.« Er lässt meinen BH fallen und dann stehe ich halb nackt vor ihnen.

Sofort steht Zayn auf, als müsse er sich im Stehen

davon überzeugen, dass die Schusswunde verheilt ist. Reece fährt sanft mit einem Finger darüber und für einen Moment sind alle drei Männer still.

»Scheiße.« Sylvians Stimme kommt gepresst. »Wir werden sie nirgends mehr alleine hinlassen, solange der Attentäter nicht gefunden wurde.«

Im ersten Moment will ich widersprechen, denn das klingt verdammt nach Gefängnis. Aber dann denke ich daran, was seine Worte bedeuten.

Nie wieder ohne einen der Kings?

Das ist schon ein wenig traumhaft, oder?

Zayn ist nähergetreten und starrt mit verkrampftem Kiefer auf meine Wunde. »Fuck, Babydoll. Ich hätte da sein müssen.«

»Du hättest auch nicht schneller reagieren können als Vance«, sagt Reece.

Zayn schnaubt.

»Er hat nun mal ihr Leben gerettet, indem er dafür gesorgt hat, dass die Kugel nicht ihr Herz trifft.«

»Ja, meinetwegen«, murrt Zayn. »Er ist und bleibt trotzdem ein Fucker.«

»Müssen wir über Vance reden?«, fragt Sylvian.

»Nein«, murmelt Reece, senkt erneut seine Lippen auf meinen Hals und umschließt fest meine Brüste. Zayn tritt vor mich, fasst nach meinem Kinn und küsst mich hart. Vier Männerhände streicheln und liebkosen mich, zwei Münder suchen den meinen, zwei Zungen, die mich geiler und geiler machen.

»Zieht euch aus«, stoße ich atemlos hervor und schiebe sie von mir.

Die Zwillinge sehen mich auf ihre jeweilige Art intensiv an, bevor sie sich synchron das Poloshirt über den Kopf ziehen. Sehnsuchtsvoll berühre ich ihre beiden Oberkörper. Sie sind glatt, makellos und perfekt.

Ich nicke Sylvian zu, der noch immer dasitzt und raucht.

»Ich bin faul, Baby«, sagt er feixend. Mir auf die Lippe beißend gehe ich zu ihm, setze mich frontal auf seinen Schoß und greife an das untere Ende seines schlichten, grauen Shirts. Ich streife es ihm über seinen Kopf und fahre anschließend mit beiden Händen über seine Tattoos.

»Sie sehen so wunderschön aus«, flüstere ich.

»Gut, dass sie dir gefallen«, raunt er zurück.

»Gott, was ist los mit euch?«, fragt Zayn genervt. »Meint ihr, Doll ist nur wegen ’ner Nahtoderfahrung plötzlich kein sexgeiles Luder mehr? Was süßholzraspelt ihr alle mit ihr?«

Ich drehe mich zu ihm um und strecke ihm die Zunge heraus. »Flirten würde dir auch mal guttun, Crescent. Warum probierst du es nicht wenigstens?«

»Und was soll ich sagen?«, fragt er schroff.

Seufzend lege ich den Kopf schief. »Was Nettes? Mal zur Abwechslung?«

Er zuckt mit den Achseln. Da ist wieder dieser Moment, in dem ich denke, er würde eigentlich etwas erwidern wollen, doch ganz sicher bin ich mir nicht. Zayn Crescents Maske wurde erst in dem Moment undurchschaubar, als er zu sich selbst wurde. Seitdem er nicht mehr versucht, Reece zu sein. Selbst wenn er offen Zayn ist, schaffe ich es nicht, ihm in den Kopf zu sehen.

»Zayn wird es nie lernen«, raunt Sylvian und dreht mich auf seinem Schoß herum. Seine Hände finden zu meiner Jeans und er öffnet den Knopf, während ich mich nach hinten an seine Brust lehne. Seufzend lasse ich zu, wie seine Finger in meinen Schritt wandern und mich behutsam streicheln.

Er zieht mir die Hose aus und knabbert dabei an meinem Ohr. »Helft ihr«, bestimmt er.

Beide Crescents kommen auf mich zu und befreien mich von der Jeans. Dabei sind sie zärtlich und ich kann kaum entscheiden, welche liebevolle Aufmerksamkeit der beiden mir besser gefällt. Und wieder: Verstellt Zayn sich gerade? Oder ist er das wirklich?

Gott!

Zayn fasst nach meinem Fuß und zieht meine Socke ab, bevor er einen Kuss auf meine Zehen haucht, sich an meinem Bein entlangküsst und schließlich vor mir in die Hocke geht.

»Ja, leckt sie«, knurrt Sylvian, der die Hand fest um meinen Hals schließt und seine Lippen an mein Ohr legt.

Zayn sieht zu mir auf, als er den Mund zwischen

meine Scham senkt und seine Zunge tief in mich stößt. Gott. Es sieht mehr als heiß aus. Er leckt mich verlangend, während Reece neben uns Platz genommen hat und die Nippel meiner Brüste zwirbelt und mit den Lippen umfährt.

Sylvians Lust wächst unter mir und ich sinke entspannt zurück.

Schon jetzt rauscht mein gesamter Körper und ich merke, wie ich geiler und geiler werde.

Gierig suche ich erst nach Sylvians, dann nach Reece' Mund. Ich brauche sie beide, muss sie beide küssen, schmecken, spüren. Egal, welche Haut ich von den Männern berühren kann, meine Hände sind immer bei einem von ihnen.

Ich fühle mich so geliebt und geborgen, dass alles, was ich beim Sex normalerweise empfunden habe, noch intensiver wird. Wäre da nicht Zayn, von dem ich noch immer nicht weiß, warum er mitmacht.

Bin ich vielleicht nicht die einzige Frau, die er verlangend leckt und um den Verstand bringt?

Und wie soll ich es verkraften, wenn es noch eine andere gibt?

Ich versuche, mich nicht auf ihn zu konzentrieren, sondern gebe mich der Situation hin. Während Zayn seine Zunge über meine Klit kreisen lässt, massiert Sylvian von hinten meine Brüste, und Reece richtet sich auf.

Seine Hände wandern zu seinem Gürtel, doch ich bin schneller. Verlangend reiße ich seine Chinos auf, befreie seinen Schwanz und richte mich auf Sylvians Schoß auf, um Reece' Lust in den Mund nehmen zu können.

Ich stöhne hemmungslos, als er tief in mich gleitet. Mit der einen Hand unterstütze ich meine Lippenbewegungen, mit der anderen kralle ich mich in Zayns Haar, verdeutliche ihm, dass er weitermachen soll.

Sylvian, auf dessen Schoß ich noch immer sitze, streichelt und massiert mich von unten, während ich Reece einen blase.

Tiefer und tiefer dringt sein Schwanz in mich ein und ich sauge fest daran, bis ich weiß, dass er vorerst genug hat. Ich lockere meinen Griff in Zayns Haar und rutsche meinerseits zu Boden. Er steht auf und ich drehe mich um, sodass ich auf den Knien vor Sylvians Schoß dasitze. Er betrachtet mich dunkel, während ich seine Hose öffne. Lustvoll umspiele ich mit der Zunge seine Eichel und reize ihn mit meinen zärtlichen Bewegungen, bis er es nicht mehr aushält und grob in meinen Zopf fasst. Er fickt mich in den Mund, bevor ich spüre, dass Reece sich hinter mir positioniert.

Mit nur einem Stoß ist er in mir.

Ich keuche glücklich auf und recke ihm meinen Po entgegen.

Immer tiefer dringt Reece in meine Pussy. Für eine ganze Weile werde ich einfach gefickt.

Von Sylvian grob in meinen Mund, von Reece hart zwischen meine Schenkel.

Es ist ewig her, dass ich sie auf diese Weise gespürt

habe, und daher fühlt sich jede Sekunde noch intensiver an als jemals zuvor.

Mit der Faust reibe ich Sylvians Schwanz und lasse ihn so tief in mich eintauchen wie möglich. Mittlerweile füllt mein hemmungsloses Stöhnen die gesamte Terrasse und legt sich über das Rauschen des Meeres.

Reece gräbt seine Hände in mein Fleisch und für einen Moment wünsche ich mir, sie würden mich züchtigen. In meinem Kopf vermischen sich Traum, vage Erinnerung und Wunschdenken und ich stelle mir vor, wie mich die Kings spanken, bis ich so nass werde, dass ich das Gefühl bekomme, ich würde auslaufen.

Gott ... das ist so schmerzhaft und so gut ...

Ich liebe die Dominanz der Kings.

Reece erhöht sein Tempo und lässt mich dabei von innen heraus kommen. Seine Ausdauer ist beeindruckend, denn er nimmt mich viele Minuten lang, bis der Orgasmus sich in mir Bahn bricht.

Während er mich um den Verstand fickt, sauge ich mich an Sylvians Schwanz fest, und lasse die Explosion meinen gesamten Körper füllen.

Ich bin so glücklich, dass ich es selbst nicht glaube. Das ist mein Paradies.

Zwischen diesen Männern befindet sich mein einziges, mein pures Glück.

Nach dem intensiven Orgasmus sinke ich für einen Moment zusammen, bevor ich Sylvians

Schwanz aus mir hervor gleiten lasse, zurück auf die Knie sinke und mich zu Zayn umdrehe.

Er hat dagestanden und uns zugesehen. Umso mehr will ich, dass er mich jetzt für einen Moment ganz bekommt.

Ich ziehe ihn an seinem Gürtel zu mir heran, öffne seine Hose und bereitwillig meinen Mund. Ein Beben geht durch seinen Körper, bevor er mir seine Spitze zwischen die Lippen schiebt.

Tiefer und tiefer gleitet er und dann fickt auch er mich.

Nach dem himmlischen Orgasmus will ich nichts anderes tun, als vor ihm auf dem Boden zu knien, zu ihm hochzusehen, und mich in den Mund vögeln zu lassen. Auch wenn er mich vielleicht gar nicht mag, bin ich verliebt. Seine blauen Augen finden meine und er benutzt meinen Mund, wie ich es will. Er soll *ausschließlich meinen* Mund auf diese Weise vögeln.

Keine anderen Frauen.

Keine!

Gott, was tue ich, wenn er gar nicht anders kann? Wenn er andere Mädchen *braucht?* Zayns Miene bleibt ausdruckslos, fast leer, als er mich benutzt. Ich wünschte, ich könnte seine Fassade zum Einsturz bringen.

Aber will ich überhaupt wissen, was dahinter auf mich wartet?

»Bleib genau so sitzen, Doll«, presst er zwischen den Zähnen hervor, umfasst meinen Kopf und stößt sich mit schnellen Bewegungen in mich, bis er kommt. Er stöhnt laut auf und ergießt sich auf meinen Lippen. »Fuck«, knurrt er, bevor er von mir ablässt. Zayn hält meinen Mund geschlossen, sodass ich gezwungen bin, seinen Samen zu schlucken. »Schmeckt es, du kleines Luder?«

Ich schmunzle nur.

»Los, fick meinen Bruder.« Zayn streicht sich durchs feuchte Haar und nickt zu Reece, der sich mittlerweile ganz ausgezogen und auf der Sitzgarnitur Platz genommen hat.

Mit einem sehnsuchtsvollen Ziehen in meinem Schritt, weil ich es kaum erwarten kann, einen von ihnen in mir zu spüren, krabble ich auf ihn und lasse mich auf seinen harten Schwanz sinken, den er dafür mit der Faust festhält.

Tiefer und tiefer gleite ich auf ihn, sehe ihm dabei in die Augen. Sylvian sitzt neben uns. Ich strecke eine Hand nach ihm aus und er hält sie auf seiner Brust fest, während Reece sich von unten in mich schiebt. Langsam und zärtlich. Ich keuche auf, als ich Zayns Zunge an meinem After spüre.

Er ist einfach so verdammt dirty. Während Reece mich gemächlich fickt, weitet Zayn meinen After und Sylvian hält meine Hand, schaut mir zu. Ich öffne verlangend den Mund in seine Richtung, sodass er sich schließlich aufrichtet und auf das Polster kniet. Reece gibt mir Halt, damit ich diesen durch Sylvians grobe Bewegungen in meinem Mund nicht verliere.

Sylvians Schwanz erfüllt mich, fickt mich bis in den Rachen. Reece bleibt unter mir, füllt meine Pussy aus, und allmählich drückt auch Zayn seine Spitze gegen meinen After.

Ich verliere mich in meiner Geilheit und stöhne verlangend auf. Flehe um den Schmerz. »Bitte, fick mich hart.« Im nächsten Moment spüre ich, wie Zayn sich schmerzhaft in mich rammt, und doch ist es genau das, was ich gerade will und brauche. Sein Schwanz gleitet tiefer und tiefer und tiefer und dann bin ich angekommen.

In einer anderen Sphäre.

Ich provoziere mit meinen gierigen Saugbewegungen, dass Sylvian sich in mir verliert. Kralle mich an Reece fest, der mich rhythmisch mit Zayn zusammen fickt. Sie haben einen Takt gefunden, der wieder einmal perfekt ist wie sie. Wenn er sich in mich rammt, gleitet Zayn aus mir hervor, und andersherum.

Es fühlt sich an, als würde ich zum ersten Mal in meinem Leben überhaupt richtig ausgefüllt werden.

Immer und immer wieder stoßen die drei in mich.

Benutzen mich.

Füllen mich aus.

Ich bin so verliebt und angekommen und glücklich, dass sich alles, was gerade geschieht, wie ein ewig langer Orgasmus anfühlt.

»Ich will jeden von euch in mir spüren«, keuche ich und lasse Sylvians Schwanz aus mir hervor gleiten.

Die Kings werfen sich Blicke zu. Blicke, die mich

weiter anheizen, weil sie so voller Liebe und Sorge und Zuneigung sind. Ich rutsche von Reece herunter, bis ich wieder auf den Knien lande, dann nehme ich seine riesige Lust zwischen die Lippen.

Er stöhnt entspannt auf, lehnt sich ins Kissen zurück, doch Sylvian zieht mich kurz darauf hoch. Mit wenigen Gesten bedeutet er Reece, sich zur Seite zu bewegen und bettet mich auf die Sitzgarnitur. Jetzt ist er es, der zwischen meine Beine rutscht und mich dabei ansieht. Sein Schwanz gleitet weit aus mir hervor, stößt wieder in mich. Reece stellt sich neben die Garnitur und lässt mir die Möglichkeit, seine Latte zu küssen und zu liebkosen, da mein Kopf erhöht auf dem Kissen liegt. Als Zayn nach einer Weile die Treppe zur Terrasse hinaufsteigt, bemerke ich, dass er im Meer war, um sich zu waschen. Allein sein Anblick, dieser nackte Mann, mit einem harten Schwanz, der makellosen Brust und diesen blauen, intensiven Augen, gibt mir den letzten Kick.

Ich spüre, wie Sylvian durch seine geschickten Stöße einen weiteren Orgasmus in mir hervorruft und sauge mich gleichzeitig an Reece' Schwanz fest, damit beide gleichzeitig in mir kommen.

Und es geschieht.

Auf dem Höhepunkt meines Orgasmus zieht Sylvian sich zurück und spritzt auf meinen Bauch ab, während Reece sich über meine Zunge verteilt.

Zufrieden sinke ich zurück und werde vollkommen schlaff. Aber das hält nur für wenige Minuten an, in denen die Kings wieder zu Atem finden. Nach kurzer Zeit heben sie mich hoch. Betten mich in Sylvians Arm, der mich hinunter zum Strand trägt, und gehen mit mir gemeinsam ins Wasser.

Sie reiben den Schweiß und das Sperma von mir und schließen mich ein. Zuallererst ziehe ich Zayn zu mir, weil ich von ihm nicht genug bekommen kann, gerade, wenn er sich distanziert. Wir küssen uns, dann küsse ich Reece, Sylvian, gehe zwischen ihnen im Wasser auf.

Ihre Hände berühren mich überall, streicheln, massieren, halten mich. Ihre harten, nackten Schwänze umgeben mich, drücken gegen meinen Rücken, meinen Bauch.

Ich falle zwischen sie, jede Sekunde ihrer Nähe genießend. Die letzten Sonnenstrahlen des Tages kitzeln auf meiner Haut und ich will in diesem Moment nur eines.

»Ihr bleibt doch, oder?«, frage ich sie verträumt.

Die drei Männer lachen, schließen mich noch fester ein. Selbst Zayn küsst mich liebevoll hinters Ohr.

»Wir bleiben so lange, bis wir glauben, dass du etwas Erholung brauchst«, flüstert Reece verheißungsvoll und ich schließe die Augen.

Erholung?

Erholung brauche ich nur von der Zeit, in denen ich ohne sie war.

NEUN

JAXON

Die Limousinen fahren durch tiefe Pfützen. Sie nähern sich dem Kreisel, der vor dem herrschaftlichen Hauptgebäude Kingstons den Lincoln-Springbrunnen einrahmt. Einige der Wagen fahren nach rechts, die anderen nach links. Einer nach dem anderen reiht sich in den Verkehr der Ankommenden ein. Wie Würmer, die sich ihren Weg durch den aufgewühlten Schlamm der Elite suchen.

Ich stehe oben im Thronsaal der Kings und blicke auf sie hinunter. Während die Freshmen noch voller Vorfreude ihrem ersten Studienjahr entgegensehen, bin ich mittlerweile in die Geheimnisse Kingstons eingeweiht, und weiß, dass 'Freude' nicht ganz das passende Gefühl für das ist, was im Hintergrund geschieht.

Mit einer lockeren Handbewegung schwenke ich den Whiskey in meinem Glas und denke an das Gespräch zurück, das ich erst gestern mit Romeo geführt habe. Er bleibt mein treuerster King und spioniert für mich weiter. Gedeckt durch meine Mutter, die im Zirkel mittlerweile ein besonders großes Interesse daran hat, meinen Vater schachmatt zu setzen.

Auch wenn sie nicht weiß – und niemals erfahren wird –, dass Romeo für mich und allein für mich arbeitet. Dass mir jeder seiner Gedanken gehört und er mich *niemals* verraten würde.

Nicht wie Sylvian.

Reece.

Oder Vance.

Romeo ist und bleibt mein Schatten.

Konzentriert nippe ich am Whiskey, stehe an der Wand gelehnt, blicke auf die Ankömmlinge hinab und fühle mich nicht nur erhaben.

Ich bin es.

Im Vergleich zu diesen kleinen Möchtegernwichsern, die glauben, diese Universität bietet ihnen die Chance ihres Lebens, weiß ich längst, dass jedes Semester eine einzige Prüfung sein wird. Keine, für die man lernen könnte. Wir werden nicht in Wissen geprüft.

Wir sind die Elite.

Wir werden darin geprüft, ob wir uns für den nächsten Vorsitz eines Wirtschaftsimperiums oder zum verdammten amerikanischen Präsidenten eignen. Ob wir machtgierig, skrupellos und geldgeil genug für diese Jobs sind.

Oder eben nicht.

Ich leere mein Glas, stelle es auf den kleinen Tisch vor dem Fenster, an dem der Regen seine Tränen hinterlässt, und drehe mich in genau dem Moment um, als sich die riesige Flügeltür öffnet.

»Du hättest Dads Gesicht sehen müssen, als ich Doll vor seinen Augen geküsst habe. Ich glaube, er hat gedacht du würdest sie bis zur Ehe nicht anrühren, Bro.« Zayn bleibt wie angewurzelt stehen, sodass Reece in ihn hineinläuft.

»Was zur …«, beginnt dieser fassungslos, als er mich vor sich sieht.

Sylvian tritt nach Crescent ein. Ganz in Schwarz gekleidet, wie es typisch für ihn ist, schafft auch er es nicht, seine Verwunderung zu verbergen.

»Du hier?«, fragt er mich.

Die drei bleiben stehen, als würden sie sich nicht in meine Nähe wagen. Während die Zwillinge mich anstarren, weicht Sylvian meinem Blick aus. Seit unserem letzten Gespräch in der Klinik haben wir nicht mehr gesprochen. Wäre er gestorben, hätte ich es nicht bemerkt, bevor nicht seine Totenanzeige veröffentlicht worden wäre.

Und das sagt alles darüber aus, wie wir mittlerweile zueinander stehen.

»Begrüßt ihr so den einzig wahren King?«, frage ich die drei ironisch.

Sie lachen nicht.

»Was ist los? Hat euch das Wetter die Laune verdorben?« Ich schlendere auf den Serviertisch zu und schenke jedem Crescent ein Glas ein. Die Alkoholvorräte habe ich längst aufgefüllt.

»Jax«, beginnt Reece zögerlich und nimmt mir das Glas ab, das ich ihm entgegenhalte. »Wir warten seit Wochen auf ein Lebenszeichen von dir. Wo zur Hölle warst du?«

»Ich war hier«, informiere ich sie und reiche auch Zayn sein Glas. »Das Sommersemester war schon immer eines meiner liebsten.«

Betretenes Schweigen füllt den Raum. Sie wissen, dass sie nichts von dem, was zwischen uns gebrochen ist, besser gemacht haben, als sie sich dazu entschieden, ein ganzes Wochenende lang Amabelle in einem Strandhaus zu vögeln.

Ohne mich.

Einfach fucking ohne mich.

Penner.

»Du warst die ... ganze Zeit hier?«, hakt Zayn nach und nimmt einen Schluck des Whiskeys. *Ja, du Vollidiot. Während du in Amabelles Pussy gesteckt hast, war ich hier.*

»Na und?«, frage ich kalt.

»Du willst uns also nicht sagen, wo du wirklich warst?«, fragt Reece.

»Ich war hier«, wiederhole ich genervt.

Sylvian wirft mir einen forschenden Blick zu, bevor er sich selbst Whiskey einschenkt. Was? Hat er etwa gedacht, ich würde ihn wie die anderen willkommen heißen? Ihn bedienen? Er kann froh sein, wenn er noch aufrecht stehen und in meiner Nähe atmen darf. Scheißverräter.

»Hier?« Reece macht mit seinen Armen eine Geste, die den Raum einschließt.. »Du hast den verdammten Campus nicht verlassen?«

»Nein.«

»Warum nicht?«

»Ich habe gelernt.«

Die Zwillinge lachen, und ich verziehe die Lippen. Es liegt fernab ihrer Vorstellungskraft, dass ich an dieser Uni studiere, um mich zu *bilden*. Dass es mir nicht nur um den Zirkel geht.

»Du hast gelernt«, wiederholt Sylvian zynisch und hält zum ersten Mal, seitdem er den Raum betreten hat, meinem Blick stand.

»Ja.« Ich lege so viel mehr in dieses Wort als eine einfache Zustimmung. *Ja, du kleiner Bastard, ich weiß, dass du glaubst, dass ich es war. Oder Romeo, und dass ich Romeo decke. Ich checke das. Ich bin nicht vollends dumm. Du bist derjenige, der mich verraten hat, und du bist auch derjenige, der mir misstraut. Während du Amabelle fickst, zusammen mit den Zwillingen. Während du sie leckst und dich reiten lässt. Ohne mich. Du bist der Verräter und kommst dennoch auf die Idee,* mich *zu verdächtigen. Den einzig wahren King.*

»Super«, entgegnet Sylvian und sieht wieder Richtung Whiskeyflasche. Aufmerksam beobachte ich, wie er den Deckel schließt, wie er sich bewegt. Sein Haar ist länger als sonst und seine Kleidung noch etwas exklusiver. Sylvian wird diesen Sommer tiefer in das Geschäft seiner Familie eingestiegen sein, zu dem es dazugehört, die Uniform in Form eines maßgeschneiderten Anzugs und Mantels zu tragen.

Ich frage mich, wie oft seine Hände die letzten drei Monate gemordet haben, und verwerfe diesen Gedanken wieder. Er wird mir nichts tun. Niemals. Und wenn doch, werde ich als Erster schießen.

»Setzen wir uns doch«, fordere ich die drei auf, bleibe selbst aber stehen.

»Wo ist Romeo?«, fragt Reece und nimmt auf einem der Clubsessel im holzvertäfelten Raum Platz.

»Ist das wichtig? Oder fragt ihr, weil Amabelle auf dem Campus ihr Leben lassen könnte, wenn ihr Romeo nicht im Blick behaltet?«

Reece verzieht höhnisch die Lippen. »Du Wichser. Niemand in diesem Raum zweifelt daran, dass Romeo oder du es warst.«

»Oder du den wahren Attentäter deckst«, wirft Zayn lapidar ein, als hätte es keine Bedeutung.

»Warum weihst du uns nicht ein?«, fragt Reece nüchtern. »Wer sind wir für dich, dass du nicht mehr offen mit uns sprichst?«

Ich bin vor ihnen stehen geblieben und blicke auf jeden Einzelnen hinab. *Ich hasse sie. Ich hasse, dass Reece die Dreistigkeit besitzt, mir diese verfickte Scheißfrage zu stellen, nachdem* er *mich verraten hat!*

»Du kannst es uns sagen«, raunt Sylvian. »Es wird

uns nur dabei helfen, Amabelle zu beschützen. Du willst nicht wirklich, dass sie stirbt, oder?«

Noch nie in meinem Leben ist es passiert, dass ich die Fassung verliere. Und zwar die gesamte. Da ist er einfach, der Impuls. Dieses machtvolle Etwas, das mir jegliche Kontrolle entreißt. Bevor ich darüber nachdenken kann, habe ich bereits das verschissene Whiskeyglas Sylvian an den Kopf geworfen.

»Verdammt!«, flucht er laut auf und hält sich stöhnend die Stirn.

Reece und Zayn stehen sofort auf. Reece stellt sich vor Sylvian, Zayn wirkt unschlüssig.

Ich verziehe die Lippen. »Ihr wagt es, hier aufzukreuzen, und mir diese Fragen zu stellen. Warum *ich* nicht mehr offen zu euch bin, nachdem *ihr* mich verraten habt! Verschwindet. Ihr seid Abschaum. Ihr habt es nicht *verdient*, mit mir dieselbe Raumluft zu atmen. *Raus!*«

»Jaxon ...«, murmelt Zayn.

»Ja?«, fahre ich ihn an. »Auf welcher Seite stehst du, hm? Auf der deines verlogenen Bruders? Oder auf meiner?«

Panik entsteht in seinem Blick. Er ist ein Loser und wird sich niemals gegen Reece stellen. Kein Rückgrat. Keine Loyalität.

»Also geht einfach.« Ich schaffe es nicht, die Enttäuschung in meinen Worten zu unterdrücken, und wende mich ab.

»Nein.« Sylvian hat sich aufgerichtet. Die Augen

noch immer vor Schmerz verkniffen, weil das Glas ihn ordentlich am Kopf getroffen hat. »*Du* wirst gehen, Jax.«

»Was?«, zische ich.

»Der Thronsaal gehört den Erben des Zirkels. Du bist keiner mehr davon.«

»Das hast du gerade nicht wirklich gesagt.« Meine Stimme ist matt und leer, aber in mir brennt alles.

»Du wirst gehen.« Sylvians grüne Augen fixieren meine.

Meine Wut packt mich ohnegleichen, und ich trete auf ihn zu. Reece hält direkt einen Arm zwischen uns, als ob es mich kümmern würde, ihm diesen zu brechen, wenn ich wollte. »Du bist ein *Bastard*«, knurre ich Sylvian ins Gesicht. »Ich wünschte, du wärst längst an deinen verfickten Drogen verreckt, die du unter meinem Schutz verticken konntest.«

»Ich bin nicht der Bastard.«

»Boa, Sy«, schreitet Zayn ein. »Muss diese Erinnerung an seinen Nicht-Vater sein? Klar, ist er ein unehelicher Sohn und so weiter, aber sagt man dazu heutzutage überhaupt noch Bastard? Geht das nicht ’n bisschen zu weit?«

Sylvian muss schmunzeln über Crescents lächerlichen Versuch, unseren Streit zu schlichten.

»Wenn ich jetzt gehen soll ...«, raune ich Sylvian ins Gesicht. »Werde ich mir diesen Thronsaal zurückholen. Er ist *mein*. Wenn ich dafür den ganzen Zirkel vernichten muss, ich werde es tun. Und ich werde es schaffen. Seid ihr euch sicher, dass ihr dabei auf der anderen Seite stehen wollt?«

»Wir stehen auf der, die Amabelles Leben beschützt«, entgegnet Sylvian kalt. »Auf der will ich dich auch sehen. Ansonsten bekommst *du mich* zum Feind. Und wenn *ich* auf jemanden schieße, dann treffe ich.«

»Du Motherfucker!«, schreie ich, aber Reece springt sofort hinter mich und hält mich davon ab, mich auf Sylvian zu stürzen. Wir kämpfen, bis ich mich beruhigt habe, dann schüttle ich Reece ab. Schenke Sylvian einen verachtenden Blick und stürme aus dem Saal.

Fickt euch alle.

Einen Jaxon Tyrell fordert man nicht heraus.

Außer man sehnt sich nach dem Tod.

Sylvian

Du bist nirgends sicher, wenn ich nicht aufpasse. Jeder von uns versucht, dir die größtmögliche Freiheit zu geben, nur um festzustellen, dass die Gefahr dich ständig wie ein Gefängnis umgibt.

Wir brauchen eine bessere Lösung.

Wir müssen in Erfahrung bringen, wem wir wirklich trauen können.

Was, wenn derjenige, der dich töten wollte, in unseren eigenen Reihen steckt?

ZEHN

MABLE

Wenn ich daran zurückdenke, wie ich an meinem ersten Tag in Kingston die lange Straße entlang der Apartmenthäuser und exklusiven Wohnheime entlanggefahren bin, kommt mir mein jetziges Leben wie ein Traum vor.

Fast alles daran ist schimmernd, strahlend, geborgen und wunderschön.

Meine Hand liegt in der von Reece, als der Fahrer seiner Familie einen Platz zwischen den vielen ankommenden Autos sucht. *Ich kehre mit Reece Crescent zurück.*

Als seine Verlobte.

Nach einem Wochenende heißestem Sex in einem Strandhaus.

Nach mehreren Wochen voller berauschender Küsse von zwei Männern.

Nach einer Tortur für meine Hormone, die mich weder essen noch schlafen ließ.

Reece führt meine Hand zu seinen Lippen, als wir halten. Ein dunkler Schatten in mir fürchtet noch immer, dass er aussteigen und sich über mich lustig machen wird. Dass ich unendlich naiv bin, zu glauben, er würde etwas für mich empfinden.

Doch dieser dunkle Schatten wird seit Monaten nicht mehr gefüttert.

Daher sollte ich mir langsam sicher sein, dass sie es ernst meinen, nicht wahr?

Wir steigen aus, und dieses Mal sind es auch meine Koffer, die von einem Pagen ausgeladen werden. Die Kings haben mir so viel neue Kleidung und andere Dinge gekauft, dass ich ganze drei Koffer damit füllen kann. Es ist leider wahr, dass ich mich allmählich an ihren Reichtum gewöhne und auch keinerlei schlechtes Gewissen mehr habe, ihre Geschenke anzunehmen.

Reece legt vor aller Augen den Arm um mich und führt mich zu meinem Wohnheim. Ich spüre sie auf mir, die Blicke, den Neid, aber auch die Anerkennung. Viele Studenten haben mitbekommen, dass ich angeschossen worden bin. Deswegen scheint es einige zu überraschen, dass ich wieder hier bin.

Obwohl mir Reece angeboten hat, ich könne in die Glasvilla seiner Eltern ziehen, in der die erste Party stattgefunden hat, auf die ich mit Harper gemeinsam gegangen bin, habe ich darauf bestanden, in mein Zimmer zurückzukehren.

Neben dem bis ins kleinste Detail perfekt durchdachte neue Haus meiner Mom, das Harper liebevoll eingerichtet hat, wirkt mein Wohnheim allerdings wie eine Bruchbude.

Seufzend lasse ich meine Koffer hineinbringen.

»Überleg es dir noch mal, Mable.« Reece beobachtet mich zweifelnd dabei, wie ich in meinem Rucksack nach meinem Zimmerschlüssel suche. Der Rucksack ist mir als einziger von meinem alten, armen Studentenleben geblieben. Mit ihm verbinde ich zu viel, als dass ich ihn gegen einen neuen, viel teureren austauschen möchte. Gewissermaßen ist er vintage – und fällt damit nicht mal auf.

»Normalerweise wohnen Studenten *zu zweit* in den Zimmern«, erinnere ich Reece. »Ich habe genug Platz für mich allein und kann mich nicht beschweren.«

»Ist das ein Argument? In der Villa meiner Eltern hättest du genügend Platz und Ruhe. Einer von uns wäre immer da, wenn du willst. Zayn könnte auch ganz einziehen. Er geht sowieso nie zu Vorlesungen.«

Bei dem Gedanken daran, mit Zayn in einem Haus zu wohnen – allein –, wird mir anders. Wenn überhaupt ist er am Wochenende, während wir Zeit im Strandhaus verbracht haben, noch schweigsamer geworden. Auf der einen Seite war er fast schon lächerlich nett und zuvorkommend, auf der anderen hat er keine einzige meiner Fragen ehrlich beantwortet, als würde er die Mauer, die seit jeher zwischen uns besteht, mit jedem Tag noch verstärken wollen. Selbst beim Sex hatte ich das Gefühl, er würde eigentlich nicht dabei sein wollen. Allerdings hat Reece mir versichert, sein Bruder hätte keine andere neben mir.

Gott, Zayn Crescent wird noch ewig dafür sorgen, dass ich mir den Kopf zerbreche.

»Ich überlege es mir die nächsten Tage, in Ordnung?«, frage ich Reece.

Er seufzt, weil er ganz genau weiß, dass ich sein Angebot eigentlich ablehnen will. »Sicher. Soll ich dir beim Auspacken helfen?«

Da ich sowieso kaum weiß, wie ich die drei großen Koffer in mein Zimmer bekommen soll, ohne dass sie den gesamten Platz einnehmen, schüttle ich den Kopf. »Ich glaube, das schaffe ich allein. Du hast ja auch noch einiges auszupacken, oder?«

»Es tut mir leid, aber das Letzte, was ich tun würde, wäre, meine Sachen selbst auszupacken.« Er lächelt schief. »Wenn du willst, sage ich den Pagen Bescheid, dann erledigen sie alles für dich, und wir können etwas essen gehen.«

Es ist böse, wie sehr mir seine versnobte Art gefällt. Wofür habe ich mein Leben lang gekämpft? Und dann verliebe ich mich ausgerechnet in einen Erben der Elite? »Das ist nicht mein Stil, aber danke. Sehen wir uns später?«

Reece nickt, kommt auf mich zu und küsst mich sanft und gefühlvoll. Ich erliege seinem wunderbaren Charme und seufze entzückt. »Bis später, meine Hübsche.«

Damit geht er und lässt mich mit meinem aufgeschäumten Hormon-Cocktail zurück.

Vielleicht wollte mich das Schicksal auf besonders brachiale Art daran erinnern, dass mein Leben nicht dem einer Märchenprinzessin gleicht. Denn als ich endlich meinen Schlüssel gefunden und ins Schloss gesteckt habe, geht die Tür von sich aus auf.

Der Schock trifft mich wie an meinem ersten Tag, als Jaxon dahinter von Lien einen geblasen bekommen hat. Nur, dass ich dieses Mal nicht ihn in meinem Zimmer vorfinde, sondern das reinste Chaos.

Nahezu jedes Möbelstück in meinem Zimmer ist zertrümmert. Als hätte jemand es mit einer Axt bearbeitet oder darauf eingetreten.

Oh Gott. Mein Herzschlag beginnt zu rasen, als ich meinen Blick über all die zerrissenen Bücher gleiten lasse. Die Kleidung, die ich über die vorlesungsfreie Zeit hiergelassen habe, liegt verteilt auf dem Boden. Mein Kleiderschrank ist nur noch ein Gerippe. Seine Türen hängen traurig und halb verbogen in ihren Angeln.

Es ist wie ein Déjà-vu und doch so anders. Tränen brennen mir in den Augen, als mir mit voller Wucht wieder bewusst wird, dass ich nicht aus einem dummen Zufall heraus angeschossen worden bin.

Jemand will mich tot sehen.

Jemand will mich aus Kingston vertreiben.

Jemand will, dass ich aufhöre, zu existieren.

Hatte ich wirklich geglaubt, es würde enden?

Hatte ich gehofft, es könne jemals anders sein?

Alles, was auf meinem Schreibtisch gewesen war – meine Notizen aus dem letzten Semester, meine Lampe, mein Schreibmaterial – befindet sich mittlerweile zerstreut auf dem Boden.

Nur ein einzelner Zettel liegt fein säuberlich drapiert auf der Holzplatte. Ich trete näher, greife danach und spüre eine Gänsehaut meine Arme hinaufziehen.

Sag ihnen, ich werde dich bekommen, wenn ich will.

Der erste Impuls lässt mich den Zettel zusammenknüllen. Als könne ich damit löschen, was dort steht. Wer hat mir diese Notiz in Großbuchstaben geschrieben?

Jemand Unbekanntes?

Mein Attentäter?

Niemand weiß, wer mich wirklich angegriffen hat. Vielleicht hat *er* mir zeigen wollen, dass ich nirgends sicher bin? Schon gar nicht auf dem Campus?

»Hey, brauchst du Hilfe?« Es ist eine Stimme, die ich selten gehört habe.

Ich fahre herum. Lien. Obwohl wir seit einem Jahr auf demselben Gang wohnen, begegnen wir uns eigentlich nie.

»Sieht ziemlich …«, sie lässt ihren Blick über all das Chaos schweifen, »schlimm aus.«

»Ich weiß«, sage ich nur.

»Sie haben sogar jedes einzelne Buch zerrissen.« Lien lässt ihre Lippen schmal werden. Sie trägt ihr schwarzes, glattes Haar kurz und so gut wie kein Make-up. Ihre Kleidung hingegen ist schick und lässt auf den ersten Blick keinen Unterschied zu der der anderen Studentinnen feststellen. Ein gestrickter, schwarzer Pullover, darunter eine weiße Bluse, eine Perlenkette, ein Ledergürtel und ein knielanger Rock.

Als ich daran denken muss, dass sie Jaxon in meinem Zimmer an meinem ersten Tag in Kingston einen geblasen hat, brandet Eifersucht in mir auf. Aber das ist unfair. Schließlich ist Jaxon das Arschloch gewesen, nicht sie.

»Sind das nur deine? Oder auch welche aus der Bibliothek?«, fragt sie sorgenvoll. »Soll ich dir beim Aufräumen helfen? Vielleicht lässt sich ja etwas retten.«

Mir ist ihre plötzliche Hilfsbereitschaft nicht geheuer. So viele Monate hat sie mich ignoriert. So viele Male hat sie mir nicht geholfen. Aber jetzt ist sie plötzlich freundlich?

Da ich eine Schwäche für zweite Chancen habe, nicke ich. Als sie nicht hinsieht, texte ich dem ersten King in meinem Nachrichteneingang eine SMS. Es ist ausgerechnet Romeo, obwohl ich mit ihm am seltensten schreibe. Nur heute haben wir eine kurze Konversation über meine Fächerwahl geführt, und so ist er derjenige, den ich von Lien unbemerkt informiere.

Ich weiß nicht, ob der Text ›Bitte komm‹ für ihn ausreicht. Und ich weiß nicht, ob wir wirklich eine Art Freundschaft führen, in der es ihn überhaupt interessiert, wenn ich so etwas schreibe. Aber es ist das Einzige, was mir auf die Schnelle einfällt.

Denn aus irgendeinem hirnrissigen Grund kann ich mir vorstellen, dass Lien selbst es war, die mein Zimmer verwüstet hat. Bin ich mittlerweile so zerstört von den Intrigen der Kings und Clarisse, dass ich sie überall wittere?

Dass ich den schönsten Sommer meines Lebens erlebt habe, sorgt dafür, dass mich der Verlust meiner Notizen und Besitztümer nicht so niederreißt, wie er es sonst getan hätte. Meine Gedanken sind woanders, als ich die vielen zerrissenen Bücher gemeinsam mit Lien auf einen Stapel werfe. Durch das Geld, das Jaxon mir gegeben hat, habe ich nicht einmal das Problem, sie zu ersetzen. Aber Reece oder Sylvian wird mir eh zuvorkommen und mich nicht einen Cent für den Ersatz bezahlen lassen – oder?

Selbst die Frage, wer hinter dem Ganzen steckt, beschäftigt mich nur insoweit, dass mich brennend interessiert, wer mein Attentäter war. Würde er mein Zimmer in Schutt und Asche legen, um mir Angst einzujagen? Glaubt dieser Jemand wirklich, ich ließe mich nach alldem so leicht einschüchtern?

Wenn es hingegen Clarisse oder eine ihrer Anhängerinnen gewesen war, könnte es mich nicht weniger interessieren. Es wäre schlichtweg erbärmlich von ihr.

»Ich glaube, das sind die einzigen zwei Bücher, die ganz geblieben sind«, sagt Lien und schaut mich bedrückt an.

Warum habe ich das Gefühl, dass es ihr mehr leidtut als mir? »Sie waren nicht gründlich genug«, versuche ich zu scherzen.

Lien hebt entschuldigend die Schultern. »Sie lieben es halt, uns eins reinzuwürgen. Ich glaube, alle ihre Noten sind gekauft, meinst du nicht?«

Eigentlich sollte das, was sie sagt, sie in meinen Augen sympathischer machen, aber ich bin zu abgelenkt von der Notiz, die ich zerknüllt in meine Jeanstasche gesteckt habe. In meinem Kopf geistert zu viel anderes herum, als dass die Stipendiatin Lien, die weiß, wie Jaxons Schwanz schmeckt, darin Platz fände.

Ein Klopfen lässt sie und mich aufsehen.

Romeo.

Er steht da wie eine Schlange, die jederzeit bereit ist, sich auf die fiepende Maus zu stürzen. Seine Augen sind schmal, sein Kiefer verhärtet und die Hand, die er zur Faust geballt hat, um an meinen Türrahmen zu klopfen und auf sich aufmerksam zu machen, ist hart. »Raus.«

Lien springt auf und huscht mit gesenktem Kopf an ihm vorbei.

Er sieht ihr nach, mit der größten Verachtung im

Blick, die ich ohne Kings-Maske jemals an ihm wahrgenommen habe. Als ihre Schritte auf dem Flur verklungen sind, wendet er sich wieder an mich.

»Warum …«, frage ich baff.

»Sie ist eine Hure. Eine der schlimmsten Sorte. Dein Zimmer sieht übrigens scheiße aus, Weaver.«

Ich rolle mit den Augen »Jetzt, wo du's sagst, fällt es mir auch auf.«

Er schmunzelt über meinen Witz. Sehr kurz. »Es ist sowieso an der Zeit, dass du auf diesem Campus woanders untergebracht wirst.«

»Die Unterbringung ist gerade nicht mein Problem. Sondern, dass jemand in mein Zimmer eingefallen ist und alles zertrümmert hat. Ich will nicht in der Villa der Crescents abseits des Campus wohnen müssen, damit das nicht mehr geschieht.«

Romeo sieht auf den Stapel zerrissener Bücher, als würde ihm dieser jetzt erst auffallen. »Es war noch nie erlaubt, dass College-Studenten nicht auf dem Campus wohnen. Kingston wird selbst für dich keine Ausnahme machen, schätze ich. Auch wenn Crescent glaubt, er könne sich alles erkaufen. Nein, du wirst sicher *und angemessen* auf dem Campus untergebracht. Willst du irgendetwas von deinen … ›privaten Besitztümern‹«, er spricht das Wort aus, als hätte er Müll sagen wollen, »mitnehmen?«

»Was … genau hast du vor?« Sollte ich ihm vielleicht sagen, dass ich nicht unbedingt zu Scherzen aufgelegt bin?

»Vertrau mir«, entgegnet er tonlos und ist damit so vertrauenerweckend wie eine Phiole, auf der groß und fett ›Gift‹ steht. »Ich werde dir ein paar Koffer und Helfer organisieren. Vance' Mannschaft hat ja bereits ihre unendliche Freude signalisiert, wenn es darum geht, dir zu helfen.«

»Eigentlich brauche ich von den Sachen nicht viel. Das meiste ist schließlich kaputt.«

Romeo nickt geschäftig. »Dann warte hier, bis ich alles eingefädelt habe. Währenddessen werden Crescents Bodyguards hoffentlich dafür sorgen, dass niemand sonst dieses Wohnheim betritt, der nicht so schlau ist wie ich.«

»Wollten sie dich nicht reinlassen?«

»Mich?«, fragt er kühl lachend. »Nein, ich musste sie austricksen. Ich glaube, wenn Reece erfährt, dass ich mit dir allein in einem Raum war, wird er ... lassen wir das. Sag es ihm einfach nicht.«

»Aber ...«

Ohne ein weiteres Wort macht er auf dem Absatz kehrt und verschwindet.

Shit.

Ich sinke auf mein Bett, das einigermaßen ganz geblieben ist, und habe keine Ahnung, was zur Hölle mich nun erwartet.

Aber ich kann mir vorstellen, dass ich auf dem Campus nicht einfach *irgendwo* untergebracht werde. Was hat Romeo vor?

Romeo

Die Krone zu tragen, erfordert Verantwortung. Zeit, die uns niemand schenkt, Verpflichtungen, die zu erfüllen sind. Du bist in das vermeintlich sichere Nest zurückgekrochen und wurdest mit der harten Realität konfrontiert. Aber ich weiß, was die Kings wollen. Was dein Vater will. Was jeder für dich will außer Jaxon und mir.

Sie wollen einen goldenen Käfig, ausstaffiert mit weißer, wohliger, hässlicher Watte. Du bekommst ihn.

Aber wenn du das Schloss knacken willst …

Ein kleines ›Bitte, Romeo‹ genügt, und ich werde da sein, um dich zu befreien.

ELF

MABLE

»Das ist absolut lächerlich«, zische ich und setze mich widerwillig auf die rosafarbene Couch. Der gesamte Raum ist in pinken Tönen gehalten. Er sieht aus wie ein Barbieschloss von innen. Geschmackvoll und dennoch eine gewaltige Spur zu rosa.

»Vertrau uns«, sagt Reece. »Das ist zwar auch nicht unsere bevorzugte Lösung, aber Romeo hat recht; es ist die momentan sicherste.«

Ich schüttle den Kopf, in der Hoffnung, mich verhört zu haben. Drei Kings befinden sich mit mir im Raum. Reece, der neben mir auf der Couch sitzt, den Arm auf der Lehne hinter meinem Rücken. Sylvian, der neben uns steht, und Romeo, der sich in einen der rosafarbenen Sessel gesetzt hat. Das eine Bein lässig überschlagen, die Hände auf den holzverzierten Lehnen.

»Hörst du dir eigentlich selbst zu?«, frage ich

Reece wütend. »Diese Frauen haben mich *gefoltert*. Sie haben mich bloßgestellt, gefoltert und …«

Reece hebt die Hand und unterbricht mich. »Ja. Wir erinnern uns. Aber hier geht es um mehr als um einen Zickenkrieg.«

»Zickenkrieg?!«, fahre ich ihn an.

»In dieser Verbindung wohnen ausschließlich Erbinnen des Zirkels. Sie alle kennen die Regeln. Dir wird nichts geschehen.«

Ich öffne den Mund, weil ich einfach nicht verstehe, wovon er spricht, als die Tür aufgeht.

Vier hochgewachsene Frauen betreten den Raum. Drei Blondinen, eine Brünette. Clarisse führt die Gruppe an und lässt sich mit einem selbstgefälligen Lächeln auf der Couch uns gegenüber nieder. Sie trägt einen kurzen, karierten Rock, Strumpfhosen, schillernde Ohrringe und einen goldenen Reif im Haar. Wenn ich nicht ihren Charakter kennen würde, müsste ich zugeben, dass sie schlicht und ergreifend bildschön ist. Barbiepuppenlike-schön, aber schön.

»Hallo, Dole.« Sie faltet die Hände auf ihren Knien. Alles an ihr ist damenhaft, und in ihrer Gegenwart fühle ich mich wie eine Bäuerin. »Und hallo, Doles Wachhunde. Darf die Arme nicht mehr für sich selbst sprechen?«

Reece schmunzelt. »Ihr wisst, warum wir hier sind?«

»Romeo hat etwas angedeutet.« Clarisse wirft ihm

einen spöttischen Blick zu. »Die Antwort ist Nein. Wir haben bedauerlicherweise keinen Platz.«

Romeo räuspert sich, woraufhin Clarisse stöhnt.

»Nein!«, ruft sie laut. »Es gibt keine Regel, die besagt, dass die Verlobte eines Alpha Rex, möge ihr zukünftiger Ehegatte noch so reich sein, automatisch bei den Alpha Reginas aufgenommen wird. Keine einzige.«

»Du weißt, dass das nicht der alleinige Grund ist.« Sylvian hat die gesamte Zeit über geschwiegen. Seine Stimme ist tiefer und bedrohlicher als sonst.

»Welches Zimmer könnt ihr anbieten?«, fragt Reece, als hätte sich damit alles geklärt.

Welcher Grund denn noch?, würde ich gerne fragen. Aber es scheint vorerst besser zu sein, so zu tun, als hätten die Kings mich über alles informiert.

Clarisse atmet scharf ein. »Wenn es Richtung Bordell gehen soll, hätten wir noch einen Kellerraum frei …«

Ich selbst bin es, die zusammenzuckt, als Romeo aufspringt und gemeinsam mit Sylvian einen Schritt auf Clarisse zugeht.

»Weißt du was, Cunningham?«, fragt Romeo bittersüß. »Dein Hass auf Weaver ist ein sehr interessantes Motiv, wenn du mich fragst. Ich fürchte, du wirst demnächst zum Vorfall auf der Graduation Gala befragt. Jeder auf dem Campus wird es uns abkaufen, dass du es warst, die ihre Rivalin tot sehen wollte. Also wird Weaver voraussichtlich *dein* Zimmer bekommen, wenn du ins Kittchen wanderst.«

»Ich will überhaupt nicht hier wohnen«, murmle ich.

Romeo neigt den Kopf in meine Richtung, und seine Augen funkeln grün. »Oh doch«, sagt er leise. »Du willst genau hier wohnen. Private Köche, ein Schwimmbad, ein Fitnessraum, ein über den Sommer frisch renoviertes Zimmer, Lernangebote, die eigene Bibliothek mit den Hauptnachschlagewerken deiner Fachrichtung, ein bequemes, breites Bett und genügend Platz und Ruhe für dein Studium. Und das wichtigste: eine perfekt funktionierende Alarmanlage, Kameras an allen Außenwänden und Fluren und Sicherheitskräfte über das gesamte Grundstück verteilt. Du *wirst* hier wohnen. Dieses Haus ist prädestiniert für Studentinnen wie dich. Clarisse wird dir das größte und luxuriöseste Zimmer zur Verfügung stellen. Und sie wird dankbar sein, dass eine zukünftige Crescent die Alpha Regina Verbindung bereichert. Vor allem weiß sie, wie sehr sie selbst davon profitiert.«

»Wir werden ihr das Leben trotzdem zur Hölle machen«, zischt Clarisse.

Romeos Hand schnellt blitzschnell vor und schließt sich um Clarisse' Kehle. Die anderen Reginas keuchen ängstlich auf. »Wag es nicht noch einmal, *uns* zu drohen«, zischt Romeo leise. »Du bist Abschaum im Vergleich zu Amabelle. Wertloser Dreck. Alles, worüber du froh sein darfst, ist, dass ich dich nicht dazu zwingen werde, vor ihr auf dem Boden zu kriechen und ihre Füße zu küssen, hast du mich verstanden, Cunningham? Ein einziger Fehltritt, ein einziges schlechtes Wort, das mir zu Ohren kommt, und der Zirkel wird davon erfahren.«

Clarisse fletscht die Zähne, bevor Romeo sie loslässt.

»Vielleicht werdet ihr sogar Freundinnen«, sagt er zynisch. »Entschuldigt mich. Das Gröbste ist geklärt. Reece und Sylvian helfen dir beim Auspacken, Weaver.« Es fehlt nur noch der Umhang, damit sein Abgang der eines echten Slytherins ist, als er hinausgeht.

Clarisse fixiert mich, ohne sich anmerken zu lassen, dass Romeo sie kurz zuvor gewürgt hat. »Also dann, herzlich willkommen bei den Alpha Reginas, Amabelle. Wir mussten deine Freundin Harper leider rauswerfen, aber sie darf zu den Besuchszeiten dein Zimmer betreten. Ich hoffe, es genügt den Ansprüchen einer zukünftigen Crescent.« In ihren Augen funkelt purer Hohn.

Ich halte es für die dümmste Idee, die die Kings jemals hatten, dass wir einer der Reginas – Bridget – durch das Haus folgen. Es ist nicht überall rosa. Vielmehr ist es stilvoll eingerichtet. Fast so schön wie das neue Reihenhaus, das Harper für uns dekoriert hat. Bridget bringt uns ins zweite Stockwerk und hält vor einer weiß getünchten Tür inne. Ohne die Miene zu verziehen, öffnet sie mir die Tür, als hätte Romeos Ansprache auch bei ihr Eindruck hinterlassen.

»Ist dieses Zimmer in Ordnung?«, fragt sie uns schüchtern.

Reece tritt hinter mir ein, dicht gefolgt von Sylvian.

»*Das* ist das Zimmer?«, frage ich verunsichert.

»Reicht es dir nicht?«, fragt Bridget besorgt. »Wir haben noch zwei größere Zimmer, aber die werden von jeweils zwei Verbindungsschwestern geteilt.«

»Das ist keine Option«, entgegnet Sylvian.

Ich lache erstaunt und drehe mich im Kreis. Der riesige Raum verdient nicht die Bezeichnung *Zimmer*. Es ist fast so groß wie das von Sylvian oder Jaxon. Die Decke ist hoch und mit weißem Stuck verziert, das Himmelbett mit schweren Gardinen ausgestattet, auf dem Boden liegen kunstvolle Teppiche, an den Wänden hängen goldene Kronleuchter und ein Großteil der Außenwand ist verglast und führt auf einen weitläufigen Balkon.

»Du kannst gehen«, sagt Reece zu Bridget.

»Oh, okay.« Sie öffnet nervös die Tür. »Bitte denkt dran, dass der Besuch männlicher Studenten eigentlich nicht erlaubt ...«

»Geh«, zischt Sylvian.

Sie blinzelt verstört, huscht durch die Tür und schlägt sie hinter sich zu.

»Warum tut ihr mir das an?«, frage ich die beiden Könige, die sich augenblicklich auf mich zubewegen. »Warum das Zimmer einer Prinzessin in einem Haus der Hölle?«

Sylvian erreicht mich als Erster, umfasst meinen Nacken und holt mich vor seine Lippen. »Es ist der sicherste Ort auf dem Campus für dich, Baby«, raunt er, bevor er mich küsst. Während seine Lippen meine umspielen, denke ich nicht darüber nach, ihm zu widersprechen.

Er lässt mich los und dreht mich an meinem Hals zu Reece.

Der seine Hände an meine Wangen legt und mich ebenfalls zärtlich küsst. Ab diesem Moment ist mein Widerstand geschmolzen.

»Vertrau uns«, raunt Reece und schließt mich in seine Arme ein. »Alle Reginas werden sich noch bei dir entschuldigen. Sie, beziehungsweise ihre Familien, können es sich nicht erlauben, es sich mit dir zu verscherzen. Mit einer zukünftigen Crescent. All die Geschäfte, die ihnen oder ihren Familien durch die Lappen gehen, weil sie auf dem College nicht nett zu dir waren ... Clarisse wird deine beste Freundin – oder es zumindest sein wollen, wetten?«

»Musste ich erst fast sterben, damit ihr so zu mir seid?« Während ich diese Frage stelle, spüre ich Verbitterung in mir aufkommen. Warum waren die Kings nicht vor ihrem Abschluss so nett zu mir? Brauchte es dafür wirklich meine Entscheidung *für* Reece?

Reece betrachtet mich dunkel. »Du verstehst das falsch. Niemand von uns will dich gerne hier wohnen lassen. Also ja, du musstest erst fast sterben, damit du die maximale Sicherheit, die diese Verbindungsvilla dir bietet, brauchst.«

»Kameras überall, hm?«, frage ich die beiden.

Sylvian schmunzelt. »Nicht in deinem Zimmer.«

Ich grinse ihn an, und sie nähern sich mir wieder. Während ich in ihre beiden Pullover greife, ziehe ich sie zu meinem neuen Bett. Ob ich es aushalte, mit Clarisse unter einem Dach zu wohnen, werde ich erst noch herausfinden müssen. Gerade beflügelt mich der Gedanke, dass die Reginas mitbekommen, wie sich Reece und Sylvian mich teilen.

Wir landen im Bett und genießen wie im Strandhaus die gemeinsame Nähe. Dabei fühlt es sich mittlerweile ganz natürlich an, sie gleichzeitig zu berühren und nacheinander zu küssen.

»Warum darf Romeo nicht mit mir allein in einem Zimmer sein?«, frage ich die Kings schließlich. Reece hat eine Hand auf meinen Bauch gelegt, Sylvian seine in mein Haar. Beide streicheln mich. »Wenn er der Attentäter gewesen *wäre*, dann hätte er genügend Gelegenheiten gehabt, es zu wiederholen, oder?«

»Es war immer einer von uns oder Vance in der Nähe.« Reece schüttelt den Kopf. »Und Vance weiß Bescheid. Wir wissen nicht, ob es Romeo war. Oder Jaxon. Aber wir vermuten es, weil der Zirkel den Attentäter schützt. Sie haben einen wildfremden Kerl verhaftet, der angeblich das Gebäude gestürmt hat und ausgerechnet dich erschießen wollte. Niemand glaubt das wirklich.«

»Wirst du mir mehr darüber erzählen, *warum* Romeo oder Jaxon mich tot sehen will?«, frage ich Sylvian.

Seine grünen Augen fixieren mich wachsam, doch sein Gesicht bleibt undurchschaubar. »Die Dinge haben sich geändert. Ich kann nicht mehr darüber sprechen, ohne die Regeln zu verletzen.«

»Die Regeln des Zirkels?«

»Ja«, entgegnet er unheilschwanger. »Aber keine Sorge. Du bist absolut sicher. In diesem Haus, mit uns zusammen und als Crescents Verlobte. Dir kann absolut *nichts* passieren, wenn wir ... solche Leute wie Romeo von dir fernhalten.«

»Solche Leute wie er?«

»Die nichts zu verlieren haben«, raunt er.

Ich nicke, fasse nach seiner Hand und lege meine hinein. Dabei denke ich an den Zettel in meinem Rucksack, den ich dort vor den Kings verborgen habe.

Sag ihnen, dass ich dich bekommen werde, wenn ich will.

Wissen die Kings, was sie tun?

JAXON

Zeig mir deine Hand, Belle.

Aah, was ein schöner Ring.

Er kommt mir sehr bekannt vor, weißt du?

Bist du sicher, dass du ihn für den richtigen Mann trägst?

ZWÖLF

MABLE

Seit Semesterbeginn vergeht kaum ein Tag, der nicht perfekt ist. Ich bin ständig umgeben von Reece, Zayn, Sylvian, Harper, Vance oder Romeo und verstehe mich mit allen blendend. Reece, Zayn und ich können in der Öffentlichkeit alles tun, was ein verliebtes Paar tut. Dabei sehen die Leute immer nur einen Crescent und nur ich weiß, dass es zwei Männer sind, mit denen ich zusammen sein darf. Wenn der eine von ihnen in eine Vorlesung geht, bleibt so gut wie immer der andere heimlich in meiner Nähe, solange sie sichergehen können, dass niemand ihre Koexistenz bemerkt.

Sylvian hingegen lässt unsere Beziehung im Verborgenen. Er zieht mich im Vorbeigehen plötzlich in eine Nische, küsst mich kurz und hart und geht wieder weiter.

Mit Harper und Romeo gehe ich zu Vance' Spielen. Ich lebe ein Collegeleben, von dem ich nicht einmal gewagt habe, zu träumen, und ich dränge dafür jeden Tag mehr den Schatten zurück, den Jaxons Abwesenheit über mich wirft.

Es ist, als würde ich in einem falschen Lichtkreis stehen. Als wäre es nicht die Sonne, die auf mich scheint, sondern nur ein künstlicher Scheinwerfer. Was dahinter lauert, hinter dem Licht, hinter dem Schleier, blende ich einfach aus.

Ich bin wie auf Drogen und verdränge, dass etwas nicht stimmig ist. Dass ich eigentlich nicht glücklich sein darf. Und es tief im Innern nicht bin, weil ich Jaxon auf dem Campus weder begegne noch ein Lebenszeichen von ihm erhalte.

Er ist verschwunden.

Als wäre er gestorben und nicht ich.

Meine Nachrichten an ihn bleiben unbeantwortet. Die anderen Kings verlieren nicht ein Wort über ihn. Und hätte ich Romeo nicht, würde ich längst denken, Jaxon sei wirklich tot.

Romeo ist wie eine Art Teil von ihm und damit ein hinreichendes Substitut.

Solange Romeo bei mir ist, kann ich mir einreden, alles wäre gut. Und genau das ist es, was ich gerade brauche. Ich *will* für einen herrlichen Moment, der sich bereits mehrere Monate zieht, glauben, ich würde endlich für all mein durchgestandenes Leid belohnt werden.

Deswegen ... bohre ich nicht nach. Ich nehme es hin, dass meine Mom verändert ist. Ich nehme es hin, dass Sylvian schweigt und Dinge zurückhält. Ich nehme es hin, nicht zu wissen, warum Jaxon sich fernhält. Und ich verdränge, dass ich in Lebensgefahr schwebe, weil mein Attentäter bisher nicht gefasst worden ist. Jedenfalls glauben das die Kings ... Und ich vertraue ihnen mittlerweile, oder?

Am Campus wagt es mittlerweile niemand mehr, auch nur ein einziges schlechtes Wort über mich zu verlieren. Die Beleidigungen haben von heute auf morgen aufgehört. Vielmehr habe ich das Gefühl, dass mich eine ganze Menge Leute ängstlich betrachten, als fürchten sie, ich könne mich an ihnen rächen – oder als würde Reece es vorhaben.

Vielleicht liegt es auch an den Bodyguards, die die Crescents nach wie vor für mich abgestellt haben, dass niemand mir zu nahekommt. Selbst unter den Reginas lebt es sich um Welten besser, als ich mir jemals hätte ausmalen können. Keine von ihnen – bis auf Clarisse – hat es bisher gewagt, unfreundlich zu mir zu sein. Sie werfen mir bewundernde Blicke zu, als hätte ich irgendeine Leistung erbracht. Damit meinen sie sicher nicht meine guten Noten vom letzten Jahr, sondern vielmehr den Ring an meinem Finger, den ich offiziell trage.

Auch wenn ich nie eine Sonderbehandlung angestrebt habe, ist es eine Hilfe, dass jeder meiner neuen und alten Professoren einzeln auf mich zukommt, mich fragt, ob ich etwas brauche, und mir anbietet, mich jederzeit bei ihm zu melden. So als wollten sie zum Ausdruck bringen, wie sehr sie das Attentat auf mich erschüttert hat.

Ich werde mit jeder Woche, die vergeht, glücklicher und glücklicher und glücklicher, bis ich irgendwann glaube, in eine Art Parallelwelt geschlittert zu sein.

Bin ich vielleicht doch gestorben?

Und während ich die glücklichste Studentin auf dem Campus bin, scheine ich mehr davon anzuziehen. Zayn gibt mir quasi Privatunterricht und hilft mir, wo und wann immer er kann mit meinen Hausarbeiten. Wenn wir alleine sind, öffnet er sich mir etwas und ich erhasche einen Blick auf sein Inneres. Er scheint jedenfalls keine Probleme zu haben, die Zeit mit mir zu verbringen.

Während Reece wieder Übungen für Erstsemester anbietet, hat Sylvian als wissenschaftlicher Assistent im Fachbereich Finanzen angefangen. Es kommt vor, dass er eine Übung abhält, aber ich habe mich entschieden, nicht mehr hinzugehen.

Ich bin verdammt noch mal viel zu sehr davon abgelenkt, wenn ich daran denke, was seine Lippen, seine Finger und sein gesamter Körper sonst mit mir tun.

»Kannst du mir bitte verraten, *wann* du schläfst?«, fragt Harper mich, als wir uns im anfänglichen Herbstwetter eine heiße Schokolade im Becher kaufen und damit den Park ansteuern. »Du hast mir gestern Nacht um zwei geschrieben, warst heute Morgen um acht in der Vorlesung und hast jetzt schon deine Hausarbeiten für nächste Woche fertig? Wie geht das?«

»Z … Zusammen braucht es weniger Zeit. Reece hilft mir.« Beinahe, wirklich *beinahe*, hätte ich Zayns Namen gesagt.

»Also macht *er* dir die Aufgaben?« Harper hebt eine Braue. »Ich dachte, so was würdest du niemals zulassen.«

Ich lache. »Nein, was soll das bringen? Die Prüfungen muss ja auch ich schreiben. Er gibt mir einfach Tipps, liest sie Korrektur, hilft mir …«

»Ah.«

»Und ja, vielleicht kann ich nachts nicht besonders gut schlafen, weil ich einfach nicht müde bin.«

»Und wieso bist du nicht müde?«

Ich lege den Kopf schief und strahle sie an. »Weil mein Leben perfekt ist?«

Harper lächelt zurück, aber in ihren Augen blitzt die Wahrheit auf, die ich mit jedem Tag mehr zu verdrängen versuche.

Nichts ist perfekt.

Aber jeder will es mich glauben lassen.

Inklusive mir selbst.

Am Wochenende findet wieder ein Spiel der Kingston Lions statt. Allmählich werde ich zum Footballprofi. Es sind Stunden, in denen ich nur mit Harper und Romeo im Publikum sitze und weder Reece noch Zayn oder Sylvian dabei ist. Und es sind Stunden, in denen ich nicht lerne. Denn das ist es, was ich sonst den gesamten Tag über tue: Lernen. Das dritte Semester ist herausfordernd und ich fühle mich, als würde ich in wenigen Tagen meine Abschlussprüfungen schreiben. Dabei ist das noch immer erst das Sophomore Jahr.

»Eine Frage habe ich.« Romeo trägt sein klassisch-elegantes Outfit und sieht damit zwischen den Footballern aus wie der Juniormanager. Vance tritt aus der Gruppe seiner Mannschaft hervor. In dem überdachten Stadion des Campus, dessen Sitzplätze zum größten Teil bequem gepolstert sind, herrscht bereits aufgeheizte Stimmung.

»Ja?«, fragt Vance. Es ist eigenartig zu sehen, wie sich ausgerechnet Romeo und Vance anzunähern scheinen. Als würde sich eine Freundschaft entwickeln. Basierend auf tiefem Hass.

»Wieso gewinnst du jedes Spiel?« Romeo lässt seine Augen über das Spielfeld gleiten. »Ich komme jede Woche hierher und du gewinnst jeden noch so harten Zweikampf und wenn das Ergebnis auf der Kippe steht, holst du es noch raus. Wie machst du das?«

Vance lächelt verlegen. Es kommt vermutlich

einmal im Jahrzehnt vor, dass Romeo beeindruckt ist. »Ich könnte ohne meine Mannschaft nicht gewinnen.«

»Das ist es nicht«, entgegnet Romeo ungeduldig, als würde er auf eine schnelle Antwort pochen.

Vance sieht sich zu seinen Kollegen um, bevor er unter sein Shirt fasst und eine silbrige Kette hervorholt. Daran hängt ein Kreuz. »Ich mache nichts. Ich vertraue allein darauf, dass ich siegen werde, weil ich es will, und es keinen Grund gibt, dass ich es nicht schaffen kann.« Vance grinst schief, dann lässt er die Kette wieder unter seinem Shirt verschwinden, setzt sich den Helm auf und bereitet sich mit den anderen Spielern weiter vor.

Romeo hat die Augen verdreht. »Es geht doch nichts über den stumpfen Glauben an eine übergeordnete Macht.«

»Er ist einfach ein guter Spieler, oder?«, fragt Harper schulterzuckend.

»Das?«, fragt Romeo sie und zeigt aufs Spielfeld. »Das gewinnt man nicht jedes dämliche Mal, wenn man einfach nur ein guter Spieler ist, Mitchell. Buchanan betet vermutlich vor jedem Spiel und jeden einzelnen Tag und so weiter. Er betrachtet sich im Spiegel und sagt sich, dass er gewinnen wird. Sein Gehirn ist auf Sieg kalibriert.«

»Das kommt mir von den Kings bekannt vor«, witzle ich.

Romeo taxiert mich. »Jaxon. Dir kommt es von

Jaxon bekannt vor, was ich sage. Er macht es nämlich genauso. Setzen wir uns?«

Dass Romeo Jaxon erwähnt hat, lässt mich für das erste Viertel des Spiels an nichts anderes denken. Er hat es die letzten Wochen vermieden, auch nur eine einzige Andeutung zu machen, dass Jaxon Tyrell überhaupt existiert.

Aber vermutlich hat etwas an Vance' Einstellung Romeo derart getriggert, dass er nicht anders konnte, als mich daran zu erinnern, wer eigentlich der wahre King ist.

Ich bin es von den letzten Semestern gewöhnt, Jaxon über Wochen hinweg nicht zu sehen, und ich bin es ebenfalls gewöhnt, nicht zu wissen, wie wir zueinander stehen.

Aber seit dem dritten Semester beschleicht mich das Gefühl, Jaxon würde gar nicht mehr hier studieren. *Wo ist der egomanische Schönling, der sich auf dem Campus präsentiert, als gehöre ganz Kingston ihm? Was ist vorgefallen, dass die Kings sich zerstritten haben? Was hat das alles mit dem Zirkel zu tun?*

Während ich nervös an meinen Fingern spiele, beobachte ich Vance' Spielzüge. Die erste Halbzeit geht mit einem weiten Vorsprung für die Kingston Lions vorüber. Harper springt auf und jubelt Vance zu. Das Cheerleaderteam führt eine kunstvolle Pyramide auf, zerstreut sich schließlich über den Platz und dann passiert es. Um mein Herz schließt sich eine Faust, als eine Turnerin aus dem Team auf Vance zuläuft, ihm um den Hals fällt und ihn ... küsst.

Es ist kein überschwänglicher, freundschaftlicher Kuss. Sie machen vor aller Augen rum. Vance, der seine Arme um die Cheerleaderin legt, sie, die sich an ihn schmiegt.

Ich sehe das Paar an und fühle viel, das ich nicht fühlen darf.

»Was starrst du Vance so an?«, fragt Harper mich, weil ich mich für einen Moment nicht mehr bewegt habe.

Ich versuche sofort zu lächeln und mein Gesicht zu klären.

»Ich finde es auch scheiße, dass er sich ausgerechnet eine von den Campuszicken gesucht hat, aber ... es ist seine Entscheidung, oder?«

»Du wusstest davon?«

»Klar, das läuft schon seit Wochen. Hast du sie noch nie knutschen sehen?«

Ich schlucke hart und mir wird auf schreckliche Art übel. Fuck. Vance ist mein Freund. Er ist mein Freund. Ich muss mich für ihn freuen. Wie ich mich für Romeo freuen würde. Oder für Harper.

Er. Ist. Mein. Freund.

Ich. Muss. Mich. Für ihn. Freuen.

Mein Magen sagt allerdings etwas anderes. Er rumort, sperrt sich, will nicht wahrhaben, was geschieht.

Plötzlich fühlt sich jeder einzelne Traum, den ich während meines Komas gehabt habe, noch realer an. Aber nichts davon ist jemals geschehen.

Vance Buchanan ... hat mich ein einziges Mal geküsst. Das war's. Da war nie mehr zwischen uns. Da wird nie mehr sein.

»Ehrlich, Weaver?«, fragt Romeo leise im Tumult der applaudierenden Menge, ohne dass Harper es hört.

Ich beiße mir auf die Unterlippe. »Mich stört, dass er sich eine aus dem Team sucht. Die Cheerleaderinnen sind fast so schlimm wie Clarisse und ihre Reginas.«

Romeos Augen werden schmal, als versuche er festzustellen, ob ich lüge oder die Wahrheit sage. »Ich will dir nicht widersprechen. Aber du bist mit Silvano und Crescent zusammen. Aus Vance' Perspektive muss das um einiges härter sein.«

Ich nicke tapfer. Und plötzlich, während ich dasitze und von meinen Gefühlen überrollt werde, packt mich eine unerschütterliche Sehnsucht. Jaxon ... würde mich vielleicht verstehen. Er schafft es, tief in meine Seele zu sehen, ohne ein einziges Wort zu sagen. Er weiß, was darin in der Dunkelheit lauert.

Sylvian versucht mich vor dieser Dunkelheit zu beschützen.

Reece wird sie nie verstehen.

Zayn verschließt sich, wann immer wir uns sehen, und unsere Beziehung bleibt oberflächlich.

Aber Jaxon stößt mich hinein.

Er treibt mich bis in mein eigenes Grab, wenn es sein muss, damit ich als Phönix wieder auferstehe. Er ist meine Challenge, mein Sparringspartner, meine … größte Herausforderung?

Vance hat gerade einen weiteren Touchdown erzielt, als ich aufspringe.

»Wo willst hin?!«, ruft Harper mir hinterher, aber ich winke ihr nur zu.

Ich hätte niemals so lange damit warten dürfen, Jaxon zur Rede zu stellen. War da nicht immer ein klitzekleiner Schatten bei allem, was mir die letzten Wochen Gutes widerfahren ist? Als hätte ich mich in mein Glück gestürzt, es mit vollen Händen getrunken, um auszublenden, dass nicht alles in Ordnung ist.

Ich wurde angeschossen.

In mein Zimmer wurde eingebrochen, alle Möbel und Gegenstände wurden zerstört.

Jaxon ist wie vom Erdboden verschwunden und keiner will mir sagen, wo er hin ist.

Es ist, als hätte der Schmerz, den Vance' Rumgeknutsche in mir ausgelöst hat, mich von den Scheuklappen befreit, die ich getragen habe. Ich stürme mehr, als dass ich gehe, über den Campus, bis ich die knappe Meile endlich hinter mich gebracht habe, die zwischen dem Sportcampus und dem Verbindungshaus der Kings liegt.

Als ich die Flügeltüren öffne, erwartet mich dahinter gespenstische Stille. Klar, die meisten Studenten sind beim Spiel. Es zieht jeden magisch an, da die Mannschaft der Kingston Universität seit Wochen brilliert.

Ich nehme mehrere Treppen auf einmal, als ich ins erste Stockwerk hechte, und stehe kurz darauf atemlos und verschwitzt vor Jaxons Tür. Was auch immer mich dahinter erwartet, ich fürchte mich nicht. Für ihn gehe ich weit. Sehr, sehr weit. Wenn er eine andere hat, hätte das keine Bedeutung. Es hat so vieles von dem, was er tut, keine Bedeutung.

Weil alles zwischen uns tiefer geht.

Zerstörerischer.

Erfüllender.

Mächtiger.

Als ich den Türknauf drehe, tut sich nichts. Laut klopfe ich gegen das Holz. »Jaxon! Mach auf! Ich bin es!«

Nichts geschieht.

Auch ein Jaxon Tyrell muss nicht immer zu Hause sein. Ich kehre um und horche ins Haus. Es ist nach wie vor sehr still. Zurück in der Halle suche ich die Salons ab, die alle leer sind.

Kurzerhand greife ich zu meinem Handy und rufe Jaxon einfach an. Ich habe natürlich keinen Empfang oder er hat keinen. Jedenfalls wird keine Verbindung aufgebaut.

»Was tust du hier?«

Ich drehe mich um. Es passiert selten, aber manchmal zweifle ich, welcher Crescent vor mir steht.

Es könnte ein angespannter Reece sein oder ein schlecht gelaunter Zayn, der plötzlich hinter mir aufgetaucht ist. Die Ärmel seines Hemdes sind hochgekrempelt, als hätte ich ihn bei wichtiger Arbeit gestört. »Ist das Ruß an deiner Nase?«

Er wischt sich darüber. »Wir dachten, du bist mit Romeo und Harper beim Spiel.«

»Reece?«, frage ich zweifelnd.

Seine Augen weiten sich leicht, als würde es ihn treffen, dass ich ihn nicht erkenne. »Nein. Willst du was trinken?«

»Was?«, frage ich verwirrt.

Zayn geht steif zum Serviertisch. Darauf angerichtet stehen allerlei Flaschen und ein paar Whiskygläser. Seine Hand zittert kurz, bevor er sich einschenkt. »War das Spiel scheiße?«

»Ich will mit Jaxon sprechen.«

Zayns Rücken verspannt. Irgendwas ist verdammt anders an ihm. Zayns Hände, die zittern? Ruß in seinem Gesicht?

»Was zur Hölle ist hier los?!«, fahre ich ihn an.

»Mable.« Sylvian erscheint im Torbogen des Salons. »Wir dachten, du seist beim Spiel.«

»Und deswegen tut ihr *was?* Irgendwelche Leichen verbrennen, von denen ich nichts wissen darf?«

Sylvian lacht amüsiert, aber Zayn sieht aus, als läge ich mit meiner Vermutung goldrichtig. »Wir tun *nichts*. Nur unser Zeug. Crescent hat es gestern Nacht etwas übertrieben.«

»Übertrieben womit?«

»Wir haben gepokert und dabei ein dämliches Trinkspiel gespielt.« Sylvian lügt mir glatt ins Gesicht und mit welcher Selbstverständlichkeit er das tut, beeindruckt mich beinahe. »Manchmal sind wir einfach Kinder«, fügt er noch an.

Als ob. Sie sind erwachsener als viele, die weit älter sind als die Kings.

»Mable.« Reece taucht neben Sylvian auf. Sobald beide Zwillinge in einem Raum sind, ist es, als würde ich intuitiv spüren, wer wer ist. Doch wenn sie mich einzeln umgeben ... »Was verschafft uns die Ehre?«

Auch Reece wirkt, als hätte er gerade handwerkliche Arbeit unterbrochen. Sein Haar ist feucht, sein Gesicht verschwitzt. Ein todbringender Gedanke erfüllt mich, der in diese Situation noch mehr passt als mein Witz mit der Leiche.

»Habt ihr eine andere?«, frage ich stimmlos.

»Was?«, fragt Reece lachend. »Nein!«

»Nein«, sagt Sylvian kopfschüttelnd. Beide kommen auf mich zu. »Das ist absoluter Quatsch, Baby.«

»Was ist es dann, was ihr vor mir verbergt?«

»Auf jeden Fall keine andere.« Reece lächelt mich schief an.

Sylvian erreicht mich als Erster. »Wir haben ... Männerkram gemacht. Es ist zu dumm, um groß Worte darüber zu verlieren. Du musst uns vertrauen,

Baby. Wenn du das nicht kannst, müssen wir sprechen.«

Ich öffne den Mund, um ihm zu sagen, dass er mir nicht mitten ins Gesicht lügen soll, aber dann halte ich ihn doch. Denn das ist es, was Sylvian tut, wenn er seine Umgebung manipuliert. Er lügt und legt Fallen. Wenn ich ihnen jetzt misstraue, stelle ich damit unsere Beziehung in Frage. Und das will ich nicht. Was auch immer die Kings verbergen, es muss ziemlich schlimm sein, wenn Sylvian bereit ist, in seine bewährte Trickkiste zu greifen, obwohl er mich eigentlich nicht verletzen will.

Es ist sein Beschützerinstinkt, der immer stärker ist, als die Liebe zur Wahrheit.

Verunsichert wende ich mich an Zayn, der hinter mir steht, und zucke zurück, weil er plötzlich eine schwarz-goldene Maske trägt, die sein Gesicht vollständig verbirgt.

»Sicherheitshalber«, raunt Reece erklärend. Niemand darf wissen, dass es zwei Crescents gibt. Selbst in der Verbindung nicht. Es könnte jederzeit jemand hereinkommen.

»Ich bin hier, weil ich mit Jaxon sprechen will«, komme ich auf das eigentliche Thema zurück.

»Das ist nicht möglich«, entgegnet Sylvian knapp.

Ich lächle ihn bitter an. »Wirst du mir erklären, warum?«

»Bitte, Mable ...« Reece betrachtet mich besorgt.

»Du würdest nur seinen Frust zu spüren bekommen. Gib ihm Zeit.«

»Zeit wofür?«

»Um zu lernen, dich nicht mehr zu hassen.« Sylvian.

»Aber …«

»Scheiße!«, ruft Zayn durch die Maske. »Er wollte dich abknallen, checkst du es bitte endlich, Doll?«

Ich versuche in seinen Augen zu lesen, doch die steife Gesichtsform seiner Maske irritiert mich. »Du auch«, murmle ich. Während unserer Lernsessions habe ich ihn dazu gebracht, mir alles über die Gala zu erzählen. Sobald er ins Detail ging, setzten sich die größeren Bruchstücke des Abends zusammen, und ich weiß wieder grob, was geschehen ist, bevor ich mich mit Reece verlobt habe.

Zayn stöhnt. »Sorry, ja, ich meine, er *hat* dich abgeknallt, nur glücklicherweise bist du *nicht* gestorben. Alles klar? Was davor im Zigarrenzimmer lief, war Geplänkel. Aber dann hat Jaxon es durchzogen.«

»Und warum soll er es gewesen sein? Und nicht du?«

»Mable«, mahnt mich Reece, doch Zayn reißt bereits seine Maske ab.

Seine Augen haben sich verengt und mir schlägt dunkle Aggression entgegen. »Was sollte mein Motiv gewesen sein?«

»Reece und … ich … und … keine Ahnung! Ich

habe immer noch das Gefühl, dass du mich dafür hasst, dass Reece mich mag!«

Zayns Nasenflügel blähen. »Das hat nichts damit zu tun, weil Reece dich mag. Mich stört, dass *du* ihn magst.«

»Was?«, frage ich verwirrt.

»Und überhaupt bin ich 'ne ganze Spur davon entfernt, dich zu hassen. Hätte ich sonst den ganzen verschissenen August an der Ostküste verbracht, nur um in deiner Nähe zu sein?«

Ich starre ihn an. *Ist das ... ein Geständnis? Will er mir sagen, dass er mich ... mag?*

»Außerdem hätte ich *niemals* auf dich geschossen, wenn du neben meinem Bruder stehst. Ich hätte ihn treffen können. Mich zu verdächtigen, ist das dämlichste überhaupt.«

»Entschuldigung, dass ich gefragt habe«, murmle ich.

»Es sei dir verziehen«, entgegnet er abfällig und setzt sich die Maske wieder auf. Nun blickt mir wieder das schwarz-goldene Gesicht entgegen und lässt keinerlei Möglichkeit zu, in Zayns Miene zu lesen. *Ihn stört, dass ich Reece mag? Aber wieso? Will er mich ... für sich? Nein, nicht wirklich, oder?*

»Warum sollte Jaxon mich töten wollen?«, frage ich leise. »Weil er meinetwegen nicht im Zirkel aufgenommen wurde? Wieso hat er dann gewartet, bis ich in der Menge stehe? Warum hat er nicht die viel bessere Gelegenheit zuvor genutzt?«

»Wir werden es nicht erfahren«, entgegnet Reece ruhig. »Die Polizei hat jemanden gefunden, der als angeblicher Täter in Frage kam. Der Fall ist abgeschlossen. Wir vermuten nur, dass es niemand Fremdes war. Was hältst du davon, wenn du kurz hier wartest, und ich ziehe mich um, führe dich aus? Zayn könnte wieder den Italiener mieten, sodass wir zusammen dort essen ...«

»Nein danke.« Ich klinge härter, als ich sein will. »Wenn ihr mir nicht sagen wollt, wo ich Jaxon finde, werde ich ihn eben suchen.«

Sylvian seufzt schwer, doch bevor er etwas erwidern kann, bemerke ich eine Bewegung im Augenwinkel.

»Das wird nicht nötig sein.« Jaxon. Er tritt durch die reich verzierte Holztür am anderen Ende des Raums. Ihn nach all der Zeit zu sehen, ist wie ein Gewitter, das über mich kommt. Seine blauen Augen sind eiskalt, sein gesamtes Äußeres scheint an Glanz verloren zu haben, aber er steht da, elegant und selbstsicher wie eh und je. Und hinter sich, im Schatten des Raums neben dem Kamin: Romeo. »Interessanter Wortwechsel, wirklich«, sagt Jaxon schwungvoll und schiebt die Hände in die Taschen seiner schwarzen Chino, während er in unsere Richtung schlendert und vor der großen Tafel mit den zehn Stühlen stehen bleibt. »So viele Fragen, so wenige Antworten. Wovor versucht ihr sie zu beschützen? Vor euch selbst? Vor der Realität? Habt ihr denn gar nichts von mir gelernt? Niemand überlebt zwischen uns, wenn er nicht gestählt wird. *Wenn er nicht ab und an der grausamen Wahrheit ins Gesicht sehen darf.*«

Sylvian ist halb vor mich getreten, aber ich gehe zur Seite, damit mich niemand von den anderen Kings verbirgt.

»Ich möchte mit dir allein sprechen«, fordere ich Jaxon auf.

Er fasst mich ins Auge. Seine Miene ist leer, so endlos leer, dass es mich fröstelt. »Worüber sollten wir miteinander sprechen, Amabelle?«

»Das ist doch egal! Und wenn wir uns anschweigen! Alles ist besser als das hier!«

Jaxon verzieht einen Mundwinkel. »Ich bin es nicht, der dem Ganzen im Weg steht. Sondern die drei Abtrünnigen, die ihre Kronen niedergelegt haben, weil sie sich dem Zirkel mehr verpflichtet fühlen als dir und mir.«

»Das reicht jetzt.« Sylvian packt mich grob und zerrt mich mit einer solchen Wucht aus dem Raum, dass ich zu schockiert bin, um mich zu wehren. »Wenn wir nicht aufpassen, wird er dich noch benutzen«, zischt er in der Eingangshalle angekommen in mein Ohr, »um sich an *uns* zu rächen. Du musst uns Zeit geben, das Ganze mit Jaxon zu klären, ohne dich einzumischen. Du bist erst seit einem Jahr bei uns, aber die Kings gibt es viel länger. Bitte provozier keinen ...«

»Krieg«, beendet Reece den Satz unheilschwanger

und zieht hinter uns die Tür zu. »Ich bringe dich nach Hause.«

»Kann er … mich bringen?«, frage ich aus dem Bauch heraus und erwähne Zayns Namen mit Absicht nicht, weil es in der Halle hallt und jemand es hören könnte.

Reece stutzt. »Klar. Wenn er will.«

Ob Zayn wirklich will, weiß ich nicht. Jedenfalls taucht er beim Rausgehen neben mir auf und läuft die Treppen mit mir gemeinsam hinunter. Schweigend gehen wir zurück zum Verbindungshaus der Reginas. Meinem neuen Zuhause, das sich wie ein Barbieschloss anfühlt. Hübsch, aber aus Plastik. Ich bin keine Barbie. Auch wenn es schön war, für ein paar erholsame Wochen so zu tun, als ob.

Mein Kopf wird bevölkert von all den Informationen, die ich gerade erhalten habe. Ein Krieg zwischen den Kings, Zayn, dem ich etwas bedeute, Sylvian, der mich belügt, Jaxon, der mich angeblich für irgendeine Rache benutzen will …

Was zur Hölle ist passiert?

Ich merke, wie ich mehr und mehr verspanne und mir die Situation ausweglos erscheint. Als wäre ich es selbst, die auf dem Schloss zum Schatz sitzt. Als würde ich die Augen vor dem größten Geheimnis verschließen. Was mache ich bloß falsch? Wieso fühlt sich mein perfektes Glück wie ein Schleier an, der auf meine Augen gelegt wurde?

»Letztes Semester …«

»Ja?«, fragt Zayn tonlos, ohne mich anzusehen.

»Hatte ich das Gefühl, ich würde euch mehr und mehr kennenlernen. Euch verstehen. *Mit euch zusammen sein.* Jetzt stolpere ich zwar nicht mehr von einem Drama ins andere, aber ich habe das Gefühl, ich ... verliere einen großen Teil meiner Ideale und lasse mich fast schon ... einlullen.« Ich wage es zu Zayn zu sehen, der nicht eine Miene verzogen hat. Er wirkt mindestens genauso angespannt wie ich.

»Wieso nimmst du es nicht einfach hin?«, fragt er schließlich.

»Was?«

»Warum nimmst du es nicht *einfach* hin, dass das dein Scheiß-Happy-End ist? Du hast drei Typen, die sich um dich reißen. Warum muss es auch noch Jaxon sein? Romeo? Vance? Keine Ahnung? Warum kannst du nicht zufrieden damit sein, wie es ist?«

Ich bleibe stehen.

Als er es bemerkt, dreht er sich stöhnend um. Im Park ist niemand außer uns, was ihn die Stimme erheben lässt. »Was hast du erwartet, Doll? Dass du die Prinzessin auf der fucking Erbse bist und sich alles um dich und dein persönliches Glück herum fügt? Diese ganze ... Scheißkonstellation mit uns Vieren, ist doch schon kompliziert genug, oder? Mal überlegt, wie es für Reece ist? Für Sylvian? Für mich? Was wir alles tun und opfern, damit *du* glücklich und in *Frieden* leben kannst? Und trotzdem willst du unbedingt mit Jaxon sprechen. Trotzdem willst du unbedingt Romeo zum Freund. Und säuselst Vance' Namen im Schlaf. *Vance' Namen.*«

Seine Worte treffen mich so unverhohlen, dass ich dastehe und kein Wort hervorbringen kann. Zayn hat recht. Er hat so verdammt recht und es schmerzt, mir über meinen Egoismus bewusst zu werden. Anfangs wollte ich niemanden von ihnen wählen, weil sie ein Haufen Bastarde waren. Aber jetzt ... sollte ich mit einem einzigen von ihnen zufrieden sein. Und es bedeutet schon mein größtes Glück, mit *drei* von ihnen eine feste Beziehung zu führen.

»Weißt du was?« Zayn reibt sich müde übers Gesicht. »Scheiß drauf.«

»Hm?«, frage ich ängstlich. Wird er jetzt Schluss machen? Haben wir überhaupt etwas, das man beenden kann?

Zayn greift nach meiner Hand, um mich in Richtung Campus zu ziehen, lässt mich aber sofort wieder los. Ich bin zu erschüttert von seinen Worten und habe Angst davor, etwas Falsches zu tun, was meinen bescheuerten Egoismus noch mehr zu Tage fördern würde. Also folge ich ihm stumm.

Zayn bringt mich zum Hinterhof der Bibliothek. Er öffnet mir eine unscheinbare Seitentür, führt mich durch einen steinernen, zugigen Gang, bleibt vor einer Tür am Ende des Flurs stehen und zieht einen Schlüssel. Er dreht ihn und öffnet uns.

Ein Raum, der sich nicht von denen der Bibliothek

unterscheidet, kommt dahinter zum Vorschein. Lange Rundbogenfenster reichen von der hohen Decke bis zum steinernen Boden und spenden herbstliches, graues Licht. Regale bilden Gänge und es gibt nur einen einzigen großen Tisch mit ein paar wenigen Stühlen.

Allerdings lagern hier keine Bücher.

Sondern Ordner.

Ordner, Hefter, Papierstapel, Karteien ... Die Regale sind voll davon.

»Die Alpha Rex Verbindung lagert hier alles, was du für deine Prüfungen brauchen könntest.« Zayn tritt neben ein Regal, zieht einen Ordner hervor und reicht ihn mir. »Wirtschaftsrecht, Statistik, internationale Finanzen ... Prüfungen, Übungen, Lösungen, Tests – alles, was dein Herz begehrt.«

Erstaunt blättere ich durch die Seiten. Einige der Fragen kommen mir aus meinem ersten Kingstonjahr bekannt vor.

»Niemand hat hier Zutritt, der nicht zur Verbindung gehört«, fährt Zayn fort. »Und fucking Vance. Weil ... ich weiß auch nicht, weil wir dumm waren und es warum auch immer zugelassen haben. Aber er sollte eigentlich die einzige Ausnahme bleiben.« Zayn nimmt mir den Ordner wieder ab, stellt ihn zurück und legt mir dafür den Schlüssel in die Hand. »Da zurzeit keine Prüfungsphase ist ... wirst du den Raum fast für dich haben.«

Ich hebe die Brauen. »Ist das jetzt der Wink mit

dem Zaunpfahl, dass ich die nächste Zeit sehr viel allein lernen werde?«

Er runzelt die Stirn. »Hm?«

»Na ja … willst du mir damit quasi Ersatz … schaffen für … unsere gemeinsame Zeit? Weil wir keine mehr haben werden?«

Zayn starrt mich an, als bräuchte er erst ein Übersetzungsprogramm, um mich zu verstehen. »Was zur Hölle redest du da? Wie verdammt bescheiden bist du eigentlich? Da motze ich dich einmal an und du denkst sofort, dass Schluss ist?«

Es ist lächerlich, wie schnell mir in dieser Situation die Augen brennen.

»Heulst du jetzt?«, fragt er rüpelhaft und ich zucke zusammen. Sein Kiefer verspannt, während er auf mich herabstarrt. »Weißt du, deine scheißkleinen Probleme hätte ich gerne. Du hast jetzt den verdammten Schlüssel. Nutz ihn einfach.« Er stürmt an mir vorbei, reißt die Tür auf und knallt sie donnernd hinter sich zu.

Und lässt mich zurück, ohne eine einzige vernünftige Antwort gegeben zu haben.

DREIZEHN

JAXON

Als ich spätnachts nach Hause komme, riecht mein Zimmer nach Marihuana. Der Geruch erinnert mich an die College-Semester, in denen die Kings oft bei mir im Zimmer geraucht und geschlafen haben, und für einen Moment spüre ich so etwas wie Hoffnung in mir.

Leidige Hoffnung, alles wäre wieder wie damals. Weil ich ein verdammter Mensch bin, der seine Freunde vermisst.

Mich räuspernd trete ich auf den Balkon und beobachte Zayn dabei, wie er die Bong vor seine Lippen führt und anzündet. Kurz darauf füllt ein weiterer Schwall Rauch die Luft.

»Is' der einzige Balkon in diese Richtung vom Verbindungshaus, und so nervt und sieht mich keiner«, erklärt er achselzuckend und legt entspannt den Kopf in den Nacken.

Ihn anzusehen, während er auf meinem Balkon

dasitzt, wie er es in der Vergangenheit tausende Male getan hat, weckt einen Arsch voll Gefühle in mir. Es wirft mich beinahe um. Zayn fucking Crescents Anwesenheit fickt mich richtig.

Lass uns dieses verdammte Jahr einfach löschen, Belle. Lass uns zurückkehren an den Punkt, als alles noch gut war.

»Und es war dir zu viel Mühe, die Balkontüren zu schließen, damit nicht mein ganzes Zimmer nach dem Zeug stinkt?«, frage ich Zayn cool, lehne mich nach außen hin gelassen an die steinerne Hauswand und schiebe die Hände in die Taschen.

Zayn wirft mir einen seitlichen Blick zu, bevor er einen weiteren tiefen Zug nimmt. »Jo.«

Seine Dreistigkeit klärt die rührigen Gefühle in mir und weckt meinen Zorn. Er hat *alles* von mir bekommen. Nach Sylvian war er der mir am nächsten stehende King. Reece war seit der Highschool mein Konkurrent, aber sein Bruder war es nie. Es gibt einen Unterschied zwischen Romeos Loyalität und Zayns und Sylvians Ehrlichkeit. Aber sie alle gehören zu mir.

Fucking mir.

Ich *bin* diese Männer.

Zayn kommt hierher, während er meine verfickte Schwester vögelt, und dröhnt sich auf meinem Balkon zu, um mich zu provozieren. Das ist sein einziges Ziel. Er will mich provozieren.

»Verpiss dich«, zische ich, reiße ihm die Bong aus der Hand und werfe sie über die Brüstung.

Zayn richtet sich blitzschnell auf. Er raucht zu oft, als dass ihn das Gras noch träge machen würde. »Was soll das?!«, fährt er mich an.

»Das weißt du genau.«

Wir stehen voreinander. Zwei ehemalige Freunde, die auseinandergerissen wurden. Von Verrat, dem Zirkel, einem Mädchen. Es hätte niemals so weit kommen dürfen. Aber dass es so weit kam, ist die Entscheidung der Kings.

Nicht die meine.

Zayns blaue Augen fixieren mich. »Ich weiß, dass du auf sie geschossen hast, Jax. Und jeden Tag denke ich darüber nach, wie ich vermeiden kann, dass es noch mal geschieht. Vielleicht sollte ich *dein* Herz mit einer Kugel durchbohren?«

»Du bist ein noch größerer Idiot, als ich dachte«, raune ich.

»Warum?«, fragt Zayn und bewegt abfällig die Lippen. »Du warst sauer auf Reece. Dir wäre es egal gewesen, wen von beiden du triffst. Dass niemand sonst sieht, wie weit du gehen würdest, zeigt nur, was für ein Bastard du wirklich bist. Du manipulierst *alle* und *jeden* um dich herum.«

»Wenn du glaubst, ich wäre annähernd so selbstsüchtig, warum sollte ich dann ausgerechnet *sie* killen? Was hätte der selbstsüchtige Part in mir davon? Ist dir verdammt noch mal entgangen, wie viel Amabelle mir bedeutet? Oder glaubst du, man kann sie nur lieben, wenn man es so hart leugnet wie du?«

Zayn sieht mich starr an, und dann bricht etwas in ihm. Der Zweifel vielleicht oder die bescheuerte Illusion, ich wäre der Böse in diesem Spiel. »Wer soll es sonst gewesen sein?«, flüstert er. »Entweder du oder Romeo in deinem Auftrag ... meinetwegen Romeo, ohne dass du davon etwas wusstest. Aber wie kannst du ihn dann in Schutz nehmen? Verdammt, Jax, wie?!«

Seine Fragen lösen eine solche Schwäche in mir aus, wie ich sie selten gefühlt habe. Einfach nur um der Last willen, die auf meinen Schultern liegt, würde ich es ihm gerne anvertrauen. Es ihm sagen. Ihn wieder zu meinem King machen. Meine Kehle wird eng. Wieso kämpfe ich länger dagegen an? Ich liebe diesen Wichser wie einen Bruder. Und er ist schließlich neben Romeo der Einzige, der mich nicht verraten hat, oder?

Ich fasse an seine Schulter.

Halte mich daran fest.

Beuge mich zu ihm vor.

Und dann nenne ich ihm den Namen von Amabelles Attentäter.

Ausgerechnet Zayn Crescent vertraue ich mein größtes Geheimnis an.

Diesen Moment der Schwäche werde ich mir nie verzeihen.

ZAYN

Weißt du, was ich hasse, Babydoll. Wenn jemand von mir verlangt, meinen Bruder anzulügen. Das ist scheiße. Denn mit jedem Mal, wenn ich Reece etwas verschweige, wird die Last größer.

Ich verschweige ihm eine Menge.

Jetzt kommt auch noch der Scheiß mit Jaxon oben drauf.

Ich verschweige eigentlich jedem eine Menge.

Und das fühlte sich bisher auch richtig an. Ich bin nicht der Typ, der gerne aus dem Nähkästchen plaudert. Gefühle und all der Kram sorgen nur dafür, dass jemand verletzt wird. Und ob du's nun glaubst oder nicht, ich bin gar nicht unbedingt der Typ, der gerne andere verletzt.

Das lässt tief blicken, oder?

VIERZEHN

MABLE

Das Gespräch mit Zayn hat mich derart verunsichert, dass ich die nächsten Tage versuche, allein zu bleiben. Das klappt ganz gut, denn die Kings haben im Laufe des Semesters mehr und mehr zu tun, und meine eigenen Fächer werden auch nicht leichter.

Der Seitenflügel der Alpha-Rex-Verbindung in der Bibliothek ist eine wahre Goldgrube. Viel schneller als sonst erledige ich meine Aufgaben, weil ich beispielhafte Lösungswege einsehen kann. Dabei verbringe ich frühmorgens vor den Vorlesungen Zeit in dem mit deckenhohen Bücherregalen gefüllten Raum, weil ich aus einem unbestimmten Grund Angst habe, ich könne dabei erwischt werden. Ein wenig fühlt es sich an, als würde ich schummeln …

Dabei hat vermutlich jede Clique und jede Verbindung Zugriff auf eine solche Sammlung. Es ist nur nichts, das man mit unliebsamen Stipendiatinnen teilen würde.

Der Oktober schreitet voran und läutet die windigen Tage mit schweren Regenwolken ein. Ich treffe Reece und Sylvian ab und zu auf dem Campus. Besonders mit Reece verbringe ich weiterhin öffentlich Zeit. Aber auch er wirkt mit jedem Mal zeitlich eingespannter, als könne er es sich nicht erlauben, sich auf mich zu konzentrieren.

Ich vermisse den Sommer, als wir die Möglichkeit hatten, jeden Morgen nebeneinander aufzuwachen. Die Regeln der Reginas sind streng. Wenn ich männlichen Besuch in meinem Zimmer empfangen würde, böte es Clarisse die Gelegenheit, mich sofort rauswerfen zu können.

Und die Kings halten mich von der Verbindungsvilla der Alpha Rex' fern. Vermutlich, damit ich Jaxon nicht begegne.

So bleiben mir nur die wenigen Momente mit Reece im Café, vor Vorlesungen auf dem Gang oder bei seltenem Sonnenschein im Park, bevor wir uns wieder in unser Lernpensum stürzen.

Dass auch Zayn verschwunden bleibt, nagt an mir, aber ich schiebe diesen Gedanken beiseite. Es muss mir genügen, dass Sylvian und Reece mich teilen, während sie keine andere haben.

Es passiert von Zeit zu Zeit, dass ich mitten auf dem Gang über Vance und seine Freundin stolpere, und jedes Mal verkrampft mein Herz für ein paar Sekunden. Sie stehen da wie ein Paar, so, wie ich mit Reece dastehe, und trotzdem ... Der Anblick bewirkt, dass ich mich noch mehr in mich zurückziehe. Ich hasse mich für diese Gefühle.

Für diese Eifersucht, diesen Neid.

»Hattest du mal wieder Kontakt zu Tyrell?«

Harper sieht von ihren Notizen auf. Wir sitzen in einem der vielen Studiensäle der Universität, in denen man sich gedämpft unterhalten darf. »Jaxon? Nee. Der ist irgendwie unsichtbar geworden.«

»Samuel. Jaxons Dad.«

»Oh.« Sie fährt sich nervös durch ihr langes Haar. »Nein. Nie wieder was von ihm gehört. Falls du mir das glaubst.«

»Und Michael? Ist das wirklich durch?«

Sie beißt sich auf die Unterlippe. »Siehst du mich die ganze Zeit auf dem Campus lernen? Ja, oder? Also ... Ich habe keine Zeit für irgendeinen Kerl.«

Beruhigt lächle ich. Zwar glaube ich nicht, dass sie mich nicht anlügen würde, wenn sie Angst vor meiner Reaktion hätte, aber ich kann mittlerweile in ihr lesen. Immer dann, wenn sie sich ziert, sagt sie die Wahrheit. Ihre Lügen kommen hingegen aus ihr hervor, ohne dass sie mit der Wimper zucken würde. »Und hast du wen in Aussicht?«

»Der beste Single ist vergeben, hm?«, foppt sie mich und sticht mit ihrem Stift nach meinem Unterarm. »Ich weiß auch nicht. Vielleicht mache ich mal etwas mit Athena.«

»Athena ist eine Frau?«

Harper zuckt grinsend mit der Schulter. »Kerle enttäuschen immer nur. Und irgendwie ist das doch jetzt modern, dass man sich nicht mehr auf ein Geschlecht festlegt, oder?«

»Ich weiß nicht, ob ›modern‹ der richtige Begriff dafür ist …«

Sie stöhnt plötzlich auf. »Ich muss zur Vorlesung. Internationales Wirtschaftsrecht. Ätzend. Bin schon mal durchgefallen. Wir sehen uns später, ja?« Harper packt hektisch ihre Taschen zusammen und verschwindet. Nach kurzer Zeit verlässt auch mich die Motivation. Ich nehme mir vor, einen Abstecher zum geheimen Raum der Alpha Rex' zu machen, um ein wenig in den Lösungen zu meiner aktuellen Mathematikaufgabe zu blättern, und betrete kurz darauf den Seitenflügel der Bibliothek.

Zum ersten Mal sitzt jemand am Tisch, als ich eintrete.

Mein Herz sinkt mir augenblicklich tief in den Magen, als ich das dunkelblonde Haar von Weitem erkenne. Mit einem Mal wird mir alles klar. Zayns unverständliches Gerede, als er mir den Schlüssel gab. Seine wahre Intention. Er wollte, dass ich hier auf Jaxon treffe.

Allein.

Ich schließe die Tür leise in meinem Rücken. Mein Puls schlägt Alarm, und ich habe absolut keine

Ahnung, was mich erwartet, als ich auf den King der Kings zugehe.

Einige halten Jaxon für denjenigen, der versucht hat, mich zu ermorden.

Haben sie recht?

Ich stelle meine Tasche auf dem Tisch ab und setze mich auf einen Stuhl Jaxon gegenüber. Manchmal weckt er meine Kampflust, manchmal meine Aggression, und manchmal, wie jetzt, meine Ohnmacht.

Daher bringe ich keinen Ton hervor.

Jaxon sieht wie nebenbei auf, durchdringt mich für ein paar Sekunden mit seinem Blick und wendet sich wieder seinen Notizen zu. Natürlich trägt er diese unfassbar heiße Lesebrille. Um sich selbst noch gottähnlicher und mich noch nervöser zu machen. »Wer hat dir seinen Schlüssel gegeben? Vance?«

»Zayn.«

Seine Wimpern zucken, was die einzige Reaktion ist, die ich von ihm erhalte, bevor er eine Zahl unter seine filigran geschriebenen Notizen zeichnet. »Gut. Pack deine Sachen aus und tu, wofür du hier bist. Du kannst dir keine Ablenkung erlauben.«

»Bitte?«

Er führt seinen rechten, beringten Finger zu den Lippen und bedeutet mir, leise zu sein.

Ich reagiere absolut hilflos, als ich meinen Block hervorhole. Eigentlich sollte ich aufstehen, ihn anschreien, zur Rede stellen, aber ich bin wie gelähmt.

Die Angst erschüttert mich. Lässt mich untätig werden. Was, wenn die Wahrheit, die ans Licht kommen wird, sollte ich danach bohren, mir nicht gefällt?

Halte ich einen weiteren Rückschlag aus?

Oder will ich lieber in meiner Blase bleiben?

Mich der Sicherheit hingeben, die Reece und Sylvian um mich herum spannen?

Obwohl ich einerseits nervös bin, beflügelt mich die angespannte Situation auch. Es ist, als würde ich auf der Zielgeraden schweben. Jaxon ist greifbar, nah. Das Gespräch nur wenige Augenblicke entfernt. Das befreit mich, und für die nächste Stunde sitze ich tatsächlich da und schreibe weiter an meiner Hausarbeit, obwohl mir vorhin mit Harper im Studiensaal kein einziges Wort in den Sinn kam.

Erst nach geraumer Zeit sehe ich zu ihm hoch. Jaxon arbeitet, wie ich es tue. Lässt sich nicht ablenken, wirkt hochkonzentriert.

Irgendwann, als es draußen bereits dämmert, lasse ich den Stift sinken. »Ich habe nur eine Frage«, wispere ich.

Jaxon atmet tief ein. »Und ich löse gerade im Kopf eine hochkomplexe Formel.«

Ich warte ab, bis er eine weitere Ziffer gekritzelt hat.

Dann sieht er mich an. So leer, wie sein Blick ist, kommt mir meine Frage reichlich albern vor, weil es eigentlich offensichtlich ist.

»Liebst du mich noch, Jaxon?«

Seine Miene versteinert. Es scheint eine Ewigkeit zu vergehen, in der wir uns ansehen und niemand etwas sagt. Dann senkt er den Blick und schreibt weiter. »Das spielt keine Rolle mehr.«

»Wieso sagst du das?«, frage ich verzweifelt.

Er seufzt, ohne aufzusehen.

»Das mit Vance ... Es tut mir leid, dass ich mit ihm zur Gala gekommen bin. Ich wusste nicht, dass es am Ende dazu führen würde, dass du dich so ... fühlst.«

»So fühlst?«

»Von allen verraten und verlassen. Ich war nur so sauer. Ich war sauer, dass ihr ihm seinen Abschluss streitig machen wolltet wegen nichts! Ich habe mir vorgestellt, wie es mir in dieser Situation gegangen wäre, und dann hätte ich mir auch einen Vance gewünscht, der mich verteidigt. Verstehst du? Es sollte nur ... ein kleiner Seitenhieb sein. Dass dich das alles so verletzen würde, hätte ich nie gedacht. Sonst hätte ich es nicht getan. Nicht tun *können*.«

Jaxon lässt seinen Stift sinken und starrt vor sich aufs Papier.

»Als ich auf die Bühne gerufen wurde, weißt du? Da wollte ich sagen, dass ich mein Studium aufgebe. Ich wollte es für dich tun. Aber ich habe dich angesehen und du hast ... den Kopf geschüttelt, und aus irgendeinem Grund habe ich mir eingebildet, du würdest mir sagen wollen, dass ich es nicht tun soll. Ich hätte es auch später noch gemacht. Fuck, ich würde es jetzt tun! Wenn es dir hilft, studiere ich woanders weiter! Ich habe mich nicht für dich entschieden, um dich dann aufzugeben! Alles das wollte ich dir eigentlich sagen, aber dann ... Ich erinnere mich nicht mehr an alles von diesem Abend.«

Ich habe mich in Rage geredet und bemerke erst jetzt, dass Jaxons Augen matt geworden sind. Ja, geradezu glasig. Ihn so zu sehen, schmerzt mich mehr als alles zuvor.

Es sollte Teil meiner Rache sein, jeden einzelnen King zum Weinen zu bringen. Ich sollte es genießen. Aber ich habe mich leider unsterblich in sie verliebt.

In jeden einzelnen.

Es freut mich nicht.

Ich bin nicht das Mädchen für Rache.

»Bitte«, wispere ich, »was ist los?« Ich strecke eine Hand nach seiner aus, aber er zieht sie sofort zurück. Weicht meinem Blick aus. Wirkt versteinert und hart.

»Vielleicht gebe ich dir morgen die Antworten auf deine Fragen«, sagt er tonlos, greift nach seinem Block, dem Stift, seiner Tasche, steht auf und geht im Laufschritt zur Tür.

Ich springe ebenfalls auf und hole ihn gerade rechtzeitig ein, sodass ich mich atemlos vor die Tür stellen kann. »Selbst wenn du es warst, der auf mich geschossen hat, kann ich dir verzeihen.«

Es ist, als würden ganze Stürme gegen ihn ankämpfen und versuchen, ihn niederzureißen, während er vor mir steht und mich mit schattiger Miene betrachtet. »Du hast es noch nicht gelernt, Belle«, sagt er leise. Ein drohender Unterton schwingt in seiner Stimme mit. »Wenn du weiter jedem verzeihst, wie du deiner verfickten Mom verziehen hast, jedes einzelne Mal, wenn sie ihre Tabletten eingeworfen und *dich* im Stich gelassen hat, wirst du bald wirklich sterben. Irgendwann wird dich deine unendliche Naivität killen. Weil nicht immer ein Vance da sein kann, der dich aus der tödlichen Schusslinie schubst. Nicht immer wird Reece dich auffangen. Hass mich. Du bist die Einzige, bei der es Sinn macht. Genieß deinen Sieg. Ich habe dich einer hungernden, maskierten Meute ausgesetzt, habe deine Unschuld, dein Vertrauen und deine Unbedarftheit geopfert für einen Krieg, den ich mit den vielen Verrätern in meinen eigenen Reihen niemals hätte gewinnen können. Selbst der ganze Scheißantrag war etwas, das ich tat, um dich aus Kingston wegzulocken. Reece hat ihn wenigstens ernst gemeint. Und Zayn würde sofort mit dir durchbrennen, wenn du ihn fragst. Vance würde *sterben* für dich, und Sylvian würde es nicht tun, damit er dich für sein restliches Leben beschützen kann. Er wird jeden abschlachten, der dir zu nahe kommt. Du hast alles, was du brauchst, Belle. Du hast Kingston, Lover, den Platz in der angesehensten Schwesternschaft der USA. Warum kommst du hierher? Es gibt *nichts*, das ich dir biete oder jemals versprochen habe, was keine Lüge war. Du hast dich in mir getäuscht. Oder nein ... Du wusstest es die ganze Zeit. Ich bin ein fucking Bastard. Nimm es hin.«

Ich schnappe nach Luft. Seine Worte höhlen mich aus. Es ist das, was Zayn meinte, nur noch schlimmer. Weil diese Worte von Jaxon kommen. Weil sie mich von ihm distanzieren sollen. Ihm jetzt aus dem Weg zu gehen, würde sich wie Aufgeben anfühlen. Das ist nicht, was ich will. Was er will. Und was die Kings wollen. Wir waren eine Einheit.

Wir gehörten zusammen.

Ich bilde mir das nicht ein und recke daher das Kinn vor. »Wenn du ein Bastard bist«, beginne ich mit dunkler Stimme, »warum beweist du es dann nicht?«

Das Blau in Jaxons Augen gefriert zu Eis. »Und was zur Hölle meinst du damit? Was soll ich noch tun, um dich leiden zu lassen?!«

»Nicht aufgeben.« Ich atme bebend ein. »Nicht *uns* aufgeben.«

Wieder vergeht eine Ewigkeit, bis er antwortet. Als müsse er die Worte erst aus der Tiefe in sich abschürfen und zu Sätzen formulieren. »Ich wünschte«, bringt er stockend hervor, »ich wünschte, du wärst wirklich gestorben.«

Mit diesen Worten drängt er mich zur Seite, aber ich kralle mich an seinem Arm fest und versuche ihn von der Tür wegzuschubsen. »Ich glaube dir nicht!«, schreie ich ihn an. »Das ist nicht wahr! Du verschweigst mir etwas! Ihr alle tut es! Wer war der verdammte Attentäter? Du? Romeo? Vielleicht sogar Zayn? Warum könnt ihr es mir nicht einfach sagen?«

Da er sich nicht von mir schubsen lässt, aber auch

sonst nicht mehr versucht, zu gehen, stehe ich dicht vor ihm, die Hände in seinem Pullover vergraben. Wenigstens fühle ich ihn wieder. *Gott, er fühlt sich so gut an. So richtig. So nah.*

»Romeo hat für den Zirkel spioniert.« Jaxon bringt die Worte ohne Kraft hervor und sie scheinen vollkommen aus dem Zusammenhang gerissen. »Romeo wurde vor uns allen inoffiziell aufgenommen, um dem Zirkel Bericht erstatten zu können, was wir treiben und ob wir uns als Mitglieder eignen.«

»Er hat dich auch verraten?«, frage ich wispernd.

»Nein.« Jaxon bleibt steif. »Nein, ich wusste davon. Ich habe das alles geplant. Weil Romeo bereits die ganze Zeit mit dem Zirkel Kontakt hat, wusste er, was uns erwartet, wenn wir einmal aufgenommen werden. Das ist es, was die anderen dir verschweigen. Sie studieren nicht mehr richtig. Ich bin der Einzige, der hierherkommt und lernt. Das Master-Studium in Kingston besteht für Zirkelmitglieder aus satanischen Lehren. Du lernst dort, wie du die Pläne der Elite umsetzt. Wie du die Menschen wie in großen Farmen kontrollierst. Als wäre es Vieh. Du lernst die perfide Stufe von Macht, der sich niemand verschließen kann. Lernst die Methodiken von Hitler, Stalin und Mao. Du lernst, wie du die Massen manipulierst, wie du alles, was neu entwickelt wird, für dich nutzt. Die Medien, der Reiseverkehr, medizinische Fortschritte ... Der Zirkel bringt seinen Studenten bei, wie sie mit ihm gemeinsam die neue Welt gestalten. Und das seit Jahrhunderten. Immer geht es um eine noch neuere Welt. Eine noch bessere Ordnung. Ganze Länder und ihre Probleme sind für den Zirkel nur Experimente. Oft provozieren sie Kriege, um zu schauen, wie gut ihre Methodiken funktionieren, weil sie glauben, diese Methodiken würden irgendwann auch für Frieden sorgen können. Massenvernichtungsexperimente. Sie greifen den schwächsten Kern der Menschen an, schauen, wie weit sie gehen können, bis die Menschen sich wehren. Und wir wissen, dass sie sehr weit gehen können. Alles Schlechte, das dir in unserer Welt begegnet, stammt vom Zirkel oder ähnlichen Organisationen in anderen mächtigen Ländern. Es gibt auch viel Gutes. Für die meisten Menschen ist das, was der Zirkel tut, gut. Es gibt ihnen Sicherheit. Sie müssen sich nicht mit sich selbst auseinandersetzen. Die ganzen TV-Shows sättigen ihren Kopf, das Theater der Politik gibt ihnen das Gefühl, Entscheidungen fällen zu können. Stattdessen gibt es kein Rot und Blau. Kein rechts und links. Es sind alles dieselben maskierten Frauen und Männer in den hinteren Reihen. Machthungrig, durchtrieben und durch Kingston darin ausgebildet, die Massen zu ficken und in Schach zu halten. Ganz so, wie ich es getan habe. Das Schachspiel. Der Eifer der gesichtslosen Heuchler, die mir dabei zugesehen haben, wie ich ein zartes, unschuldiges Leben wie deines zerstöre. Wie ich dich auf den Boden drücke, während alle in meinem Rücken lachen. Früher wurden Menschen vor aller Augen gehängt oder verbrannt, heute begnügt man sich mit dem gesellschaftlichen Tod, sieht ihm dabei zu, als wäre es wie Nahrung, die man braucht, um sich sicher zu fühlen. Sich einreden zu können, alles richtig zu machen, weil man selbst *nicht* das Opfer ist. Ich tat es, um im Zirkel aufgenommen zu werden. Damit niemand daran zweifelt, ich würde voll und ganz hinter diesen Satanisten stehen. Ich hätte mir irgendwann meinen Platz erarbeitet, hätte meinen ... Vater vom Thron gestoßen. Der Zirkel wäre mir gefolgt, hätte sich von mir einlullen, manipulieren, mitreißen lassen. Und dann ...«

»Und dann?«, frage ich stimmlos.

Jaxons Augen blitzen auf. »Hätte ich den Zirkel verändert.«

»Verändert?«

»Ich hätte aus ihm die Organisation gemacht, die diese Welt *wirklich* braucht. Keine Mörder, Lügner, Arschlöcher, Heuchler, sondern Menschen, die ihre Macht als etwas Positives begreifen. Die nicht von Misanthropie, von Menschenhass zerfressen sind. Ich hätte eine *wirklich* neue Welt aufgebaut. Es zumindest versucht. Das war mein Plan. Mein wahres Ziel. Und das ist es, was die anderen dir verschweigen. Sie verschweigen dir, dass sie dasselbe tun. Ohne dass sie mit mir darüber gesprochen hätten, weiß ich, wie meine Kings sind. In ihnen allen steckt das Böse, das, was der Zirkel sucht und will, und in ihnen allen steckt das Gute, das den Zirkel schließlich zu Fall bringen wird. Aber ohne mich werden sie es nicht schaffen. Sie erliegen einer Illusion. Und du bist der Schlüssel. Gäbe es dich nicht, wäre alles … alles, wie es immer zwischen uns war. Die Kings und ich würden«, er lacht plötzlich, »wir würden die Welt retten. Aber wie bei jeder guten Heldenreise gehen wir zugrunde an einer Frau.«

»Wie viel … von dem …« Ich schaffe es kaum, das Ausmaß dieser neuen Erkenntnis zu begreifen. »… was du während des Schachspiels getan hast, was du gesagt hast, war nur Show für den Zirkel?«

Jaxons Mundwinkel zuckt, als würde er mir bedeuten wollen, dass ich auf der richtigen Spur bin. »*Alles*, Belle«, raunt er, streicht mit einem Finger über meine Wange wie an dem Abend, als ich vor ihm auf dem Stuhl saß und er mich vor allen Leuten vorgeführt hat.

»Und wer bist du wirklich?«

»Nur ein verlorener Junge, der verraten wurde.« Er umfasst meinen Hals, zieht mich dominant vor seine Lippen und verharrt. »Und dessen Herz gebrochen ist, weil er die eine nicht haben kann.«

Mein Puls flattert. »Wer sagt das?«, flüstere ich.

»Tja … mehr Leute, als mir lieb sind.«

»Aber …«

»Sie denken, dass ich auf dich geschossen habe«, raunt Jaxon und tiefster Schatten füllt seine Miene. Dass seine Freunde so von ihm denken, muss ihn wahnsinnig verletzen. »Deswegen dürfen wir nicht allein in einem Raum sein. Deswegen beobachten sie

Romeo genau. Sie glauben ... ich wäre in der Lage dazu, dich ...« Er schluckt hart. »Es kommt mir vor, als würden sie mich überhaupt nicht kennen. Als hätte ich meine Maske derart perfektioniert, dass selbst meine besten Freunde nicht wissen, was sich für ein Mensch dahinter verbirgt.«

»Es tut mir weh, dich so reden zu hören.«

Jaxon schnaubt. »Warum?!«, fährt er mich dicht vor meinen Lippen an. »Warum ist es dir nicht egal? Warum bist du die Einzige, die sich überhaupt für mich interessiert? Weißt du, wie verschissen krank das ist?«

»Ich liebe euch«, wispere ich verzweifelt. »Von Anfang an für die winzigen Blicke hinter eure harten Schalen. Ich weiß, dass ihr nur *versucht,* scheiße zu sein. Ich wusste es. Blind.«

Er lässt mich los und tritt einen Schritt zurück. Aber nicht, wie es scheint, weil er sauer wegen meiner Worte ist, sondern vielmehr, weil er sie nicht erträgt.

Ich habe Jaxon Tyrell nie zuvor so zerrissen erlebt. »Warum gibst du nicht einfach nach?«, frage ich leise.

Seine Augen blitzen auf, dann knurrt er. Im nächsten Moment ist er wieder vor mir, schiebt mich gegen die Wand. Mit seiner rechten Hand fixiert er meine Arme über meinem Kopf und fasst unter meinen Rock. Als seine Finger die Haut an meinem Po berühren, glüht alles in mir auf.

Er zerrt meinen Slip herunter, öffnet seinen Gürtel, lässt meine Hände los, umfasst dafür meine Kehle und schiebt sich in mich.

Ich stöhne verlangend.

»Hör auf damit«, knurrt er mich an. »Hör auf, es verdammt noch mal zu wollen, dass ich dich ficke!«

Seine Worte ergeben keinen Sinn für mich. Statt darauf einzugehen, kralle ich mich in seinem Nacken fest, versuche ihn vor meine Lippen zu holen, doch er verwehrt mir einen Kuss.

Jaxons Bewegungen sind hart und ungestüm und unsere Körper schnell mit Schweiß überzogen. Sein Schwanz schiebt sich tief in mich, tiefer und tiefer, bis er bis zum Anschlag in mir ist. Wir starren uns an, während er sich kreisend in mir bewegt und mich damit gegen meine Klit stimuliert.

Ich keuche ihm ins Gesicht.

Fürchte schon, es könne nur ein Quickie werden, doch er hört nicht auf. Minuten vergehen, in denen er mich gegen die Wand vögelt. Dominant, fast lieblos und voller Energie. Ich bin mehrmals kurz davor zu kommen, bis er mich endlich ganz erlöst. Er lässt seinen Mund auf meinen Hals sinken und beißt hinein, während der Rausch über mich kommt. Die Anspannung zwischen uns verliert sich. Sein Schwanz pulsiert hart in mir.

Ich lehne mich ihm entgegen, finde all den Halt, von dem ich die letzten Monate nicht wusste, wie sehr ich ihn brauche. »Nicht aufhören«, flehe ich.

In seinen Augen leuchtet so viel Schmerz auf, dass ich mit ihm leide.

»Es tut mir so leid. Es tut mir so leid, dass ich mich mit Reece verlobt habe. Ich kann mit niemandem von ihnen wirklich glücklich sein ohne dich.«

Jaxons Atem geht stoßweise, als er mich packt, auf seine Hüfte schiebt und mich durch den Raum trägt. Er platziert mich auf dem Tisch, mitten auf meinen Zetteln und aufgeschlagenen Heften, und stößt sich wieder in mich.

»Bitte küss mich«, wimmere ich.

Er hält meinen Kopf mit einem Griff in meinen Zopf fest, während er sich in mich rammt. Noch nie habe ich ihn so leer erlebt.

Nie, nie, nie zuvor.

Ich wünschte, ich könnte etwas tun, damit diese Leere vergeht. Damit er wieder er selbst werden kann. Etwas muss passiert sein. Etwas, das sogar noch schlimmer ist als mein Verrat und der der Kings.

»Ich liebe dich, Belle«, sagt er rau, legt seine Stirn an meine und gleitet mit seinem Schwanz tief in mich. Es ist einerseits heiß, andererseits befriedigend und stimulierend, und zusätzlich sorgen seine Worte für einen Cocktail aus Glück. Ich wusste es. Ich habe mich nicht getäuscht. Mich nicht falsch erinnert.

Jaxon Tyrell liebt mich.

»Aber das ändert gar nichts.«

»Nein!«, rufe ich verzweifelt, als er sich zurückziehen will, kralle mich an ihm fest. »Ich will nicht, dass du das sagst! Was kann ich tun, damit du mir verzeihst? Was muss ich tun, damit du mir wieder vertrauen kannst? Bitte, Jaxon!«

Alles an ihm verhärtet sich, als er meine Hände grob von sich losmacht. Und zurücktritt.

»Wenn es irgendetwas gibt, was ich tun kann«, flehe ich, »wenn ich mit den anderen sprechen soll. Oder dir helfen kann, dass du doch noch im Zirkel aufgenommen wirst. Sag es mir einfach. Ich will dir nicht im Weg stehen. Das wollte ich nie.«

Seine blauen Augen schimmern. Ich weiß nicht, ob ich mir die Feuchtigkeit darin einbilde, denn im nächsten Moment klingt seine Stimme gewohnt hart. »Komm nie wieder hierher.«

Ein Stich bohrt sich in meine Brust. Verzweifelt versuche ich Worte zu finden, um ihn davon abzuhalten, mich von sich zu stoßen, aber ich habe bereits alles gesagt und es hat nichts genützt.

»Ich meine nicht uns«, sagt er dunkel. »Ich meine diesen Raum. Komm nicht hierher. Brilliere nicht. Schreib normale Noten. Streng dich nicht mehr an. Fall vielleicht mal durch. Das ist der Weg, wie du mir hilfst.«

Mein gesamter Kopf wird heiß. »Warum? Weil die Stipendiaten deinen Platz im Zirkel gefährden? Weil ich von der Universität fliegen muss, damit du aufgenommen wirst?«

»Nein. Du musst einfach nur ... schlechter sein als ich.«

Ich öffne erstaunt den Mund.

»Das ist alles.« Er fährt sich mit der Hand durchs Haar. Etwas an ihm lässt mich zweifeln, ob er diese Bitte wirklich formulieren wollte. Sie ist verrückt. Das ist mehr als albern. Was habe ich mit diesem bescheuerten Zirkel zu tun? Ich erinnere mich daran, dass Goldman etwas Ähnliches zu mir sagte. Wenn ich nicht mehr als gute Studentin auffalle, würde ich jemandem wie Jaxon Tyrell nicht länger im Weg stehen.

Auch wenn ich nicht die ganze Wahrheit kenne, gebe ich Jaxon diesen Vertrauensvorschuss. Ich habe ihn verletzt, das weiß ich jetzt. So sehr, wie ich es selbst kaum ertragen würde. »Das wird mir leichtfallen.«

Er runzelt die Stirn. »Ja, Miss Streberin?«

»Ja. Wenn es dir hilft, werde ich mir ab jetzt weniger Mühe geben.«

Jaxon lacht amüsiert. »Ich bezweifle, ob du das kannst. Ob du weißt, wie man nur gut ist, ohne Angst zu haben, dabei vollkommen schlecht zu sein. Aber klar, wenn du ... es versuchen würdest. Vorausgesetzt du würdest auf einen möglichen Platz im Zirkel verzichten wollen. Denn wenn deine Leistungen zurückgehen, wird er dich nicht mehr wählen.«

»Nach dem, was du mir erzählt hast? Selbst wenn du gelogen hast, klingt es nicht nach einer Organisation, bei der ich mitmachen wollte.«

Jaxon verzieht einen Mundwinkel, doch es ist ein trauerndes, verbittertes Lächeln und hat nichts von seinem gewohnten Glanz. »Das Problem wird sein … wenn du einmal begreifst, was der Zirkel für eine Chance bietet. Was es für Potenzial weckt, diese Welt zu verändern und gestalten … Dann wirst du diesen Moment bereuen, indem du mir erneut vertraut hast. Weil du nicht zufrieden sein wirst mit dem, wie ich es machen werde.«

»Ja?«, frage ich tonlos. »Wer sagt das?«

»Deine feministische, antikapitalistische Oberstreberart«, raunt er abfällig. »Nehmen wir es hin. Es gibt nichts, was du für mich tun könntest. Absolut nichts. Denn wenn du die ganze Wahrheit kennen *würdest*, würdest du mir gar nicht mehr helfen wollen. Eigentlich sind wir längst Feinde. Es liegt nur an den Kings, dass sie dir nichts davon erzählen.«

Ich spüre, dass meine Wangen feucht werden, als ich die Träne auf seiner sehe.

Er blinzelt.

Schließt eilig seinen Gürtel und macht auf dem Absatz kehrt.

Dieses Mal lasse ich ihn gehen.

Ich erkenne, wenn ich verloren habe.

FÜNFZEHN

ZAYN

Ich blättere in einem Buch über Atomphysik und lerne die Formeln und Zusammenhänge auswendig, ohne dass ich wüsste, wofür ich es tue, während ich mich ordentlich zudröhne. Ich habe die letzten Wochen schon zu härteren Drogen gegriffen, aber wenn ich dabei ständig an Sylvians besorgte Fresse denken muss, macht es mir weniger Spaß. Gegen Marihuana hat mein Ersatzvater aka Sylvian Silvano nichts, also kiffe ich halt.

Wobei er sich ab und an auch eine Line mit mir teilt, weil uns der Zirkel abfuckt, aber Kokain ist nicht das, was ich brauche.

Ich will nicht geil werden und mir die ganze Zeit einen runterholen wollen.

Ich will mich betäuben.

Schön, einfach betäuben.

Wie jetzt. Einatmen, ausatmen, Leere fühlen.

Aaaahhhh ... Nice.

Gerade als ich meine Bong auffülle, höre ich ein merkwürdiges Geräusch.

Scheiße. Was für einen Tag haben wir heute? Kommen unser Vater und seine Frau zu Besuch? Ist irgendein Parent Weekend, das ich verpasst habe?

Ich lasse die Bong ausgehen, schiebe alles unter den Couchtisch und wische das übrige Marihuana auf den Boden, als schon die Tür aufgeht.

»Ich bin ehrlich, ich habe noch *nie* Pizza gebacken. Also klar, ich kenne es aus der Werbung, aber ich dachte immer, dafür braucht man mehr als nur Mehl und diese ... Hefe oder was das ist.«

Der Klumpen in meiner Brust rutscht mir tief in die Hose, als die beiden Frauen den gläsernen Hausflur betreten.

Die Villa der Familie Crescent, die mein Vater zu unserem Collegebeginn gekauft hat und die nur dreißig Fahrminuten von Kingston entfernt liegt, ist eigentlich kein Ort, an dem Harper und Mable einfach auftauchen sollten.

Aber da stehen sie.

Und ich sehe aus wie das letzte Stück Lauch.

Halb nackt.

In einer Jogginghose, die ich seit mehreren Tagen trage. Bekifft. Unrasiert. Der Whiskey, dessen Flasche ich gestern geleert habe, dürfte auch noch in meinem Blut sein.

Und ausgerechnet Doll sieht mich so.

Geil.

Das wird sie direkt noch verliebter machen, schätze ich.

»Ähm.« Harper starrt mich perplex an. »Mable, hast du nicht ... Hast du nicht gesagt, das wird ein Mädelswochenende als Belohnung für unsere Zwischenprüfungen? Nur wir zwei? Vielleicht noch Romeo?«

Mable bewegt den Mund wie ein Fisch. Vermutlich gerät sie in Erklärungsnot, weil Reece ihr die Villa für das Wochenende lassen wollte und damit gerechnet hat, dass ich es mitbekomme und mich rechtzeitig verpisse.

Vielleicht liegt es an den Drogen, aber mir fällt keine gute Ausrede ein. Ich habe absolut keinen blassen Schimmer, was die beiden hier sollen. Warum Reece so einen Blödsinn organisiert hat.

Andererseits ... Amabelle steht in meinem Haus. Keiner der anderen Bastarde ist hier. Wäre Harper nicht – deren Anwesenheit ich perfekt ignorieren kann – wären wir sogar allein.

Allein.

Abseits des verschissenen Campus, wo Reece und Sylvian um Mable herumschweben wie Drohnen.

»Planänderung«, bringe ich schließlich hervor.

»Ach ja?«, fragt Harper und zieht eine Augenbraue hoch. »Weißt du, Reece, ich finde es wirklich großartig, dass ihr euch verlobt habt und du ein besserer Mensch geworden bist. Aber meinst du nicht, dass du es etwas übertreibst?«

»Tue ich das?«

»Na ja, du lockst uns hierher, bietest uns das Haus an, um uns dann … äh … zu überraschen. Das ist schräg.«

»Wir machen uns trotzdem eine schöne Zeit zusammen. Das Haus ist groß genug, sodass wir dennoch Zeit für uns allein haben.« Mable greift nach Harpers Hand und geht mit ihr in die Küche. Sie haben Lebensmittel eingekauft und ordnen sie auf der Arbeitsplatte.

Während sie beschäftigt sind, nehme ich heimlich die Bong mit und gehe in mein Zimmer, um mich zu duschen und zu rasieren. Als ich nackt vor dem Spiegel stehe, kann ich nicht anders, als daran zu denken, was wäre, wenn Mable einfach hereinkommen würde.

Wie sie auf den Boden sinken und mir einen blasen würde …

Mir.

Fucking mir allein.

Allein der Gedanke lässt mich so hart werden, dass ich eine besonders weite Jogginghose aus Reece' Schrank wähle. Dabei fällt mein Blick auf sein Bett.

Niemand von den Kings weiß, dass ich hier bin. Vermutlich glauben sie, ich würde mir irgendwo auf dem Campus LSD einwerfen und mich tagelang auf 'nem Trip rumwälzen.

Das wäre die Gelegenheit, mit Mable … wenn sie schlafen geht …

Ich bin ein Opfer.

Einfach ein fucking Opfer.

»Crescent?«

Fuuuck. Ich stehe im Badezimmer erstarrt da, habe die Hose nicht mal angezogen. Amabelle sucht mich. Und ich komme nicht drauf klar. Das ist nicht mehr normal. Wie sehr mich dieses Mädchen fickt, ohne überhaupt mit mir in einem Raum zu sein, ist einfach nicht normal.

Aus irgendeinem vollkommen hirnrissigen Grund werfe ich die Jogginghose von mir und springe zurück in die Dusche. Als sie den Türknauf dreht und eintritt, schalte ich das Wasser an.

Mein Schwanz wird gleich um einiges härter, während ihr Blick auf mich fällt. Ihr Kopf wird rot und ihr Mund öffnet sich. »Ich wollte ... ich wollte fragen ...«

»Ja?«, frage ich rau. *Wow, bin ich cool.*

»Wie man den Ofen anmacht. Das ist irgendein High-Tech-Ding und es steht nicht einmal ... der ... Name des Herstellers ... damit wir googeln ... könnten ...«

Ich habe an meinen Schwanz gegriffen und reibe ihn mit meiner Faust. Wie oft ich mir schon einen runtergeholt habe, damit ich nicht ständig kurz davor bin, abzuspritzen, nur weil sie mich ansieht, darf Doll niemals erfahren. Sie hat keine Ahnung, wie erbärmlich ich bin.

»Keine Ahnung, Babydoll, sehe ich so aus, als würde ich die Küche in diesem Haus benutzen?« Ich reibe weiter über meinen Schaft, fixiere sie. »Komm ruhig her.«

Mit bebendem Atem kommt sie auf mich zu. Ich öffne die Duschkabine, halte ihr meinen Schwanz entgegen und warte, bis sie direkt vor meiner Hüfte auf die Fliesen sinkt.

Als sie meine Spitze zwischen die Lippen nimmt, explodiere ich innerlich. Ich muss, muss, muss ihr fucking noch mal sagen, dass ich nicht mehr normal bleiben kann, wenn sie bei mir ist.

Dass keine vor ihr mich jemals bei einem Blowjob so hat fühlen lassen.

Ich stöhne hart und lustvoll und ergieße mich direkt auf ihrer Zunge. Umfasse ihren Kopf, drücke mich in sie und komme fast noch mal bei dem Gedanken, dass sie meinen Samen schlucken muss.

Warum zur Hölle hast du diese Wirkung auf mich, Doll?

Mir ist alles peinlich, aber nicht die Tatsache, dass ich nach drei Sekunden in ihrem geilen Mund gekommen bin. Das spricht ja nur für sie, right? Und meine sonstige Kondition kennt sie.

Sie richtet sich auf, wischt sich über den Mund und betrachtet mich undurchschaubar. »Komm nach unten und sieh dir den Ofen an.«

Ich hebe die Braue. »Ist das ein Befehl?«, frage ich scharf, um zu verbergen, dass mich nichts daran stört. Soll sie mich doch herumkommandieren. Ich würde ihr die scheiß Schuhsohlen putzen, wenn sie will. Weil sie meine Eier imaginär fest umgriffen hat und ich nicht mehr davon loskomme. Wie so ein richtiger Loser.

»Ja. Auf mehr scheint unsere Beziehung ja nicht zu basieren. Du sagst mir, wann ich dir einen blasen soll, meine Beine für dich breit machen soll. Und ich sage dir halt, dass du mir helfen musst. Wie beim Lernen in der Uni. Als würden wir gegenseitig das Konto beim anderen auffüllen und immer sichergehen, dass wir genügend Guthaben haben.«

»Wie meinst du das?«, frage ich baff.

»Da ist einfach absolut *keine* Beziehung zwischen uns, Zayn«, murmelt sie wütend. »Ich bilde mir vermutlich die ganze Zeit nur ein, dass du mehr für mich empfindest. Gab es da überhaupt jemals einen Hinweis, es wäre anders? Du benutzt mich. Okay. Also benutze ich dich auch. Ist das auch okay? Komm einfach runter.«

Sie wirft mir zickig ihren Pferdeschwanz entgegen, bevor sie sich umdreht und das Badezimmer verlässt.

Ich stehe da wie der letzte Trottel. Immer noch nackt. Immer noch hart. Immer noch verloren.

Scheiße. Es gibt nur einen Ofen, in den ich etwas schieben will, aber was macht man nicht alles, um sein Mädchen weiter glauben zu lassen, man wäre das kalte Arschloch in Person und würde absolut keine Beziehung wollen?

JAXON

Wenn mich jemand fragen würde, was ich in meinem Leben erreichen möchte, würde ich ihm die fabulöse Antwort geben; alles. Mir steht das ganze Universum offen, und ich werde mich von niemandem davon abhalten lassen, genau das Leben zu führen, das ich führen will.

Und du? Wirst du dir nehmen, was du brauchst?

SECHZEHN

MABLE

Als die Tür klingelt, springt Harper auf.

Ich sehe vom Sofa aus auf die Vortreppe des Hauses – das gesamte Gebäude besteht fast nur aus Glas, sodass man bis zur Einfahrt sehen kann – und blicke Harper fragend an, weil sich drei Gestalten in der Dunkelheit auf die Villa zubewegen. »Wen hast du alles eingeladen?«

»Na ja, wenn Reece unbedingt das Wochenende mit uns verbringen will, dachte ich, wir machen gleich ein Pärchending draus.«

»Was?«, keuche ich.

»Romeo und ich tun einfach so, als würden wir uns mögen, das passt schon.« Harper lächelt mich schief an, hüpft zur Tür und öffnet sie.

Zayn sitzt abwesend in einem der weißen, flachen Sessel, das eine Bein überschlagen, das Kinn auf seine Hand gestützt. Vermeintlich tut er lässig, aber etwas sagt mir, dass er unsere Anwesenheit hasst. Mir ist nicht entgangen, wie zugedröhnt er war, als wir hereingekommen sind. Vermutlich hat Harper es nicht einmal bemerkt. Aber ich kenne die Crescents zu gut, um es nicht mitzubekommen, wenn einer von ihnen vollkommen dicht ist.

Nach der Dusche hat er sich etwas gefangen, aber viel gesagt hat er nicht. Harper und ich haben Pizza gebacken, während Zayn den Ofen beschimpft hat, damit das Touchpanel endlich angeht. Letztendlich lag es am Starkstrom, der ausgeschaltet war, weil das Haus so oft leersteht.

Normalerweise hätte Zayn darüber Scherze gemacht, aber er macht zurzeit keine Scherze. Abgesehen davon, dass ich ihn seit unserem Streit nicht mehr gesehen habe, habe ich das Gefühl, er würde sich von allem und jedem distanzieren wollen. Ich hasse es.

Warum bin ich dann auch noch so blöd und lasse mich von ihm in den Mund vögeln?

Wo ist mein Stolz?

Harpers überschwänglich klingende Stimme reißt mich aus den Gedanken.

Sie gibt Romeo einen Wangenkuss und lässt ihn eintreten. Er trägt eine Flasche Champagner in der Hand, aber sein Gesicht ist verzogen. Was vermutlich an Vance liegt, der hinter ihm durch die Tür kommt. Es ist dieses ›Eigentlich will ich Vance nicht hier haben, aber andererseits nervt mich meine Sympathie für ihn‹-Gesicht, das ich von Romeo bereits aus dem Krankenhaus kenne. Nachdem Romeo zur

Seite gegangen ist, lässt er den Blick auf den dritten Gast frei.

Die Cheerleaderin.

Gott, nein. Sämtliche Abwehrmechanismen schlagen in mir Alarm. Ich werde geradezu umgeworfen von der Eifersucht, die sich in mir Bahn bricht. Da steht er. Vance Buchanan. Lässt sich lachend von Harper begrüßen, stellt die dumme Bitch an seiner Seite vor und legt dann einen Arm um sie.

Ich fasse nicht, dass er sie hierherbringt.

Okay, nein. Es ist sein gutes Recht. Logisch. Sie ist seine Freundin. Er darf eine haben. Glücklich. Er soll glücklich sein.

Mein Magen ist ein einziges Knäuel, als auch ich aufstehen muss, um die drei zu begrüßen. Um mir meine wackeligen Beine nicht anmerken zu lassen, umarme ich Romeo besonders fest. Am liebsten würde ich ihm ins Ohr flüstern, ob er mich nicht bitte retten kann. Er ist doch mein Freund, oder? Er muss mich vor dieser Situation beschützen.

Anders, als es jeder andere könnte.

Kann er nicht fies sein?

Er könnte die Cheerleaderin doch gesellschaftlich ausradieren, nicht wahr?

Sie wäre weg.

Fort.

Vergangen.

Hach, Romeo. Wozu du alles gut bist. Ich muss lächeln, während ich mir vorstelle, dass Romeo für mich vielleicht wirklich so weit gehen würde, und lasse ihn los.

Wieder ist er unter meiner Umarmung steif geworden. Überschwänglich drücke ich ihm einen Kuss auf die Wange, wie Harper es zuvor getan hat. *Mein liebster Romeo. Ich werde einfach nachher schnipsen und dir sagen, dass du diese* Person *vergraulen sollst. Was für ein Plan!*

Mit diesem Gedanken im Hinterkopf schaffe ich es, Vance' neuer Freundin die Hand entgegenzuhalten.

»Mable.«

»Abigail. Ich glaube, wir kennen uns schon. Du kannst mich Abby nennen.«

Oh je. Jetzt fällt es mir wieder ein. Sie war eine derjenigen, die mich fragten, wie ich es geschafft habe, dass sich mehrere Typen um mich reißen. Damals, als ich für ein paar Wochen ein Influencer war und über die Kings hergezogen habe. Super. Sie hat sich offenbar meine Tipps zu Herzen genommen und sich direkt Vance gekrallt.

»Stimmt!«, sage ich affektiert und lache sie dumm an. »Sorry, dass ich das vergessen habe.«

»Kein Problem, ehrlich.« Sie strahlt mich an, weil sie zu blöd ist, zu verstehen, dass ich sie hasse.

Vance begrüße ich mit einem Nicken. Ich kann ihn nicht berühren. Das wäre, als würde ich einen Strommast anfassen, ich weiß es.

»Und? Was machen wir?«, fragt Abby gut gelaunt.

»Wir haben noch Pizza«, flötet Harper fröhlich. »Und ein ganzes Paket voll Trinkspiele.«

Super. Alles in mir tanzt vor Vorfreude auf diesen genialen Abend. Während die Eifersucht sich in mir zu einem schweren Stein formt, der mit meinem Bauchraum zu verwachsen scheint, steuere ich direkt auf Zayns Sessel zu. Ohne Umschweife lasse ich mich auf seinen Schoß sinken. Er ›ist‹ schließlich Reece, mein Verlobter. Vance und seine Abby können mir gar nichts.

Überrascht zuckt Zayn unter mir zusammen und wirkt unbeholfen, als ich es mir auf ihm bequem mache, und er seine Hände ungelenk um mich legt. Das Problem ist: So sehr ich mich nach Zayns Nähe sehne, wenn wir allein sind, so bedeutungslos erscheint es mir jetzt. Ich stelle mir vor, wie es wäre, wenn Jaxon vor mir säße. Mit Clarisse an seiner Seite.

Es wäre mir egal.

Reece.

Es wäre mir egal.

Sylvian mit Harper.

Zayn? Mit Rachel?

Egal. Es wäre mir egal, weil ich mittlerweile weiß, wie sie für mich empfinden. Selbst Zayn hat Rachel nur gevögelt, um mich zu verletzen. Aber bei Vance ist es anders. Er ist nicht mit Abby zusammen, um mich zu verletzen. Das würde er nicht tun. Vance war bei mir, im Krankenhaus, er war immer da. Würde er mich verletzen wollen, wäre er gar nicht erst mein Freund geworden. Ihre Beziehung ist echt.

Leider.

Ich werde mich betrinken müssen, um mit mir selbst und diesen niederträchtigen Gefühlen zurechtzukommen. So bin ich die Erste, die den Champagner öffnet. Ich bin die Erste, die im Weinkeller der Glasvilla irgendwelche luxuriös verstaubten Flaschen hervorholt. Und ich bin die Erste, die betrunken ist. Gesättigt von dem wohligen Gefühl, das mich immer wieder Zayn küssen lässt, um der ganzen Welt vorzuheucheln, dass ich super zufrieden mit allem bin.

»Wahrheit oder Pflicht.« Harper sieht Zayn herausfordernd an.

Dieser seufzt. Er hat ziemlich offensichtlich keinen Bock auf diesen Abend. »Wahrheit.«

»Du wirst eh lügen, egal, was ich dich frage.«

»Aber, Harper-Süße, das wäre doch total gegen die Regeln«, hält er ironisch dagegen und verdreht die Augen. Er gibt sich keine Mühe, Reece zu sein. Was in Ordnung ist, weil Harper und Abby Reece ja auch als die Zayn-Variante kennen.

»Was ist dein größtes Geheimnis?«, fragt Harper.

Zayn wird unter mir steif und ich sehe ihn neugierig an. *Blöd, wenn man Wahrheit wählt, aber nicht über sein größtes Geheimnis mit dem Zwilling-Ding sprechen kann, hm?* Er weicht meinem Blick aus, während er antwortet und lässt mich los. »Ging nicht so was wie: Welche Farbe hat deine Unterwäsche?«

Harper lacht gut gelaunt, bevor sie ernst wird. »Nö. Ich will deine Geheimnisse kennenlernen, Crescent. Ich denke, wir alle wollen das.« Ihre Augen blitzen auf. Ich schätze, dass sie keinen Schimmer hat, dass gar nicht Reece, sondern Zayn vor ihr sitzt.

»Ich mag nicht teilen.«

Sie runzelt die Stirn. »Hm?«

»Das ist mein größtes Geheimnis. Wer will als nächstes?«

Ich sehe Zayn verwirrt an und bemerke, wie auch Romeo und Vance stutzen. Sie wissen schließlich, wen sie wirklich vor sich haben, und wie wenig Sinn es ergibt, was er sagt.

»Deswegen bist du so schlecht gelaunt?«, fragt Harper enttäuscht. »Weil du Mable nicht mal ein Wochenende mit mir ›teilen‹ willst?«

Eine unangenehme Stille entsteht, die Abby mit einem aufgesetzten Zwitschern unterbricht. »Romeo ist dran!« Sie schmiegt sich an Vance' großen, starken Oberarm und ich hoffe, Zayn wird Romeo die Pflicht vorgeben, Abby vor die Tür zu setzen.

»Also, Romeo«, sagt Zayn gelangweilt. »Wahrheit oder Pflicht, my little boy?«

Romeo fixiert mich, als würde er die Antwort von mir abhängig machen. »Ich werde definitiv bei Wahrheit lügen, selbst wenn du mich nur nach meiner Unterwäsche fragst. Also Pflicht.«

»Gut, nimm dein Handy und spende hunderttausend Dollar an das fünfte Google-Ergebnis beim Suchbegriff ›Kinder-Krebs-Hilfe‹. Have fun.«

»Du bist unendlich nervig, wenn du versuchst, nüchtern zu bleiben, Crescent«, murmelt Romeo in sich hinein, zückt sein Handy und erfüllt die Aufgabe.

»Wow, das ist irgendwie … süß von dir«, flüstere ich.

»Ja?«, fragt Zayn abweisend. »Ist eigentlich pure Geldverbrennung, weil das meiste davon sich die verrotzten Ärzte und Krankenhäuser in die goldverzierten Ärsche schieben, aber Romeo kann ich mit so was super ärgern.«

Romeo stöhnt, aber Vance schmunzelt.

Allein sein Schmunzeln hasse ich an diesem Abend. Schnell greife ich nach meinem Glas.

»Weaver«, sagt Romeo zufrieden, nachdem er sein Handy weggesteckt hat. »Du bist.«

Ich werde definitiv nicht Wahrheit wählen, denn dann würde er mir irgendeine furchtbare Frage zu Vance' stellen. Ich sehe es im neugierigen Aufblitzen seiner Augen. »Pflicht.«

»Küss Vance.«

Alles in mir verkrampft sich. Das hat er nicht wirklich gesagt.

»Ernsthaft, jetzt?«, fragt Zayn. »Das ist das dümmste Spiel der Welt, wenn man Romeo mitspielen lässt.«

»Du hast angefangen, Crescent«, bemerkt Romeo süffisant.

»Okay«, sage ich dümmlich und stehe auf. Nur ein Kuss. Ganz easy. Ein Kuss, der mir beweisen wird, dass da nicht mehr ist. Niemals mehr sein wird. Eigentlich ist es geradezu ein Geschenk von Romeo. Er will mich daran erinnern, für wen mein Herz wirklich schlägt. Für vier Männer, die sich die Kings nennen. Wankend gehe ich auf Vance zu, beuge mich über ihn, ignoriere Abbys starrenden Blick und gebe ihm einen flüchtigen Kuss auf den Mund.

Prima.

Ich habe quasi nichts gefühlt.

»Ah, Weaver. Ich glaube, wir wissen alle, dass ich einen *richtigen* Kuss meinte.«

»Toll«, beschwert sich Zayn, »ich hoffe, die hunderttausend Dollar haben wehgetan, Bastard.«

Ich schlucke hart, als ich vor Vance verharre, der gelassen zu mir hochsieht.

»Denk dran, gleich kannst du jemanden zu was Bescheuertem zwingen.« Vance sagt es mit einem Zwinkern, als wäre meine Pflicht vollkommen bedeutungslos. Mein Herz verglüht, als ich mich zu ihm hinunterbeuge und ihn küsse. In diesem Moment denke ich daran, wie oft er Abigail geküsst haben muss.

Und dann denke ich an den Sex.

Der Schmerz durchbricht mich unverhohlen und ich schmecke nicht ihn, Vance, sondern schlimmste Übelkeit. Seine Zunge lässt mich daran denken, dass er Abigail möglicherweise geleckt hat. Überall. Sie lässt mich daran denken, wie sie ihm bereitwillig einen geblasen hat. Nach jedem Spiel der letzten Wochen. Jede Nacht vielleicht. Jeden Morgen. Wie er sie gevögelt hat. Sein dunkler, muskulöser Oberkörper überzogen von Schweiß.

Als ich mich von ihm löse, ist der Stein aus meinem Magen zu Boden gefallen, und hat ein viel schlimmeres Gefühl zurückgelassen.

Kummer.

Ich gehe zurück zu Zayn, setze mich aber auf die Lehne seines Sessels statt auf seinen Schoß, und versuche dumm zu grinsen. »Wahrheit oder Pflicht, Vance?«

»Wahrheit«, entgegnet er tonlos. Er hat seinen Arm wieder um Abigail gelegt. Schön. Es könnte mir kaum besser bei diesem Anblick gehen.

»Weißt du, wer mein Attentäter war?« Es ist die einzige Frage, die mir einfällt, die mich von meinen Gefühlen ablenkt und mich zurück auf den Boden der Tatsachen holt. Ich wurde angeschossen. *Das* ist mein wahres Problem, nicht wahr? »Du hast ihn auch gesehen, oder?«

»Alter, Babydoll«, murmelt Zayn neben mir. »Ist das 'ne Frage für ein *Spiel?*«

»Vance weiß es nicht«, antwortet Romeo an Vance' Stelle.

»Es tut mir leid, Mable«, ist alles, was Vance antwortet. »Wenn ich etwas erkannt hätte, müsstest du nicht erst auf ein Spiel warten, damit ich es dir sage.«

»Klar«, entgegne ich locker und greife wieder nach meinem Glas.

Zayn versucht, es mir aus der Hand zu nehmen, aber ich halte es fest. Seine Augen verengen sich leicht, doch er lässt los. Vermutlich, weil es ihm in letzter Konsequenz egal ist, ob ich irgendwann zu betrunken bin.

Das Spiel geht weiter und ich höre nicht mehr hin. Mein Kopf ist damit beschäftigt, zu verdrängen, was ich eben gedacht und gefühlt habe. Bis Abigail das nächste Mal an der Reihe ist und Romeo eine Pflicht bestimmen soll.

»Okay, ich gönne dir eine kleine Revanche«, säuselt Romeo in Abigails Richtung und nickt zu Zayn. »Küss ihn.«

»Ey, du bist so schräg heute«, sagt Harper betrunken und bufft ihm in die Seite. »Warum soll niemand mich küssen, hm?! Ich bin vielleicht seit viel zu langer Zeit single? Stattdessen reißt du unsere Traumpaare auseinander.«

»Ich sag ihm, er soll dir bei seiner nächsten Pflicht drei Stripper bestellen, Harper«, bemerkt Zayn lässig und richtet sich auf. Teilnahmslos geht er auf Abigail zu, die ebenfalls aufgestanden ist. Kurz bevor sich ihre Lippen berühren, springe ich auf und zerre ihn weg.

»Nein!«, keuche ich.

Abigail wirft mir einen bösen Blick zu, aber Zayn nimmt mich scharf ins Auge.

»Das geht einfach zu weit«, murmle ich. »Sorry.«

Erleichtert stelle ich fest, dass es mir doch nicht egal wäre, wenn Zayn irgendeine dumme Kuh küsst. Ich sollte mich damit zufriedengeben, dass er mir gehört. Und Reece mir gehört. Und Sylvian.

Abigail darf ... Vance haben. Das ist fair. Es ist das, was Vance verdient.

»Alles klar, da lässt sich nichts machen.« Romeo wirft mir einen mehrdeutigen Blick zu, der so viel aussagt wie: ›Gerade noch so die Kurve gekriegt, hm, Weaver?‹

Blödmann.

»Okay, dann ... Mable, Wahrheit oder Pflicht?« Abigail klingt leicht pissed, was mich freut.

Wieder muss ich Pflicht nehmen, um keine unangenehmen Fragen zu beantworten, was mich *nicht* freut. »Pflicht.«

»Spring in den Pool.«

Ich hebe beide Brauen und Harper ruft lachend: »Was?! Es ist arschkalt draußen!«

»Kein Problem.« Wie automatisiert wende ich mich ab und trete durch eine der vielen Glasschiebetüren nach draußen. Es ist bitterkalt, was mir zugutekommt, denn meine vielen undurchsichtigen Gefühle dürfen gerne erfrieren. Ich ziehe mich ohne nachzudenken aus, während ich die anderen im Wohnzimmer streiten höre.

»Warum stellst du ihr so eine Aufgabe?«, fragt Vance. »Niemand ist heute Abend so weit gegangen.«

»Doch, Romeo, als er Mable dazu gebracht hat,

dich zu küssen! Wieso interessiert es dich überhaupt, was mit ihr ist?!«

»Weil sie verdammt noch mal neben mir fast gestorben wäre«, knurrt Vance. »Sie ist eine Freundin.«

»Und ich bin *deine* Freundin!«

In diesem Moment ziehe ich meinen Slip aus und springe in das kalte Wasser. Ich höre noch ein tiefes: »Mable! Nein!«, und erwarte, dass mich die Kühle für einen herrlichen Moment klären wird, als mein Körper in eine wohlig warme Temperatur taucht.

Oh mein Gott. Der Pool der Milliardärsfamilie Crescent ist beheizt. Natürlich.

Ich tauche ganz unter und lasse die Wärme jede einzelne Faser meines Körpers umhüllen. Es ist ein himmlisches Gefühl. Wie eine heiße Badewanne, in die man sich sanft betten darf, auch wenn ich solche Wannen erst seit Kurzem kenne.

Ich bleibe untergetaucht, bis mir die Luft ausgeht, und will mich gerade vom Boden des Pools stoßen, als ich an meinen Armen gepackt und hochgerissen werde.

Plötzlich in Panik strample ich los und schlucke Wasser, bevor mich die Körper zurück zur Oberfläche ziehen.

»Sag mal, bist du bescheuert?!«, schreit Zayn mich an, der seine Kleidung noch vollständig trägt und mich gegen die Poolwand drückt.

Vance ist neben ihm. Ebenfalls nass und voller

Wut im Gesicht. »Was zur Hölle sollte das?«, knurrt er. »Wolltest du dich umbringen?«

»Ich …« *Beide sind meinetwegen ins Wasser gesprungen, weil sie glaubten, ich würde nicht mehr auftauchen?*

»Komm.« Romeo steht vor uns am Rand des Pools und streckt mir eine Hand entgegen.

»Nein, sie ist komplett nackt«, zischt Zayn, schlägt seine Hand beiseite und hält mich zurück. »Verschwindet nach drinnen.«

»Oh ja, weil ich Weaver noch nie nackt gesehen habe, stiiiimmmt«, macht Romeo abfällig, geht aber mit Harper und Abigail nach drinnen. »Und? Soll ich nach Crescents Vorrat für die härteren Sachen suchen, Mitchell?«, fragt er, während er die Terrassentür schließt. »Etwas mit Halluzinogenen täte uns gut, schätze ich.«

»Er bringt sie weg«, sagt Zayn leise, der Romeo beobachtet, wie er mit den Mädels durchs Haus geht und im Kellergeschoss verschwindet. Der einzige, etwas abgeschiedenere Bereich des Hauses.

Vance seufzt schwer und breitet seine Arme am Beckenrand aus, während er den Kopf zurücklehnt. »Der Pool der fucking Crescents ist beheizt. Natürlich. Und ich habe mir auch nur eine Sekunde Sorgen gemacht, Mable könnte erfrieren …«

»Was wolltest du da unten überhaupt tun?«, fragt Zayn mich säuerlich. »Die nicht vorhandenen Delphine zählen?«

»Nichts. Es war einfach entspannend und ich habe die Luft angehalten«, murmle ich entschuldigend.

»Ich würde sie niemals so viel trinken lassen«, brummt Vance, »hätte ich die Verantwortung.«

»Ja?«, fährt Zayn ihn an. »*Ich* würde niemals 'ne hässliche Bitch zu 'ner privaten Party mitbringen, nur um Amabelle aus der Reserve zu locken!«

»Okay, fick dich«, knurrt Vance. »Du hast Rachel *gefickt*. Du hast alles getan, um Mable zu verletzen. Um sie ihren Platz spüren zu lassen. Und jetzt sagst du plötzlich, dass du sie nicht teilen willst? Du würdest *sofort* eine Abigail oder zwei oder drei auf 'ne Party schleppen, um Mable zu zeigen, wie schlecht du auf deine eigenen Gefühle klarkommst. Du bist ein *fucking* Loser, Zayn, indem du die Augen seit einem Jahr davor verschließt, was du für dieses Mädchen empfindest. Ich wusste es von Anfang an. Du hast sie gesehen und wolltest sie nicht, weil du *Angst* hattest, sie zu wollen. Du hast die schlimmste Show von allen Kings abgezogen. Du hast dich so verdammt beschissen selbst verleugnet, dass Mable erst beinahe sterben musste, damit du mal für einen Moment aufhörst, ein Penner zu sein. Aber du bist es weiterhin. Sitzt da auf deinem Sessel mit ihr auf dem Schoß und verleugnest es weiterhin. Du verleugnest *dich selbst*. Du hast es übernommen, weil du seit Jahren Reece spielen musst. Aber weißt du was, Crescent?! Nenn mich einen Idioten, aber ich glaube nicht, dass du

Reece spielst, um nicht zurück in die Klapse zu wandern. Du glaubst, tief in deinem mickrigen Herzen, dass *niemand* dich lieben kann. Dass alle immer Reece lieben werden. Deswegen spielst du ihn. Das ist es, wovon du seit deiner Kindheit so dermaßen krass überzeugt bist. Seitdem dein Vater dich zurückgelassen hat, bei eurer psychotischen Mom, von der ihr eine Menge geerbt zu haben scheint. Dabei musst du einfach nur die Scheißaugen öffnen und *hinsehen*. Das Mädchen gehört dir. Drei kleine Worte genügen und sie wird es für immer tun.«

Er dreht sich um, stemmt sich auf den Beckenrand, doch ich greife nach seinem Arm. »Nein, bleib bitte.«

»Warum?«, fragt er dunkel und sinkt zurück. »Nachher ist es Zayn, der sich ertränkt, weil ihm klar wird, dass du und er die einzigen beiden Personen auf diesem Planeten sind, die weiterhin munter verleugnen, dass er dich längst liebt.«

Mein Atem stockt. Es aus Vance' Mund zu hören, lässt es fast wie eine Täuschung erscheinen. Warum sollte Zayn so sein, wenn er mich angeblich liebt?

Alles, um sich zu schützen?

»Also, genießt euch«, sagt Vance abwesend.

»Und was ist mit dir?«, frage ich leise, mit all dem Kummer, der mich seit unserem Kuss erfüllt.

Vance' Augen weiten sich. »Was?«, fragt er, als hätte er mich nicht verstanden.

Ich sehe zu Zayn, der mit versteinertem Gesicht im Wasser steht, und schwimme dann auf Vance zu.

Zayn ist nicht der Einzige, der sich verleugnet. Immer und immer wieder. Ohne noch darüber nachzudenken, strecke ich mich aus dem Wasser und küsse Vance erneut. Es ist nur ganz zart. Ein sanftes Berühren unserer Lippen. Für einen Moment ohne Schmerz.

Als ich mich löse, starrt Vance auf mich hinunter. »Ich bin nur ein guter Freund, Mable, erinnerst du dich?«, fragt er und stemmt sich aus dem Pool. Ein Schwall des Wassers ergießt sich durch seine vollgesogene Kleidung unter ihm und er zieht sich mit harschen Bewegungen das nasse Sweatshirt aus. Ich halte den Atem an. Das ist zu viel für mich.

Sein trainierter Rücken und die Vorstellung, wie er sich gegen einen Bettrahmen stemmt, um Abby zu ficken. Die masochistische Ader in mir zwingt mich dazu, ihn anzusehen, während er auch die Schuhe und seine Hose auszieht. Nur mit Boxershorts bekleidet geht er Richtung Haus.

Ich senke den Blick. »Sorry«, murmle ich vor Zayn.

»Ey, schon gut, ich weiß, wie du dich fühlst.« Er hat sich gegen das Becken gelehnt und wirkt verschlossen wie eh und je.

»Was genau …« Ich spreche meinen Satz nicht zu Ende, weil Zayn zu Vance sieht, der stehen geblieben ist.

Angespannt hat er mit dem Rücken zu uns innegehalten, als würde ihn ein Widerstand in der Luft davon abhalten, weiterzugehen. Plötzlich zieht er auch seine Shorts aus, lässt sie fallen, und dreht sich um. Er blickt auf uns herab, während er nackt vor uns steht. Ich frage mich, ob ich die Erinnerung an die Größe seines Schwanzes tatsächlich verdrängt habe. Unerwartet sprintet er los und macht einen geradlinigen Köpper ins Wasser. Er spritzt uns nass, taucht sofort wieder auf, schwimmt auf mich zu und ist über mir.

Er packt mich so hart am Hals, dass ich keuche, bevor er seine Lippen auf meine zwingt.

Vance küsst mich und verschafft sich brutal Zugang zu meinem Mund. Sein massiger Körper schließt mich fest ein wie der Blütenkranz einer Blume ihr Innerstes. Sein harter Schwanz drückt gegen meinen Magen und er reibt sich an mir. Ich spüre ihn wachsen und bemerke ein Ziehen in meinem Schritt.

Seine Zunge dringt tiefer, bis wir ganz ineinander versunken sind. Ich entspanne schließlich in seinem Griff. Er ist zurückgekommen. Er ist mehr als nur ein guter Freund.

Nicht Zayn ist der größte Leugner aller Zeiten.

Ich bin es.

Ich verleugne, was ich empfinde. Erst für die Kings, dann für Zayn, für Vance. Seit über einem Jahr.

Als Vance Abstand nimmt, glühen meine Wangen feuerrot.

»Du dreckiger Hund«, knurrt Zayn und ich zucke zusammen. Panik entsteht in mir. Wenn ich Zayn verliere, weil ich mich nicht zurückhalten konnte, weiß ich nicht, ob ich das verkrafte. Ich habe durch die

Kings gelernt, mir zu nehmen, was ich brauche, weil sie mich haben spüren lassen, dass mir niemand etwas umsonst gibt. Aber ich bin nicht wie sie. Ich will sie nicht verletzen, selbst wenn es mich selbst verletzt, zurückzustecken.

Die Angst weitet sich grausam aus und ich bemerke, wie auch Vance Zayns Reaktion angespannt abwartet.

»Habt ihr Angst vor mir?«, fragt Zayn uns schief grinsend.

»Wir wollen dich nicht verletzen«, sagt Vance und nimmt weiter Abstand.

Zayn sieht ihn an und da ist so viel Hass in seinen Augen, dass es mir die Luft abschnürt. Aber der Hass scheint nicht Vance zu gelten.

Nicht mir.

Er geht so viel tiefer, als ich begreifen kann. »Okay, weißt du was, Fucker. Bevor ich euch beiden erlaube, mich zu verletzen, muss 'ne ganze Menge mehr passieren.« Er reißt mich an sich, küsst mich ebenfalls und ist dabei das komplette Gegenteil zu Vance. Ungestümer, wilder, rücksichtsloser. »Zieh mich aus, du kleine Hoe. Ich weiß, dass du es willst.«

Ich atme bebend ein, nicht sicher, ob ich das Richtige tue. Unter Wasser ist es wahnsinnig schwer, Zayn von seinen Kleidungsstücken zu befreien, aber er lässt es mich ganz allein tun. Als würde er mich dafür bestrafen wollen, dass ich Vance geküsst habe.

Bevor seine Hose auf den Poolgrund fällt, fasst

Zayn nach ihr und holt sie hoch. Er nimmt zwei Kondome aus seiner Hosentasche und einen der Pokerchips, die Harper vorhin auf den Tisch gestellt hat, bevor wir Frauen zugeben mussten, dass wir gegen Vance, Romeo und Zayn keine Chance beim Kartenspielen haben. »Kleeblatt oder Zahl, Vance?«

Vance schmunzelt. »Ich denke, du weißt, was sie will.«

»Ja?«, fragt Zayn und legt eine Hand um meine Kehle. »Weiß ich das, Babydoll? Willst du, dass ich dich ficke?«

Ich nicke atemlos.

»Oder willst du, dass *er* es tut?«

»Ich ...«

»Du würdest es eh nicht zugeben. Du gibst nie zu, wie verdorben du wirklich bist. Wer leugnet hier eigentlich was?« Zayn holt mich vor seine Lippen, drückt mich gegen den Beckenrand und schiebt sich in mich. Ich stöhne lustvoll, spreize meine Beine und lasse ihn ein. Dass er mich trotz meiner Schwäche für Vance will, ist besonders heiß. Ich verstehe noch nicht ganz, ob sie sich hassen oder gegenseitig nur foppen wollen, oder wie sie allgemein zueinanderstehen, aber es interessiert mich auch nicht.

Zayn fickt mich so hart, wie es der Wasserwiderstand zwischen uns zulässt, gegen den Beckenrand. Dabei dringt er immer wieder aus mir hervor und schiebt sich mit voller Wucht in mich.

Es ist so geil, dass mir schwindelig wird und ich

den Kopf zurücksinken lasse. Eine Hand hält ihn fest, sodass ich mich entspannt wie auf ein Kissen darauf betten kann.

Vance. Er schwimmt neben uns, lässt mich mit meiner linken nach seiner freien Hand greifen und ihn festhalten.

Als Zayn seine Lippen auf meinen Hals legt und mich mit kleinen Stößen nimmt, kommt Vance näher. Er küsst mich und ich explodiere.

Es ist zu verboten.

Eigentlich habe ich mir geschworen, das hier nicht zu wollen. Aber der Orgasmus packt mich so tief, die Situation macht mich so willenlos, dass ich nichts dagegen tun kann.

»Vance«, hauche ich. »Zayn.«

Zayn knurrt, während Vance dunkel lächelt.

»Komm her«, verlangt Zayn und wirbelt mich im Wasser herum. Jetzt steht er mit dem Rücken zum Beckenrand, meine Hände auf seinen Schultern. »Nimm ihn in die Hand.« Er gleitet aus mir hervor, fasst grob nach meiner Hand und schließt sie um seinen Schaft. »Und hier.« Er nimmt meine andere Hand, legt sie an seinen Hinterkopf. »Krall dich in mein Haar, halt dich fest, und wage es nicht, loszulassen, bevor ich es erlaube.«

Vance lacht hinter uns. »Ist sie wirklich so devot?«

»Du musst sie mit Sylvian zusammen erleben. Sie lässt sich von ihm schneiden, wenn er es will.« Zayn blickt mir fest in die Augen. »Ist doch so, Babydoll, oder? Wir alle versuchen das, so weit es geht, hinauszuzögern, mit Sylvian und seiner niedlichen Messersucht, weil du es leider lieben wirst. Und du wirst es lieben, ein furchtbar ungezogenes, böses Mädchen zu sein und mir das Koks vom Schwanz lutschen, wetten? Du wirst alles tun für noch mehr Rausch und Kick, solange wir da sind, und dich beschützen.«

»Ich weiß nicht. Ich weiß nicht, ob es mir um den nächsten Kick geht ...«

Zayn verdreht die Augen. »Meinetwegen nenn es bedingungslose Liebe. Und jetzt halt dich fest und küss mich, kleine Hoe.«

Ich spüre Vance' Hände an meinen Hüften und zucke zusammen. Höre aber auf Zayn und küsse ihn. Er beißt sich an mir fest, während er meine Hüften stabilisiert. »Vergiss nicht, mir einen runterzuholen, Baby«, knurrt er gegen meine Lippen.

Mein Kuss wird noch verlangender, während ich meine Hand an seinem Schaft auf und ab gleiten lasse. Er stöhnt in meinen Mund und schiebt mir seine Zunge bis zum Rachen.

Dann spüre ich Vance.

Alles in mir beginnt zu vibrieren. Es ist dieses erneute Gefühl danach mehr zu wollen. Nicht zu glauben, dass mich jemals etwas sättigen könnte.

Während beide Männer meine Hüfte stabilisieren, um im Wasser den nötigen Halt zu finden, spreize ich meine Beine. Im nächsten Moment spüre ich ihn an mir. Vance' Schwanz, und stöhne laut und tief, als er sich mehr und mehr in mich schiebt.

Meine Lust und Geilheit scheint grenzenlos. Ich bin wie in Ekstase, als ich sie beide an mir spüre. Vance fühlt sich ganz anders an als Zayn. Gerade, dadurch praller. Er reizt mich auf neue Weise. Vermutlich auch, weil er meine Pussy von hinten nimmt.

Beide Männer fixieren mich zwischen sich, sodass Vance schneller werden kann.

Zayn beobachtet mich aufmerksam, aber ich habe keine Gedanken dafür frei, in ihm zu lesen. Ich will unbedingt, dass Vance noch tiefer gleitet. Noch härter wird.

Sehnsuchtsvoll wimmernd versuche ich ihn davon zu überzeugen und stecke gleichzeitig all mein Verlangen in Zayns Kuss und den Handjob.

Als Vance sich endlich bis zum Anschlag in mich schiebt, schreie ich laut auf.

»Okay, das reicht, Bastard«, knurrt Zayn, zerrt mich wieder vor sich und ist sofort in mir. Er hebt und senkt mich auf seinen Schwanz und blickt mir dabei fest in die Augen. »Dein verschissenes Glück will ich haben, Doll.«

»Was meinst du?«

»Ach, nix«, sagt er sarkastisch und stößt mich wieder von sich. »Denk an deine Hände, Babe.«

Ich kralle mich wieder an ihn, spüre, wie Vance erneut in mich eintaucht. Auch er stöhnt mit jedem Mal lauter. Als sich die Lust in mir zuspitzt, reibt Zayn gezielt mit seinen Fingern an meiner Pussy, sodass ich laut stöhnend ein zweites Mal komme.

Die Welle des zweiten Orgasmus gibt mir den Rest. Alles in mir fließt zusammen in einem Strom aus befreiender Energie. Ich schreie meine Empfindungen in die Nacht hinaus und sinke dann matt im Wasser zusammen.

Beide fangen mich auf. Küssen mich. Vance meinen Hals, Zayn meine Schulter. Sie umschließen mich fest. Die zwei Männerkörper unfassbar nah. Ich greife nach ihnen, spiele mit ihren Händen, mit ihren Lippen, mit ihren nackten, gestählten, perfekten Oberkörpern. Drehe mich um, küsse erneut Vance, der mein Kinn gefühlvoll umfasst.

»Ich verstehe, warum ihr das tut«, sagt er, während er mich ansieht, doch ich bin sicher, dass er eigentlich mit Zayn spricht. »Warum ihr sie teilt.«

»Jap«, entgegnet dieser. »Ist ganz nett. Setz dich auf den Beckenrand, Doll.« Zayn greift nach den zwei Kondomen und reicht Vance eines. »Beeil dich, bevor sie anfängt zu frieren.«

Ich tue, was Zayn sagt und stemme mich aus dem Wasser.

Zayn sieht mich genervt an. »Bist du eine Jungfrau, oder was? Beine spreizen. Berühr dich.«

Ich schlucke hart, als ich gehorche und die beiden Männer dabei beobachte, wie sie näherkommen, während sie beide ihre Schwänze mit der Faust bearbeiten.

»Soll ich nicht ... helfen?«, frage ich lasziv.

»Du bleibst da oben«, zischt Zayn, tritt näher und lässt seine freie Hand über meine Innenschenkel wandern, bis er mit dem Zeigefinger meine Klit trifft. Das Gesicht lustvoll verzieht und sich ins Kondom ergießt. Vance nähert sich, greift von unten in meinen Nacken und zieht mich zu sich herunter, küsst mich hart und verlangend, während er kommt.

Ich atme aus, als hätte ich selbst zwei weitere Orgasmen durchlebt. »Habt ihr Angst, dass ich schwanger werde?«, frage ich sie lachend. »Die Wahrscheinlichkeit, wenn ihr *mit* Kondom *nicht* in mir seid, ist denkbar gering.«

»Ich habe keine Angst davor, dass du schwanger wirst«, raunt Zayn. »Nur davor, neun Monate nicht zu wissen, wer der Scheißvater ist. Der Fucker neben mir oder ein Teil meiner göttlichen Gene.«

Vance feixt, als hätte Zayn einen Witz gemacht mit seinen Beleidigungen. Vielleicht hat er das auch. Vielleicht haben die beiden sich nie so sehr gehasst, wie ich glauben sollte.

Vance steigt an der Leiter aus dem Pool.

Zayn stemmt sich neben mir hoch. »Ich hole Handtücher, geht schon rein. Romeo ist zum Glück im Zirkel aufgenommen worden und das beweist, dass er nicht dumm ist. Er wird so lange mit den anderen unten im anderen Teil des Hauses bleiben, bis er sicher sein kann, dass wir wieder angezogen sind.«

Vance schweigt, als er mir aufhilft, und betritt hinter mir das wohlig warme Wohnzimmer.

Auf dem Couchtisch stehen unsere vielen Getränke, die übrige Pizza, die Trinkspiele und Flaschen. Bevor ich etwas sagen kann oder muss, ist Zayn schon wieder bei uns. Er legt mir mit einem Handtuch um die Hüften auch eines über. Vance muss sich eines aus dem Stapel nehmen, den Zayn aufs Sofa gepfeffert hat. Während er mich abtrocknet, sinke ich nach vorn, um ihn zärtlich zu küssen.

Er lässt es zu. »Ich bin immer noch Zayn. Heb dir solche Gesten für Reece auf.«

»Als würdest du sie nicht lieben«, necke ich ihn.

Zayn lächelt schief, ohne mich wissen zu lassen, wie es wirklich ist. »Weißt du noch, wie ich dich auf unser Zimmer geholt habe? Auf der Party damals. Erst habe ich beobachtet, wie du Reece anmachst. Dann hab ich kurz abgehört, was du ihm gesagt hast, und bin dann zu dir. Und dann hätten wir dich beinahe ... entjungfert. Zusammen. Irgendwie gut und auch nicht gut, dass es anders kam. Hm. Sylvian ist der bessere Typ für so was, schätze ich.«

»Nette Story ... Willst du von irgendwas ablenken?« Vance hat ebenfalls ein Handtuch um seine Hüfte geschwungen.

»Ablenken? Von was?«, fragt Zayn.

»Von der Frage: Was bedeutet das von eben für uns jetzt?«, fragt Vance und reibt sich die Haare trocken.

»Du darfst für dein restliches Leben vom heißen Sex im Pool träumen«, säuselt Zayn und lehnt sich wie ein guter Kumpel an Vance' Schulter. Sie sind gleich groß, wenn auch bei Weitem nicht gleich breit. »Das war nur eine kleine Rache für all die Male, in denen du mir mit deiner Doppelmoral auf den Sack gegangen bist. Jetzt weißt du, worauf du verzichten darfst.«

»Okay, warte«, beginnt Vance ruhig. »Wie lange willst du das jetzt noch durchziehen? Weißt du, was Männer tun, die *nicht* wollen, dass ihr Mädchen von 'nem anderen berührt und gefickt wird?«

Zayn lässt seinen Arm sinken und zieht eine Grimasse.

»Sie stehen auf, wie Mable es gerade bei Abby und dir getan hat, und halten das Ganze auf. Aber, Mensch, Crescent, wie kann das sein«, sagt Vance in einem foppenden Singsang, »das hast du merkwürdigerweise gar nicht getan, hm? Kann es sein, dass du noch etwas ganz anderes verleugnest?«

»Und was soll das sein, Mister Oberschlaumeier-ich-durfte-mal-mitficken-und-bin-jetzt-erleuchtet?«

Ich muss lachen, aber die beiden sind zu vertieft in ihr Gespräch, um es mitzubekommen.

»Unsere Freundschaft? Vielleicht?« Vance sieht Zayn geradeheraus an, der seinem Blick ausweicht.

»Unsere?«, frage ich verunsichert und meine damit die von Vance und mir.

»Nein«, brummt er. »Unsere.« Er beobachtet weiterhin Zayns Reaktion. »Der beste Freund, den ich einmal glaubte, gehabt zu haben. Der mir als Einziger erzählte, wer er wirklich ist. Und mich dann fallen ließ. Ich dachte, er sei ein Arschloch und ein Loser. Aber jetzt verstehe ich es langsam. Die Kings sind primär die Freunde deines Bruders, Zayn. Du magst sie, keine Frage, bist loyal. Aber wir beide sind vom gleichen Schlag. Wir würden sofort in einen echten Krieg ziehen und alles niederschießen, was uns in die Quere kommt. Wir sind klarer. Direkter. Lügen und das Spiel der Intrigen ist nicht unser Ding. Jaxons perfide Art, die Dinge zu regeln, Romeo, der sich wie eine Schlange durch alles windet, Sylvian, der die Politik der Mafia beherrscht, und schließlich Reece. Der Blender. Der alle glauben lässt, er wäre absolut perfekt, und dann unschuldige Stipendiatinnen in einem Schachspiel ohne Skrupel und Gewissen aufeinanderhetzt. Ehrlichkeit und Direktheit ist etwas, das du unter den Kings vermisst und in mir gefunden hast.«

Ich höre wie gebannt zu und beobachte Zayn mindestens genauso intensiv wie Vance ihn. »Was ist damals passiert? Warum ist eure Freundschaft zerbrochen?«

Zayn presst den Kiefer zusammen und wendet sich mir zu, weil es leichter scheint, mir zu antworten, statt Vance anzusehen. »Ich hatte keinen Bock auf Jaxons Schachspiel, also habe ich Vance, der mir ja als mein Bauer zugeteilt wurde, den ganzen Scheiß erzählt. Er wusste von da an, was ihn von den anderen erwartet, und hat unsere zugeteilte Dame rund um die Uhr beschützt. Außerdem ... ja, keine Ahnung, haben wir halt Zeit miteinander verbracht. Bis wir es nicht mehr taten.«

Vance schnaubt. »Das ist nicht die ganze Story.«

Zayn presst die Zähne zusammen. »Ja, was soll ich sagen, Vance?! Ich war so dumm und habe behauptet, ein Freund zu sein. Dabei war ich das nie. That's the very sad story.«

Ich verenge die Augen, nicht sicher, ob ich nachbohren sollte. Vielleicht ist Zayn sauer auf mich, weil ich den Sex zugelassen habe? Weil ich ihn wollte? Es hat die gesamte Situation zwischen Vance und den Kings noch schlimmer gemacht. »Es war ein Fehler. Du hast recht, Zayn. Ich bin absolut undankbar für das, was ich habe. Egal, was zwischen dir und Vance ist oder war, es ist absolut schwach von mir gewesen, überhaupt ... eifersüchtig zu sein. Ich wollte dich nicht damit verletzen.«

»Alter, hältst du vielleicht mal deinen verdammten Mund?!«, fährt er mich laut an und macht einen Schritt auf mich zu. »Was checkst du eigentlich nicht, Mädel? Glaubst du auch nur eine Scheißsekunde, Vance hätte dich gefickt, wenn *ich* es nicht gewollt hätte? Das hat nichts mit dir zu tun! Nichts!«

»Wieso glaubst du, er hätte es ohne deine Einwilligung nicht getan?«, frage ich verwirrt.

»Weil er ... weil er ...« Zayn greift sich mit beiden Händen ins Haar. »Weil es nun mal Vance ist. So.«

Ich senke die Lider. »Sehr logisch.«

Er verdreht die Augen. »Er ist einfach ein Freund,

klar? Er würde nichts tun, um mich zu verletzen.«

»Ein ... Freund? Ihr seid ... Freunde? Warum kam mir das nie so vor?«

»Weil ich nicht *sein* Freund war.« Zayn scheint zu glauben, das würde alles erklären, bevor er endlich fortfährt. »Okay, wenn du es genau wissen willst, Doll: Er hat mir von seiner kranken Mom erzählt und ich habe ihm ein Konto eingerichtet, damit er ihre Chemo bezahlen kann. So 'ne richtig gute halt. Als die anderen Kings dahinterkamen, dass ich Zeit mit ihm verbringe und so, warfen sie mir Verrat vor. Weil ich kann nicht einfach einem Bauern so krass vom Schachspiel erzählen, verstehst du? No Go. Harper war die erste, die es einem Stipendiaten erklärt hat. Dir. Und auch nur, weil Sylvian es heimlich wollte. Und Sylvian ist quasi wie der Joker unter den Kings. Er könnte Jaxon auch kastrieren und müsste immer noch keine Angst um sein Leben haben. Aber wir anderen ... gelten als Verräter, wenn wir auch nur den Hauch eines Geheimnisses weitertragen. Insofern bekam ich Schiss, dass ... na ja, dass Reece sich dafür entscheidet, mich wieder wegzuschicken. Mich nicht mehr am Campus sein lässt, wenn rauskommt, dass ich bei ihrem Schachspiel nicht mitmachen will. Dass ich einfach kein richtiger Teil der Kings bin. Also habe ich das Konto für Vance' Mom wieder gelöscht, um sicherzugehen, dass die Kings nichts davon erfahren.«

Ich sehe Zayn stirnrunzelnd an. »Aber was ist dann passiert?«

»Na ja, Vance brauchte das Geld natürlich immer noch. Also habe ich angefangen, ihn zu erpressen. Dass er es nur bekommt, wenn er die anderen Damen quält und so weiter. Er tat es. Weil ...« Zayn richtet den Blick zur Decke und in seinen Augen sammelt sich Wasser. Die nächsten Worte bringt er nur mit halber Stimme hervor. »Vance hatte schon die ganze Scheiße in die Wege geleitet, weil ich ihm zugesagt hatte, die Rechnungen zu zahlen, und ohne Geld wäre seine Mom sofort aus dem Krankenhaus geflogen und ... und ... gestorben. Also musste er ... den Bauern spielen, damit ich ihm das Geld gebe. Die anderen Kings haben nie etwas davon erfahren. Das erste Jahr ging vorüber, Vance und ich gewannen die Runde, seine Mom überlebte. Vorerst.« Er schluckt hart. »Erst als Vance im neuen Semester mehr Geld brauchte, und ... ich dann vorgeschlagen habe, ihn zu bezahlen für den letzten Scheiß an Drecksarbeit, die Jaxon eben so zu verrichten hat, bekamen die anderen mehr von ihm mit.« Zayn presst die Lippen zusammen, bevor er sich über sein Gesicht reibt und die Feuchtigkeit auf seinen Wangen verteilt. »Ich wollte Vance die Chance geben, 'nen Arsch voll Kohle relativ einfach zu verdienen, ohne, dass ich ... dass ich vor den anderen Kings hätte zugeben müssen, dass ich ihm die paar Millionen, die auf den verkackten Konten der Crescents eh nur rumliegen, auch hätte so geben wollen. Okay.« Zayn zieht die Nase hoch. »Scheiße«, bringt er hervor und fasst sich an die Stirn, schließt die Augen. »Alles, was die Kings über Vance denken, ist eine Lüge, die ich aufrechterhalten habe, damit Reece und Jaxon und fucking Romeo nicht kapieren, dass Vance eigentlich mal mein Freund war. Und alles, was Vance über uns sagt, ist wahr. Wir sind die schlimmsten Bastarde dieses verfickten Planeten, und ich habe ihn dazu gebracht, all diese Scheiße zu tun, die ich selbst ja nicht mal tun wollte, weil ich 'n Scheißfeigling bin und ein Schisser. Weil ich Angst vor Reece' Reaktion hatte und … Reece der einzige Mensch in meinem Leben ist, der mich *wirklich* niemals fallen lassen kann. Sonst werde ich … vernichtet. Ich konnte nicht zulassen, dass er auch nur eine Sekunde glaubt, es wäre falsch gewesen, mich zu sich an den Campus zu holen, nur weil ich mit 'n paar Sachen, die er tat, nicht klar kam. Deswegen … habe ich gelernt, solche Dinge … einfach niemandem zu erzählen. Gosh, scheiße! Reece ist mein Bruder. Er ist mehr als mein Bruder. Nichts steht über ihm. Ich liebe ihn, wie ich nie etwas anderes geliebt habe, außer vielleicht … außer vielleicht dich.«

Mir brennen Tränen in den Augen, als ich zu ihm hochsehe, und all sein Leid nicht im Ansatz erfassen kann. »Du liebst mich?«

Zayn atmet schluchzend ein. »Fuck, na und? Sieh, was ich wirklich für ein Mensch bin. Und weißt du, was das Schlimmste ist, Doll?«

Ich schüttle den Kopf.

»Er.« Zayn zeigt auf Vance, ohne ihn anzusehen. »Hat die ganze Scheißzeit dichtgehalten. Immer.

Jeden einzelnen Tag. Er hat nie wem von mir erzählt. Obwohl er mich hunderte Male damit hätte zurückficken können. Ein Wort von Vance, und ich wäre, ciao, zurück nach Schweden in die Militärpsychiatrie kutschiert worden. Er ist ... Er ist der beste Freund, den ich jemals hatte. Der kein Teil der Freunde meines Bruders ist, dessen Identität ich ständig und überall annehme. Deswegen kann Vance ... dich auch ficken. Mit ihm kann ich teilen. Mit ihm ... und mit dir zusammen ... bin ich ...« Er schluchzt auf und flucht laut. »Fuck it! Mit euch zusammen bin ich einfach ich selbst.«

»Du willst mich mit den anderen nicht teilen?«, frage ich ebenfalls schluchzend.

Zayn sieht aus, als würde ich ihm die Seele direkt aus der Brust ziehen. »Scheiße«, flucht er abgehackt, »ich hasse euch, dass ihr mich dazu bringt, das zu sagen! Aber ja«, säuselt er ironisch, »die Kings bekommen einfach immer, was sie wollen. Immer, immer, fucking verdammt noch mal immer, und es nervt mich tierisch. Mich nervt tierisch, dass Jaxon und Reece, die Könige des ›Ich bekomme immer, was ich will‹-Verteilungssystems sind, während ich und Vance und du vom Schicksal gefickt werden, mit psychotischen Müttern, für die wir nichts als Dreck sind, oder die zu früh krank werden und uns einfach generell im Stich lassen. Deswegen ... will ich dich am liebsten nicht mit ihnen teilen.«

»Aber die ganzen Male ...«

»Wenn ich die Wahl habe, dich zusammen mit den anderen zu ficken oder gar nicht, dann wähle ich Option eins, alles klar? So schlimm ist es mit mir auch nicht, dass ich nicht wenigstens verlässlich triebgesteuert wäre.«

Vance lacht rau, aber mich treiben Zayns Worte in die Verzweiflung.

»Das heißt, dich quält das alles?«, frage ich. »Deswegen warst du so abweisend? Das war alles ... weil du die ganze Zeit kaum ertragen hast?«

»So einfach ist das nicht.« Zayn fährt sich wieder übers Gesicht. Noch immer fließen Tränen aus seinen Augen. »Ich gönne Reece alles fucking Glück der Welt. Und Sylvian ist wie dein Seelenverwandter. Ich kann mir nicht mal vorstellen, wie du ohne ihn dauerhaft klarkommst. Es ist mehr ... Ich ...« Er beißt sich auf die Oberlippe.

»Du möchtest Zeit, wo du einfach du sein kannst«, murmle ich. »Ohne die anderen.«

Er hebt die Schultern und kämpft gegen weitere Tränen an. »Verdammt. Steht nicht da wie zwei Schlauchboote, die nur darauf warten, auf meinem Geflenne davonschwimmen zu können.«

Vance und ich lachen und dann treten wir auf ihn zu. Ich umarme Zayn fest, während Vance ganz nah stehen bleibt, meinen Kopf krault und freundschaftlich an Zayns Schulter fasst.

»Ehrlich gesagt«, sagt Vance leise, »habe ich bisher nie verstanden, wie du die Richter jemals davon überzeugen konntest, nach deinem Kriegseinsatz nicht in ein normales Militärgefängnis zu gehen. Aber jetzt wird mir alles klar. Du bist echt ein Psycho.«

»Ha ha, superwitzig, Buchanan. Was macht'n eigentlich deine Süße, hm? Ich gönn es dir, wenn du sie niemals wieder loswirst.«

Vance lacht laut und auch ich schmunzle.

»Ich liebe dich«, flüstere ich und streiche über Zayns nasse Wangen. »Ich liebe dich, Zayn. Dich und alles, was dich ausmacht. Jetzt noch mehr als vorher.«

Er verzieht die Lippen. »Ja, danke. Mach es noch schlimmer, Doll. Wie stehe ich vor dir? Wie ein übergossener Superpudel mit Losercape? Hatte gehofft, du würdest dir das aufheben für den Moment, den man in einem Familienalbum festhalten kann oder so.«

»Sorry«, sage ich halb ernst gemeint.

Vance lächelt seelenruhig und ich überlege, Zayn zu küssen, als wir plötzlich Schritte hören. Beide Männer fassen sofort nach meinen Händen und halten jeweils eine fest. Das sorgt dafür, dass mein Mageninhalt umgedreht wird, weil nicht nur Harper und Romeo vor uns auftauchen, sondern auch Abigail.

Ich fühle mich schuldig.

»Ääh«, macht Harper verwirrt. Sie und Abigail wirken wie vor den Kopf geschlagen. Romeos Miene ist wie immer ausdruckslos.

»Okay, bevor irgendwelche Fragen aufkommen«, sagt Vance ruhig. »Wir haben sie eben gefickt.«

Alles in mir kribbelt unangenehm bei seinen

Worten.

»Was?«, keucht Abby. »Was meinst du mit ›ihr‹?!«

»Boa, was er eben meint«, sagt Zayn genervt. »Mach'n Abflug.«

»Warte ... Warte, heißt das, du ... du dumme Schlampe hast *meinen* Freund gefickt?!«, schreit sie. »Es stimmt, was alle über dich sagen? Du lässt dich *gleichzeitig* von ihnen ficken? Wie abartig bist du, dass du wirklich *jeden* an dich ranlässt? Wie viel musste Vance dir zahlen, he?! 1000 Dollar? 100? Wie billig bist du wirklich?«

»Gut, das reicht«, sagt Romeo kurz angebunden und führt die zeternde Abigail vor die Haustür, als wäre er ein Gefängniswärter, der seine Gefangene zurück in die Zelle bringt.

Vance lässt meine Hand los. »Ich werde sie nach Hause bringen und das fair beenden.«

Allein, dass er es *fair* beenden will, sorgt für einen weiteren Stich in dem eifersüchtigen Teil meines Herzens. Aber es wäre nicht Vance, wenn er sie einfach von Romeo nach Hause bringen lassen würde.

Romeo kommt zurück. Von Abigail ist nichts mehr zu hören.

»Warte, warum ist es so still?«, fragt Harper misstrauisch.

»Ich habe die Haustür zugemacht, weil ich Gehirn besitze, Mitchell?«

Sie streckt ihm die Zunge heraus.

»Und vielleicht habe ich ihr die Waffe gezeigt, die

ich seit der Gala immer bei mir trage, wenn Fremde in der Nähe sind.« Er zwinkert sie an. »Wir fahren gleich. Geh schon mal ins Auto, aber nimm die andere Tür unten, damit du ihr nicht über den Weg läufst.«

»Aber, Mable ...«

»Okay, Mitchell, hör gut zu.« Romeo fährt zu ihr herum. »Du darfst Teil von Weavers Freundeskreis sein, aber wenn *ich* dir sage, dass du im Auto warten sollst, dann wartest du im Auto, auch wenn es dein zärtliches Seelenheil trübt.«

Sie stöhnt laut auf. »Boa, wenn was ist, Mable, ruf an. Warte, nein, ich werde später anrufen, du musst mir das alles erklären, und ich fahre jederzeit zurück, falls du mich brauchst, okay?«

»Okay«, sage ich kleinlaut.

Romeo wirft ihr einen kritischen Blick zu und sie verschwindet, nicht ohne ihm den Mittelfinger zu zeigen.

Als sie die Treppen zur Garage und dem dortigen Ausgang genommen hat, kommt Romeo strammen Schrittes auf uns zu und hält erst direkt vor Zayn inne, der noch immer meine Hand hält, als wäre sie sein Anker. Romeo fasst an Zayns Wange und betrachtet daraufhin seinen glänzenden Finger. »Interessant, Crescent. Unerwartete Wendung, würde ich sagen.« Er wendet sich ab und streckt Vance die Hand entgegen. »Willkommen bei den Kings, Buchanan. Zayn hat aus dir die Jahre über sowieso schon heimlich einen gemacht. Ihr beide habt nur so getan, als ginge es um das Geld, habe ich recht? Jaxon übrigens auch. Er hält viel von deiner Loyalität, Buchanan. Zumindest hielt er das bis zur Gala. Aber mit ein bisschen Entgegenkommen wird er dir verzeihen.«

»Was für eine Freude«, murmelt Vance.

»Das ist es«, erwidert Romeo scharf und lässt Vance' Hand los. »Es mag vielleicht nicht immer so wirken, aber ohne Jaxon wären wir alle nicht hier und alle nicht, wer wir sind. Du auch nicht. Akzeptiere, wie es ist, Buchanan, bevor er es dir erst noch beweisen muss.« Romeo verzieht spöttisch die Lippen, nickt mir zu und macht schwungvoll auf dem Absatz kehrt. »Vance«, befiehlt er im Gehen. »Lass Crescent mit Weaver allein.«

»Hatte ich vor«, raunt Vance. Er wirkt unschlüssig, wie er sich verabschieden soll, und ich bin mir ebenfalls nicht sicher. Doch dann umarme ich ihn einfach und lasse mich von ihm einschließen. »Gute Nacht, Prinzessin«, haucht er auf mein Haar und folgt Romeo nur mit Handtuch bekleidet hinaus. »Ich habe Wechselkleidung in meiner Sporttasche im Auto«, erklärt er, als Zayn ihm mit fragendem Blick hinterhersieht. *Ob er sich vor Abigails Augen umziehen wird? Mist, stört selbst diese Vorstellung mich?*

Ich bleibe mit Zayn zurück und vielleicht merken wir beide in diesem Moment, dass wir allein nicht mehr ganz sind. Dass sich alles verändert hat und wir mehr sind als nur ein Paar.

Wir sind eine Familie.

SIEBZEHN

JAXON

Die Novemberkälte kriecht mir tief in die Knochen, während ich an Deck stehe und auf das dunkle Meer hinausstarre. Ich bin allein. Weil ... Wer sollte mich auch begleiten?

Ich warte schon seit einer halben Stunde auf offener See. Das Boot ist eine kleine Yacht, die ich mir gestern erst schwarz gekauft habe. Spuren.

Alles dreht sich um Spuren und darum, sie zu verwischen.

Als sich ein Licht nähert, mache ich mich bereit. Wirklich klar ist mir nicht, auf welche Typen ich mich einlasse. Aber gewissermaßen sind sie meine Verbündeten – schätze ich. Insofern jemand wie ich, der mit solchen Kriminellen nicht viel zu tun hat, das einschätzen kann.

Das ist Sylvians Gebiet.

Von ihm habe ich zumindest die Namen. Er weiß

nur nicht, dass ich sie mir gemerkt habe, als er mir vor Jahren von ihnen erzählt hat.

Als die wesentlich größere Yacht neben meiner hält und ein Kerl mit Vance' Hautfarbe und Statur die Seile auswirft und verknüpft, bleibe ich weiterhin stehen, wo ich bin. Vorsicht ist besser als Nachsicht.

Zwei Männer tauchen auf dem oberen Deck auf und blicken auf mich herunter.

»Na super«, ruft der eine von ihnen durch den Wind. »Ein Kind.«

Ich atme tief durch.

»Komm rüber«, ruft der untere und winkt mich zu sich.

»Ich bleibe lieber hier.«

»Wie soll das funktionieren?« Der Kerl tritt ins Licht und ich schlucke hart. Sylvian hat recht gehabt. Nolan Seyward, der Box-Champion, der vor vielen Jahren medienwirksam erschossen wurde, lebt. Klar, dass der Zirkel gegen so einen Coup keine Chance hatte. Eigentlich gibt es kaum einen Präsidenten, der nicht Mitglied im Zirkel ist. Bis auf Andrew Bixby. Er brauchte einen Trick, um die Wahl zu gewinnen. Der vermeintlich tote Lieblingssportler der Nation ist Teil dieses Tricks gewesen, um die Massen zu manipulieren. Aber Nolan Seyward ist nie gestorben.

Ich betrete die Yacht, während mir klar wird, dass ich als Erbe des Zirkels eigentlich der größte Feind dieser Verbrecher bin. Sie haben im vorletzten Jahr mehrere Zirkelmitglieder eiskalt ermordet und sogar einen Anschlag auf die Krone der Elite verübt – und sind damit davongekommen.

Etwas, das kaum jemand sonst geschafft hätte.

Ist es eine Falle? Mich hierherzulocken?

Zum Glück beherrsche ich ein gutes Pokerface und lasse mir nicht anmerken, was mir durch den Kopf geht.

Im Innenraum warten die anderen zwei Männer. Ein Typ in einem geleckten Maßanzug, den ich als Dean West identifiziere, und einer mit schwarzen Haaren, dessen echten Namen ich nicht kenne. Sylvian nannte ihn Crack Scrilla.

Genauso sieht er auch aus.

»Okay, wie alt bist du, Junge?«, fragt Dean West mich gelangweilt. »Wir machen keine Deals mit Babys.«

Ich lächle schmal. »Gut. Dann nicht«, pokere ich und wende mich wieder ab.

»Warte.« Scrilla mustert mich intensiv. »Erzähl uns deine Geschichte.«

»Schön«, entgegne ich kühl. »Eigentlich ist es ganz simpel. Mein Plan war es, mein Erbe im Zirkel anzutreten –«

»Was ist der fucking Zirkel jetzt schon wieder?«, fragt Dean West mürrisch. Ich frage mich, ob wirklich *ich* das ›Kind‹ in diesem Raum bin.

»Die Organisation hinter der amerikanischen Politik, Ly«, erklärt Nolan Seyward knapp. Wen auch immer er mit ›Lie‹ meint. *Ob das ein Codewort für eine Lüge ist? Wie auch immer.*

»Ich wollte den Zirkel von innen heraus verändern. Aber meine Möglichkeiten haben sich reduziert. Ich denke, es wäre nicht schlecht, von außen Druck zu machen.«

»Und zwar wie?«, fragt Scrilla.

Dean West lacht höhnend. »Sag mal, nimmst du dieses Bürschchen ernst? Wir haben es gerade so überlebt, ein paar der schlimmsten Arschgeigen in den Regierungsreihen zu eliminieren, und du vertraust auf einen ... *College-Studenten?*«

»Danke, aber ich habe mein College abgeschlossen.«

»Wann?«, fragt West mich zynisch. »Gestern?«

Ich presse die Zähne zusammen und trete in den Raum vor. »Okay, was glaubt ihr eigentlich, wer *ihr* seid? Meine Mutter ist eine *Kingston.* Meine Familie regiert dieses Land. Amerika gehört *uns.* Ihr sprecht mit dem fucking *Adel* der *Elite,* und vor mir stehen ein Banker, von dem alle wissen, dass er betrügt und bescheißt, ein totgeglaubter Boxer, der sich vor einen Karren hat spannen lassen, und ... einen Mister Unbekannt mit schrägem Spitznamen, dessen Vater ein paar Kokain-Plantagen in Mexiko besaß. Wow. Ich bin zutiefst beeindruckt. Kein Wunder, dass ihr es fast nicht geschafft hättet, auch nur *irgendetwas* zu erreichen.«

Nolan Seyward lacht laut, Scrilla schmunzelt, aber

Dean West verzieht nur argwöhnisch die Lippen. »Aufgeblasen ist er auch noch, prima. Und dann ausgerechnet an Thanksgiving. Warum konnten wir uns nicht an einem normalen Tag mit dem Mini-Prinzen verabreden?«

»Es reicht, Ly«, sagt Scrilla amüsiert. ›Lie‹ scheint sein Name zu sein. Was vielleicht unterstreicht, warum er einen Dachschaden hat. »Thanksgiving ist ein guter und unauffälliger Tag für so etwas.«

»Also, haben wir einen Deal oder nicht?«, frage ich, allmählich ungeduldig werdend.

Scrilla hebt die Hand und winkt mich zu sich, bevor er in das Innere der Yacht hinabsteigt. Ich folge ihm, nicht sicher, ob sie nicht doch planen, mich einfach umzubringen.

Diese Typen sind unberechenbar.

Scrilla öffnet mir eine Tür und lässt mich einen Blick auf die gelagerten Waffen werfen. Deckenhoch stapelt sich die nötige Ausrüstung für einen Kleinkrieg. »Ist es das, was du brauchst?«

ACHTZEHN

ROMEO

Ich bin fast versucht, so etwas wie innere Ruhe zu empfinden, als ich meine Jacke umlege, nach draußen in die Kälte trete und den Winter spüre, wie er sich mit großen Schritten nähert. Durch das dicke Glas der altmodischen Fenster beobachte ich Mable, Harper und die anderen dabei, wie sie sich am Schokoladenbrunnen bedienen.

Der so groß ist wie der ganze Couchtisch.

Es ist Thanksgiving.

Ein paar weitere Wochen, in denen alle Weaver glauben lassen, die schlimmen Zeiten wären vorüber, liegen hinter uns.

Es schmeckt nach Frieden.

Und mich stört es nicht einmal.

Ich schüttle mich, um den Gedanken wieder abzustreifen. Für mich gibt es keinen Frieden. Nichts von dem Zirkus, den Sylvian, Harper, Mable und abwechselnd Reece und Zayn im Kaminzimmer aufführen, ist echt. Die Lügen haben sich nur noch dichter gesponnen. Haben uns umwickelt wie ein fester Kokon eine Raupe.

Die Kühle herbeisehnend, die meinen Kopf klärt, zünde ich mir eine Zigarre an und wende mich von dem Anblick der Happily-ever-after-Zurschaustellung ab. Prompt wird die Tür hinter mir geöffnet und ich stöhne.

»Portcharles.« Harper lehnt sich neben mich an die Brüstung, den Ellenbogen auf den Stein gestützt und die Hand in die Hüfte gestemmt. Sie trägt nur das kurze Kleid, das so gut wie jedem Mann symbolisiert, dass er es einfach haben wird, ihre Löcher zu finden. Was nur keinerlei Wirkung bei den Kings zeigt, weil Weaver genau dasselbe anhat.

»Hol dir eine Jacke, Harper«, befehle ich und ziehe paffend an der Zigarre.

»Mir ist nicht kalt.«

Ich presse die Zähne zusammen. »Wenn ich dir sage …«

»Mir ist nicht kalt!«

Sie nervt mich unendlich. Während ich sie mit meinem tödlichen Blick abstrafe, ziehe ich meinen Reißverschluss auf, reiße mir die Jacke herunter und halte sie ihr hin.

Harper starrt darauf. »Ein echter Gentleman würde sie mir umlegen.«

»Schön für ihn. Ich bin eher der Typ, der dich in

eine *Zwangs*jacke steckt, wenn du nicht anfängst, zu tun, was ich sage.«

»Warum?«, fragt sie nachdenklich, während sie sich meine Jacke überzieht. »Was triggert dich daran, wenn ich meinen eigenen Willen habe? Wusstest du, dass Menschen einen besitzen?«

»Zufällig bin ich derjenige, der den freien Willen für gewöhnlich bricht. Soll ich bei dir anfangen, Mitchell?«

Sie verzieht die Lippen zu einer lächelnden Grimasse. »Ich habe drei Fragen an dich. Erstens: Ist Reece schizophren, oder warum habe ich das Gefühl, er ist nach jedem Klogang wie ausgewechselt? Und wenn er schizophren ist, kann Mable dann wirklich mit ihm glücklich werden?«

»Schizophrenie ist nicht die Krankheit, deren Namen du suchst«, erwidere ich stumpf. »Er ist eben vom Sternzeichen her Zwilling. Zwei Gesichter.«

»Ha ha, als ob du an Sternzeichen glaubst.«

»Das hat nichts mit Glauben zu tun. Sondern mit Forschung und Wissenschaft. Egal, weiter. Ergötze mich mit weiteren dämlichen Fragen, die einer Kingston-Studentin unwürdig sind.«

Harper lässt ihre Zunge zwischen den Lippen hervorgleiten und legt den Kopf schief. »Wann wirst du es ihm sagen?«

Ich verenge die Augen. »Geht es auch konkreter?«

»Wann wirst du Jaxon sagen, dass du ihn liebst?«

Ohne es zu wollen, schlucke ich und weiche ihrem

Blick aus. Fuck. Das ist nicht fair. Ich habe nicht damit gerechnet, jemals eine solch dumme Frage vor ausgerechnet der dümmlichsten Elite-Studentin überhaupt beantworten zu müssen. »Und was sollte das für einen Sinn haben?«, frage ich äußerlich gelassen. »Wenn es nicht so ist?«

»Wen von den Kings liebst du dann?«

Ich will sie würgen. »Geh wieder rein, Harper«, zische ich und wende mich ab.

»Okay, dann eine letzte Frage.«

»Das waren drei.«

»Ja ja, die eine zählt ja wohl nicht, und beantwortet hast du bisher auch keine einzige.«

»Ja, dann hoffe ich, dass du bei der letzten Frage mehr Glück hast, Mitchell«, entgegne ich zynisch.

»Willst du mit mir ausgehen?«

Ich verschlucke mich prustend an meiner Zigarre und starre sie an. Da steht sie, das Mädchen, das vermutlich zu den begehrenswertesten Junggesellinnen auf dem Campus gehört, auch wenn niemand sich an sie herantraut, nachdem sie mit Sylvian zusammen war. Als gehöre sie noch immer ihm, obwohl es dafür kein Gesetz gibt. Ich strenge mich an, zu erfassen, ob ich im Ansatz verstehen kann, was Männer an ihr finden, aber ich sehe nichts.

Nur Fleisch und Blut und einen tiefen Ausschnitt. Das, was mich noch nie angeturnt hat.

»Wohl kaum«, entgegne ich nüchtern. »Wenn du reingehst, lass meine Jacke hier.«

»Mann, Romeo, ich bin vielleicht nicht so schlau wie ein Bestnotenhirn wie du, aber mir ist schon klar, dass du mit *mir* nicht ausgehen willst. Ich meine kein Date. Also keines mit dir und mir.«

Oh Mann. Führe ich dieses lächerlichste Gespräch meines Lebens gerade wirklich? »Sondern«, frage ich mit jedem Desinteresse, das ich in meine Worte legen kann.

»Wir beide ...« Sie rückt näher und fasst nach meinem Unterarm. »Wir beide gehen aus.«

Ich versteife unter ihrer Berührung. Etwas hindert mich daran, sie zu verletzen, wie ich sonst in einer solchen Situation Menschen verletzt hätte. »Du wiederholst dich. Es wird dadurch nicht weniger dumm.«

»Erzähl es nicht Mable, aber ich habe mich letzte Woche mit einer getroffen.«

Alles in mir schrillt sofort Alarm. »Mit einer ... Frau?«, wage ich zu fragen.

Harper nickt eifrig.

Ich starre sie an.

»Aber ich bin hetero.« Sie seufzt und mein Puls beruhigt sich gerade rechtzeitig. Natürlich. Warum sollte ausgerechnet Harper eine Person sein, die auf das gleiche Geschlecht steht. Lächerlich. »Ich bin so verdammt hetero, ich wollte es selbst nicht glauben. Ich würde Mable jeden Tag abknutschen, logisch, aber mein Gegenüber muss einen Schwanz haben.«

»Tja, tut mir wirklich leid für dich«, bemerke ich zynisch, »aber ich stehe nicht zur Auswahl.«

»Mann, tu nicht so, als wäre ich notgeil. Dich zu ficken wäre genauso wie Mable zu vögeln. Es passt einfach nicht. Nichts! Du bist … du bist …«

»Schwul.«

Sie öffnet den Mund und ich lasse die Zigarre fallen.

Nein.

Nein, das habe ich nicht gesagt.

Fuck.

Meine Rüstung zerschellt am Boden, ich verliere mich in dem blanken Entsetzen, die Panik verdichtet sich zu einem Chaos und ich kann nicht mehr atmen. Sterben sollte ich. Verdammt. Es ist der einzige Ausweg. Der einzige Ausweg, wie ich für das bestraft werden kann, was ich bin.

Was mein Vater niemals wollte, das ich war.

Meine Mutter, die mich mein Leben lang zwang, zu tun, was Jungen tun.

Was Männer tun.

Was Männer tun *wollen.*

Ich habe das Wort entlassen, entlassen aus der am besten verwahrten und am tiefsten vergrabenen Truhe meines absolut sichersten Innersten. Sylvian hat mich vielleicht bereits durchschaut. Reece. Vance. Aber sie alle haben es nie gehört.

Sie haben nie gehört, wie ich es *zugebe.*

Zugebe, eine Schwuchtel zu sein.

Ein erbärmliches, nach Männerschwänzen gierendes Etwas, das die Bezeichnung Mann nicht im

Ansatz verdient.

»Wen von den Kings liebst du?«, fragt Harper wie aus weiter Ferne.

Ich presse die Zähne zusammen, spüre, wie jemand imaginär auf meine Kehle drückt. Liebe ist es nicht, das ich für Jaxon empfinde. Nicht mehr. Liebe ist etwas, das schmerzt. Zu tun, was Jaxon mich tun lassen will, ist nicht schmerzhaft. Ihm beim Ficken zuzusehen ist nicht schmerzhaft. Sein *Schatten* zu sein ist nicht schmerzhaft. Es ist das Gegenteil von Schmerz.

Es ist die Grundlage meiner Existenz.

Ich existiere schlicht nicht ganz, wenn ich es für jemand anderen tue. Und wenn ich nicht existiere, gibt es auch keinen Schmerz. Es ist sehr simpel. Etwas, das Harper niemals verstehen können wird. Sie ist zu einfach für alles, was ein bisschen Komplexität verlangt. Amabelle würde es vielleicht verstehen.

Nur sehe ich absolut keinen Grund, mit ihr darüber zu sprechen.

»Niemanden.«

»Sylvian?«

Ich presse die Augen zusammen, als der Sturm in mir hochgeschossen kommt. Meine Erinnerungen sind noch nicht tief genug verdrängt, um zu vergessen, was ich gedacht habe, als ich ihn zum ersten Mal sah. Was der kranke Teil meines Gehirns gedacht hat.

»Reece?«, flüstert Harper.

Um Halt zu finden, stütze ich mich mit beiden Händen auf der Balustrade auf. Zayn. Fucking Zayn

Crescent. Wie er Mable am Strand gefickt hat ... ich habe zugesehen ... ich ... »Noch ein Wort und ich bringe dich um.«

»Vance?«, haucht sie.

Meine Finger verkrampfen sich um den Stein. Alles in mir wird so hart, dass ein winziger Schlag ausreichen würde, damit ich zerschelle. Auseinandersplittere wie ein schlecht zusammengesetztes Glaskunstwerk. Plötzlich fühle ich mich durchsichtig und nackt. Und der Sturm, den Harpers Worte auslösen, fegt einfach ohne Widerstand durch mich hindurch und reißt meine Eingeweide mit sich.

»Vance?«, wiederholt Harper erstaunt.

»Es ist. Egal, wen du nennst.« Meine Stimme kommt so abgehackt wie ein Beil. »Es ist. Dass ...«

»Dass du es bisher immer unterdrückt hast. Du hast alle auf dem Campus glauben lassen, dass du ein ekliger Typ bist, der unwissenden Frauen beim Schlafen zusieht und sich dabei einen runterholt. Dabei war es nur ein Vorwand, damit die Kings nichts merken, oder?«

»Lass mich in Ruhe«, zische ich und bin nur noch wenige Reize davon entfernt, meine Finger um ihre Kehle zu legen und fest zuzudrücken. »Verschwinde!«

»Romeo«, sagt sie bestürzt und umfasst meinen Oberarm. »Ich mag dich! Bitte, lass mich eine Freundin sein.«

»Ich brauche keine Freunde.«

»Oh Mann, dann lass mich deine Feindin sein. Soll ich reingehen und es allen sagen?«

Ich fahre herum und starre sie an. Meine Hemmschwelle, sie zu töten, sinkt mit jedem weiteren Satz. Mit ihrem Tode würde mein Geheimnis zurück in seinen Kerker gesperrt werden. Es ist die einzige Möglichkeit.

»Schon gut, ich werde es niemandem sagen, weil ich nicht lebensmüde bin.« Sie lächelt mich liebevoll an. »Schau mal, wenn ich das richtig sehe, stehen wir ungefähr auf dieselbe Sorte Mann.«

»Was?!«, fahre ich sie fassungslos an. Wie kann sie so einen Bullshit hervorbringen?

»Vance.« Sie beißt sich auf die Unterlippe. »Mega scharf. Reece: ein Traum. Sylvian musste ich wie du nur ansehen und war ihm verfallen. Und dann Jaxon ... Gott, wenn er ein richtiger Arsch ist, also so richtig, dann beneide ich Mable, bis mir die Luft wegbleibt. Und kurz darauf bin ich wieder froh, dass sie sich opfert, um sich mit ihm herumzuschlagen.«

»Und was zur Hölle willst du mir mit all dieser Scheiße sagen, Mitchell?!«, knurre ich sie an.

Sie beugt sich zu mir vor und streichelt meinen Unterarm, als hätte sie endgültig alle Tassen verloren. »Du und ich gehen zusammen aus. Als ... *Freunde.*«

Mein Geduldsfaden reißt, ich richte mich auf, fasse nach ihrer Kehle und würge sie fest. »Was kapierst du eigentlich an meiner Abfuhr nicht?!«, zische ich ihr ins Gesicht.

»Als Freunde, du Emowrack!«

»Und was hätten wir davon, als *Freunde* auszugehen?«

»Wir suchen uns einen Kerl, der uns beiden gefällt.« Sie sagt es, als wäre es das Natürlichste auf der Welt. »Wie sie.« Harper nickt zu Mable, die neben Zayn auf dem Sofa sitzt, während Sylvian sich mit ihr lachend unterhält. Die Harmonie ist geradezu triefend kitschig. »Wir teilen uns einen Kerl.«

Sie muss es nur sagen und etwas regt sich zwischen meinen Lenden. »Sag das noch mal«, bringe ich hervor und lasse sie los.

»Ich wette mit dir, dort draußen gibt es genug Typen, die infrage kommen. Derjenige muss einfach nur richtig krass bi sein. Dann vögelt er uns beide. Ich will nicht mehr das Flittchen sein. Oder mich von einer emotional abhängigen Beziehung in die nächste stürzen. Ich will keinen Kerl vögeln, weil ich glaube, sonst alleine zu sein. Ich will all diesen ganzen leidigen, supernervigen Schmerz nicht mehr. Ich will einen Freund. Ich will einen Freund, der mir die dumme Jacke gibt und der sich um mich kümmert. Auf den ich mich zu hundert Prozent verlassen kann, ohne dass Sex oder Liebe jemals dazwischenkommt. Ich will mit dir ausgehen, Romeo. Weil ich weiß, dass wir genau darin gut wären. Du und ich wären die besten Verführer. Die verwegensten Aufreißer. Niemand wird uns nicht wollen. Bitte.«

»Wer zur Hölle hat dir jemals gesagt, dass auch ich

dich mag?«, frage ich gepresst und kann nichts dagegen tun, dass vor meinem inneren Auge Bilder aufblitzen, wie ich meinen Schwanz in den Arsch eines Kerls schiebe, der mit seinem Harper fickt. Es ist das abartigste Bild, das ich jemals zugelassen habe.

»Dass du mich tief in deinem Innern magst, steht auf deiner Stirn geschrieben, du kleiner Idiot.« Sie beugt sich vor, gibt mir einen schmatzigen Kuss auf die Wange und lächelt lasziv. »Das Wochenende nach den Thanksgivingferien?«

Mit dieser Frage tänzelt sie nach drinnen und winkt mir affektiert zu. »Schau mal, Vance ist gekommen. Wie süß!« Sie schließt die Tür hinter sich.

Das ist gut so, denn ich muss erst meinen Atem beruhigen. Einen Kerl zu ficken, der zuvor in einer Frau war, ist die Fantasie, die mich schon dazu gebracht hat, den Kings zuzusehen. Aber die Vorstellung, einen Kerl auch tatsächlich zu *dominieren*, der mir den Schwanz bläst, während er einen geblasen bekommt ... von einer Frau, nicht von einem anderen Kerl. Ich bin nicht der Typ, der gerne geteilt wird. Niemals.

Aber jemanden zu teilen ...

Harpers Angebot ist geradezu perfekt für mich.

Für einen Moment wird alles schwarz vor meinen Augen und ich verliere das Gleichgewicht. Als ich mich an der Brüstung aufrichte, lasse ich meinen Blick über den Seiteneingang der Verbindungsvilla schweifen.

Jaxon. Er steht im Schatten an die Hauswand gelehnt, die Arme vor der Brust verschränkt, und betrachtet das Schauspiel im Inneren des Kaminzimmers. Seine Augen gleiten zu mir, weil er bemerkt, dass ich ihn anstarre, und die Kälte, die darin zu sehen ist, leert meinen Kopf. Ohne ein weiteres Wort zu sagen, wendet er sich ab, schließt die Haustür auf und verschwindet nach drinnen.

Ich atme tief durch. Vermutlich sollte ich ihm nachgehen.

Obwohl es gerade fast greifbar scheint, meinen Platz im Schatten zu verlassen. Was, wenn es mehr für mich gibt, als dem Licht hinterherzukriechen?

NEUNZEHN

JAXON

Meine Hand liegt auf dem Glas meines Fensters. Draußen prasselt der Regen dagegen, es stürmt. Es hat gerade wieder angefangen. Und ich stehe hier, die Finger auf das Glas gestützt, versuche wieder zu Atem zu finden.

Es sind längst keine Gedanken mehr, die mich zerfetzen. Nicht einmal mehr Gefühle.

Sondern die Wahrheit.

Die Wahrheit, die tief in meine Seele dringt und das letzte Licht darin löscht.

Ich sehe sie noch immer vor mir.

Wie sie alle dasitzen.

Sylvian.

Fucking.

Mein.

Sylvian.

Zayn.

Zayn. An. Belles. Seite.

Romeo.

Wie er mit Harper spricht, als stünden sie sich näher als alle anderen.

Näher als mir.

Und dann Vance.

Wie er hereinkam und Belle gelächelt hat.

Wie er die verschissen lächerliche Packung Chips in die Höhe gehalten hat.

Wie Sylvian zu recht pissed fragte, was zur Hölle er hier will.

Zayn.

Der schief grinste und behauptete, er hätte ihn eingeladen.

Zayn fucking Crescent hätte Vance Bastard Buchanan eingeladen.

Meine Kehle ist so trocken wie Schmirgelpapier. Die Wahrheit knockt mich aus. Sie ist mein größter Feind geworden, schwebt über mir wie ein Schwert. Nur ein Wort, nur ein falsches Wort entfernt lebe ich am Rande meiner Existenz.

Ich bin so gut wie tot.

Und ich liebe sie so fucking sehr.

Es klopft an der Tür. »Lass mich allein, Romeo«, bringe ich ohne Stimme hervor, mit aller Härte, die ich mir abverlangen kann.

»Ich bin es.«

Schmerz durchbricht meine Brust. Wie soll ich die

Kraft finden, mich aufzurichten? Ich stehe am Fenster, als überlege ich, mich hinauszustürzen. Wer soll noch alles sehen, wie schwach ich geworden bin?

Meine Augen schließend, um mich zu konzentrieren, drehe ich mich um.

Belle steht vor mir wie ein scheues Reh. Sie trägt ein Kleid, das keines ist, und alles, was ich im ersten Moment von ihr wahrnehme, sind ihre prallen Titten. Ich spüre eine Macht in mir hervorkriechen. Eine Macht, die die Zerstörungswut für eine kurze Sekunde zusammenhält.

Ich greife bestimmt nach links, umfasse die Stuhllehne eines Stuhls und donnere ihn vor mir auf dem Boden. »Schließ die Tür und setz dich darauf.«

Sie wäre nicht die Frau, die jeder von uns begehrt, wenn sie zögern würde. Mit nervösen Schritten gehorcht sie und setzt sich schließlich.

»Öffne deine Beine«, verlange ich hart.

Sie sieht eingeschüchtert zu mir hoch und läuft rot an.

»Befrei deine Brüste.«

Belle schluckt, während sie das Kleid tiefer schiebt, sodass ihre Brüste rund und prall daraus hervorrutschen.

»Halt sie fest«, sage ich rau und trete vor sie, während ich meinen Gürtel löse. Sie öffnet bereits den Mund, aber ich schiebe ihr meinen Schwanz nicht in den Mund. Sondern zwischen ihre Brüste. Sie stöhnt überrascht auf, während ich mich zwischen ihre prallen Titten stoße. Ich reibe mich an ihrem festen Fleisch, bis ich steinhart bin, dann umfasse ich ihr Haar und zerre ihren Kopf nach unten, sodass sie meinen Schwanz für ein paar wenige Sekunden in den Mund nehmen darf, um ihn zu befeuchten.

Danach ficke ich weiter ihre Titten. Schiebe ihr einen Finger zwischen die Lippen, benetze damit ihre Brust. Ich weiß, dass ich sie noch auf andere Art brauche. Am liebsten würde ich sie mit nach unten zerren, auf dem Esstisch anketten, Vance zwingen, zuzusehen, und auch alle anderen Kings. Ich würde allen klarmachen, wem sie gehört.

Weil ich es kann.

Meine Gier ist unersättlich, aber gerade begnüge ich mich damit, ihre Brüste zu entjungfern. Belle sieht devot zu mir hoch und gibt mir damit den letzten Kick.

Ich sehe meiner Eichel dabei zu, wie sie immer wieder zwischen ihren prallen Titten hervorlugt, bevor sie wieder im zusammengepressten Fleisch verschwindet.

Belle stöhnt bei jedem meiner Stöße etwas lauter. Ich weiß, dass es sie anturnt. Selbst wenn sie nicht direkt stimuliert wird, macht es sie geil.

Wieder umfasse ich ihren Kopf, ramme mich dieses Mal etwas länger zwischen ihre Lippen und schiebe ihr meinen Schwanz bis zum Rachen. Sie würgt und quetscht mich damit aus. Ihre Zunge streicht gierig über meinen Schaft. Belle scheint geradezu nach meinem Samen auf ihren Lippen zu betteln.

Aber ich werde zwischen ihren Titten kommen. Sie hat dieses Kleid ja nicht ohne Grund angezogen. Meine Bewegungen gegen ihre Brust werden härter. Sie krallt ihre Finger fest ins Fleisch ihrer Titten, quetscht die Nippel zusammen und schließt ekstatisch die Augen, als ich abspritze.

Mein Samen schießt ihr bis zum Hals und läuft an ihr herunter. Ich lächle, weil sie jetzt markiert wurde. Von mir. *Was die Kings richtig ficken wird, die kleinen Bastarde.*

Nachdem ich ihr in beide Nippel gezwickt habe, schiebe ich ihr meinen Schwanz wieder in den Mund. Sie leckt den Rest Samen von meiner Spitze und saugt daran.

Ich bleibe vor ihr stehen und vögle sie noch eine ganze Weile weiter. Sie könnte mir stundenlang einen blasen und mir würde nicht langweilig werden.

Nur leider lässt irgendwann der reine Trieb nach und ich muss an die Situation im Kaminzimmer denken. Ich ziehe mich aus ihr zurück, schließe nach einer Weile den Gürtel. Belle steht auf und wird nervös, als sie nichts findet, um sich zu reinigen.

»Ich benutze dein Badezimmer«, murmelt sie und geht.

Mir bleiben ein paar Sekunden, um mir zu überlegen, ob ich sie fragen will. Zu zögern ist nicht meine Art. Aber die Wahrheit kann mich schlicht killen.

Ist es das wert?

Hast du ihn gefickt, Belle?

Ich stelle mich mit verschränkten Armen in die Badezimmertür und mustere sie. Es wäre zu gut, jetzt einem der anderen beim Sex mit ihr zuzusehen. So durch den Wind und angeheizt, wie sie vor meinem Waschtisch dasteht. Wenn Reece sich jetzt in sie schieben würde. Oder noch besser Sylvian. Beide, nacheinander. Im Wechsel, bis sie so wund ist, dass sie bei jedem einzelnen harten Stoß wimmert und dankbar dafür ist, dass sie auf den Boden sinken und jedem einen blasen darf, bis er auf ihrer Zunge kommt. Und sie wird nach mehr betteln. Sie wird unersättlich sein, wie immer. Wir würden sie zwischen uns holen, in die Dusche, und sie nacheinander spanken, bis ihre Haut rot glüht. Dann würden wir ihren Arsch weiten und jeder würde ihn langsam dehnen. Um ihn dann zu ficken, während wir sie an die Fliesen pressen und sie mit ihren freien Händen jeweils die Schwänze der anderen massiert. Alles an und in ihr wird voll mit unserem Sperma sein.

Sie wird nicht mehr atmen können vor Lust.

Wir werden sie nicht kommen lassen, kein einziges Mal.

Um sie dann zu packen, aufs Bett zu tragen und sie zu lecken.

Wir würden sie ins fucking Koma lecken.

Und sobald sie aufwacht.

Sobald ihre Wimpern nach dem Tiefschlaf zucken.

Würde ich sie mit meinem Schwanz im Mund wecken, sie ans Bett fesseln.

Und alles begänne von vorn.

Bis ich endlich genug habe.

Was niemals passieren wird.

Niemals.

»Was tut Vance hier?«, frage ich mit bröckelnder Selbstbeherrschung.

Belle sieht auf. Ein kleines, niedliches Pokerface aufgesetzt. »Zayn hat ihn eingeladen.«

»Aah, das erklärt gar nichts. Warum sollte Zayn das tun?«

»Sie sind Freunde.«

Ich verziehe höhnisch die Lippen. »Und ich bin ein Marsmensch.«

»Es ist komplizierter. Frag die beiden doch einfach?«

»Klar. Ich wollte es nur aus deinem Mund hören, falls du ihn gefickt hast.«

Sie zuckt zusammen. Und da kommt er, der Bruch. Ich glaube kaum, dass ich noch mehr ertrage. Aber da ist es. Es gibt noch ein weiteres Maß an Schmerz.

Eine noch höhere Liga.

»Zayn war da … es war … ziemlich emotional und …«

Mein Brustkorb geht in Flammen auf, und ich

spüre zum ersten Mal in meinem Leben den unbändigen Wunsch, eine Frau zu packen und zu verprügeln. *Damit du begreifst. Begreifst und einen Hauch von fucking Ahnung bekommst, was für ein Vulkan aus Schmerz in mir ausbricht. Du verdammte Hure.*

Nicht nur, dass du Vance gefickt hast!

Vance, der schon auf der Gala glaubte, mich ins Knie ficken zu können!

Nein!

Zayn hat es zugelassen.

Zayn, dem ich erst noch mein größtes Geheimnis anvertraut habe.

Ihr habt mich beide verraten.

Zayn und du.

Es ist, als würde mir jemand den Boden unter den Füßen wegziehen. Als würde das Universum brutal über mir zusammenbrechen und mich erschlagen. *Ich habe dich geliebt! Ich habe dich verschont! Ich war ehrlich zu dir, als ich dir sagte, warum ich dich heiraten will! Ich wollte dich heiraten! Ich! Du trägst meinen verschissenen Ring, die ganze hässliche Zeit über, weil Reece ihn bei unserem Kampf vom Boden aufgehoben hat, nachdem er mir aus der Tasche fiel! Es ist mein Ring! Und du hast diesen Ring getragen, während du für fucking Vance Buchanan die Beine breit gemacht hast!*

Du hast meine Seele bekommen! Mein fucking Selbst! Und dir fällt absolut nichts Besseres *ein, als sie in Stücke zu reißen.*

Du bist tot, Belle.

Du bist endgültig für mich gestorben.

Langsam, ganz langsam verziehe ich einen Mundwinkel. »Du hast ihn also gefickt?«

»Ich …« Ihre Atmung beschleunigt. »Ich dachte, du wüsstest längst davon, weil …«

Nein. Nicht noch ein Level. Nicht noch ein fucking Level höher.

»Romeo war da«, murmelt sie kleinlaut.

Mit diesen Worten erwischt sie mich so kalt, dass ich Halt suchen muss. Ich stütze mich an der Wand ab. Es ist, als hätte mir jemand die Haut abgezogen und würde mich in brennende Säure stellen. Die Welt kippt endgültig aus allen Fugen, und ich spüre so viel Hass und Zorn, dass ich für einen Moment nichts als rote Schlieren sehe, die sich über mein Blickfeld ziehen.

Meine fucking Finger zucken, und ich bringe die Worte hervor, als wären sie kein Teil von mir, sondern von dem schwarzen, modrigen Abgrund, der sich in meine Brust gefressen hat. »Schade, dass du damit sein Todesurteil unterzeichnet hast.«

»Was?«, keucht sie, aber ich habe mich schon aufgerichtet, auf dem Absatz kehrtgemacht und bin zu meinem Nachttisch gegangen. Ein grobes Ziehen, das Schubfach springt auf und ich greife nach der PPK.

»Nein! Jaxon!« Belle stürmt mir hinterher und krallt sich an meinem Arm fest, gerade als ich nach dem Schalldämpfer greife.

Ich stoße sie mit aller Wucht von mir, was sie taumeln und gegen die Wand knallen lässt. Meine Nerven liegen blank und alles in mir brennt bei dem Gedanken, Vance hätte sich Belle genommen. Zayn hätte es zugelassen.

Und Romeo hätte davon gewusst.

Kaum bin ich sie losgeworden, richte ich die Waffe auf sie. Wenn ich sie schon wegschleudere, als wäre sie wertloser Müll, kann ich es vielleicht auch einfach beenden.

Hier.

Jetzt.

Während ihre Augen voller Tränen sind, weil sie der Sturz für einen Moment körperlich zu kraftlos macht, um sich aufzurichten, ist sie ein leichtes Opfer.

Sie heult wegen Vance.

Wegen Zayn.

Wegen Romeo.

Weil sie sie alle mehr liebt als mich.

Zu Recht.

Zu Recht tut sie das.

Ein Damm bricht in mir, und ich bekomme keine Luft mehr, so eng wird meine Kehle, bis ich den Schmerz loslasse. Den kleinsten Teil davon zumindest, und es zulasse, dass ich vor ihr dastehe und alles vor meinen Augen verschwimmt.

»Bitte, bitte töte mich nicht.« Sie hat Todesangst und ich genieße diesen Moment. Er gibt mir so viel. So viel Macht zurück. So viel Beherrschung. Jede einzelne Sekunde hiervon lässt mich stärker fühlen. »Bitte, Jaxon«, wimmert sie.

Wenn du wüsstest, wie sehr ich dich liebe, hättest du keine Angst mehr.

Nicht ich würde dich vernichten.

Sondern du mich.

Und alles daran wäre richtig.

Im Gegensatz zu Vance bin ich ... bin ich ... Für einen Moment kann ich nichts mehr sehen, weil das Wasser meine Augen überspült. *Im Gegensatz zu ihm bin ich der Falsche. Er hat dir nie angetan, was ich dir angetan habe. Oder die anderen. Er war den Kings gegenüber loyal und hat dich trotzdem zu beschützen versucht.*

Er hat sich zurückgenommen.

Ein ganzes Scheißjahr lang hat er gewartet.

Er hat dich deine eigenen Entscheidungen treffen lassen.

Und dir alle falschen verziehen.

Er war geduldig. Er war ein Freund.

Er war immer für dich da.

Und er hat nie aufgehört, dich zu lieben. Hat nie die Hoffnung verloren, wie ich es getan habe.

Wie ich es jetzt tue.

Meine Hand mit der Waffe zittert.

Ich muss sie aufrecht halten, denn täte ich es nicht, würde Belle aufspringen und sich mir nähern. Sie würde versuchen, mir mit Nähe das zu geben, was nur Trennung uns geben kann.

Frieden.

Ihren Frieden.

»Wenn es etwas gibt, das ich tun kann«, wimmert sie. »Irgendetwas, das dich wissen lässt, dass ich dich niemals verraten wollte. Niemals auf ... diese Weise ...«

Ich neige den Kopf, weil ein Schütteln zu viel wäre. »Du hast deine Wahl getroffen, Belle.« Ich schiebe die Waffe in meinen Gürtel und gehe zur Tür.

»Nein. Nein, Jaxon.« Belle springt auf und hechtet mir hinterher. »Nein! Das kannst du nicht tun! Nein, bitte, Jaxon! Töte mich! Mich, aber niemanden von ihnen!«

Du bist so krank, dass ich dir am liebsten wirklich mit einer Kugel den Teil deines Gehirns wegblasen würde, der so eine Scheiße zu Worten formuliert.

»Jaxon!« Sie krallt sich wieder an mich, zerrt mich zurück.

Ich fahre zu ihr herum, fixiere ihre rehbraunen Augen. »Wag es ja nicht, mich aufzuhalten, Belle.«

Ich halte sie auf Abstand, indem ich die Tür öffne, und donnere sie vor ihrer Nase zu.

»Nein!«, schreit sie dahinter und schlägt auf das Holz ein, als sie bemerkt, wie flink ich von außen abgeschlossen habe. Praktischerweise haben alte Türen nicht nur alte Schlösser, sondern ausbruchsichere, integrierte Verriegelungen. »Nein, Jaxon! Nein! Nein, tu das nicht! Lass mich raus! Jaxon!«

Ich trage noch immer meine vom Regen nasse Kleidung, als ich den Flur entlangmarschiere. Den Schalldämpfer aufschraube. Das abgefuckte Gefühl genieße.

Ja, komm nur, komm, befalle mich. Du süßes Gefühl der Rache.

JAXON

Erinnerst du dich an meine ersten Worte, Belle?
Wer nicht lernt, wird bestraft.
Und du hast überhaupt nichts gelernt.

ZWANZIG

MABLE

Die Angst zerreißt mich wie ein Schwert. Es scheint, als würden zwei Teile von Mable versuchen, die Tür von innen zu öffnen. Die eine, die nicht mehr klar denken kann, die vor Kummer droht, selbst zu sterben, und die andere, die es gerade so schafft, sich auf den Stift in meiner Hand zu konzentrieren. Ich stochere damit im Schloss herum, bis ich aufgeben muss, weil Jaxon die Tür von außen verriegelt hat. Er hat mich eingesperrt.

Jeder Atemzug bringt mir den Tod näher. Wenn ich es nicht rechtzeitig schaffe, werde ich vielleicht ein Blutbad vorfinden.

Vance.

Am Boden.

Mehrere Schüsse in seiner Brust, in seinem Kopf.

Meinetwegen. Meinetwegen.

Romeo.

Romeo, wie er mit einem einzelnen Schuss sein

Leben ließ. Wie er dasitzt auf dem Sofa, erschlafft, fast friedlich.

Und Zayn.

Ich spüre Ohnmacht in mir aufkommen, als wäre es bereits passiert. Sein ebenmäßiges Gesicht, sein blauer klarer Blick. Verloschen. Seine Haut kalt.

Sein Puls vergangen.

Sein Lächeln verschwunden.

Ich würde da kauern, seinen Kopf in meinen Händen, und nichts, absolut nichts und niemand könnte jemals den Schmerz füllen. Es ist, als würde die Realität über mich einbrechen und jeden Rest der Blase zerstören, in der ich gelebt habe. Ich wäre beinahe gestorben. Es war so knapp. So real, so greifbar, so wirklich. Ein Leben vergeht wie ein Hauch. Die Seele auf der Durchreise. Und ich habe auch nur eine einzige Sekunde in dem Glauben leben können, wir wären außer Gefahr?

Dass mir nicht jemand das Wichtigste entreißen könnte?

Der Zirkel?

Der Hass der Kings?

Mein Verrat?

Meine unendliche Naivität, es würde niemanden stören, wenn ich sie alle betrüge?

Wie hätte ich reagiert, wenn Clarisse sich Jaxon genommen hätte? Oder Zayn?

Ich schnappe so heftig nach Luft, dass ich für

einen Moment auf den Boden zusammensinke. Wäre er so weit gegangen, hätte ich sie auch getötet.

Sofort.

Ich hätte ein Blutbad angerichtet, um sie einfach auszulöschen. Wegzuradieren. Wie konnte ich auch nur eine Sekunde meines Lebens glauben, den anderen Kings ginge es bezüglich Vance nicht so?

Mein Körper ist nicht mehr ganz da, als ich mich aufrichte. Ich muss einen anderen Weg hinausfinden. Der Balkon.

Ich öffne die Türen und werde sofort von einer Windbö erfasst, die mir kalten Regen ins Gesicht treibt. Schnell trete ich nach draußen und verfluche mich, weil ich nicht früher auf die Idee gekommen bin, über den Balkon zu fliehen. Es ist leicht, über das breite Vordach zu klettern, das sich schwungvoll um das steinerne Gebäude herumzieht, und ich habe wertvolle Sekunden verschenkt, indem ich versucht habe, das Schloss von Jaxons Tür zu öffnen.

Ich nehme mir einen Regenschirm mit, den Jaxon praktischerweise rumliegen hat, und lasse ihn geschlossen, während ich über die Brüstung klettere.

Der Regen kühlt mich, aber nach wie vor bewegt sich nur ein Teil von mir vorwärts.

Der andere hat schwer damit zu kämpfen, nicht aufzugeben, weil es eh zu spät sein wird.

Sie werden tot sein, wenn ich komme.

Einer von ihnen mindestens.

Ich laufe über die steinerne Umrandung des ersten Stocks, bis ich vor einem dunklen Zimmer ankomme. Da Thanksgiving ist, ist die Villa wie ausgestorben. Nur die Kings, Harper und ich haben uns entschieden, zu bleiben.

Um den Campus für uns zu haben.

Was für ein Irrweg.

Ich schlage mit der Spitze des Regenschirms das Glas des Fensters ein und greife durch das Loch, um es zu öffnen. Meine Füße landen in der Dunkelheit auf Teppich und ich taste nach dem Lichtschalter einer kleinen Schreibtischlampe. Ich befinde mich in einem Verbindungszimmer der anderen Studenten, stürme zur Tür und begreife mein Glück kaum, als sie sich von innen genauso öffnen lässt, obwohl sie von außen verschlossen wurde.

Sofort sprinte ich los durch den riesigen Flur, die breite Wendeltreppe hinunter, und komme atemlos im Kaminzimmer an.

»Was soll das heißen, du bist zu seinen verfickten Spielen gegangen?! Was läuft hier, Zayn?!«

Vance steht aufrecht vor Reece. Schnell zähle ich durch. Zayn, am Leben. Sylvian, am Leben. Harper, existiert. Romeo. Nichts ist geschehen.

Absolut nichts.

Mein tödliches Glück kaum fassend rase ich auf Vance zu und umschlinge ihn. »Du lebst, oh Gott.« Alle Tränen brechen sich Bahn, und für einen Moment heule ich so laut, dass ich nichts um mich herum mitbekomme. Ich küsse seine Wangen, presse mich mit allem an ihn, das ich besitze. Er lebt.

Er lebt, er lebt, er lebt.

Bevor ich überhaupt feststellen kann, wie er auf mich reagiert, wirble ich schon herum und falle Zayn um den Hals. Er sinkt im Stehen zurück, weil ich ihn mit einer solchen Wucht treffe. Ihn küsse ich noch einmal mehr. Seinen Hals, seine Ohren, seine Brust, alles. Er lebt.

Sie leben.

Sie sind nicht tot.

Sie existieren.

Es ist, als müsse ich dennoch jedes bisschen von ihnen einsaugen, weil es jederzeit anders kommen könnte. Weil es jederzeit vorbei sein kann.

Ich bin geradezu hysterisch vor Angst, dass sie mir jemand wegnehmen könnte.

Es muss nicht einmal Jaxon sein.

Es könnte auch bei einem Unfall passieren.

Einem Unfall, wie er täglich Tausenden Menschen passiert.

In diesem Moment begreife ich erst, was Liebe ist. Sie ist so stark, dass man Angst hat, sich ihr ganz hinzugeben. Weil der Verlust einen töten wird.

»Was ist passiert?«, fragt Sylvian und reißt mich von Zayn fort. Sein Griff ist hart, seine Augen scharf gestellt.

»Jaxon.« Ich drehe mich um, blicke zur Tür und hechte wieder auf Vance zu, stelle mich vor ihn, sodass es schwieriger wird, ihn zu erschießen. »War er gar nicht hier?«

»Jaxon?«, fragt Reece. »Er ist seit einer Woche zu Hause.«

Sylvian ist mir nachgegangen und packt mich umso fester. »Was ist passiert?«, zischt er mich an. »Wieso stellst du dich vor Vance, als würde dein mickriger Körper ihn vor einem Angreifer beschützen können?«

Mein Atem kommt bebend. »Jaxon. Er war oben und hat eine Waffe und … sagte, er wolle Vance töten.«

Alle Kings verharren für eine geschlagene Sekunde. Dann greift Sylvian an seinen Rücken und zieht eine Pistole. »Türen sichern. Fensterläden. Reece auf Romeo, Harper auf den Boden.«

Harper keucht auf, als Romeo sie vom Sofa zum Boden stößt und kurz darauf die Arme hebt, weil Reece mit einer solchen Präzision auf seine Brust zielt, dass ich nach Luft schnappe.

»Zayn, entwaffne ihn«, befiehlt Reece seinem Bruder.

Zayn hat ebenfalls eine Waffe gezogen und hält sie locker auf den Boden gerichtet. »Von Romeo geht keine Gefahr aus.«

»Tu, was ich sage«, zischt Reece.

Romeo lässt zu, wie Zayn sich ihm genervt stöhnend nähert und die Waffe aus seiner Tasche zieht.

»Gib sie Vance«, befiehlt Sylvian, der zur Tür gegangen ist, wachsam, wie ein Soldat, und sie von innen verschließt. Dann schiebt er zusätzlich einen Stuhl davor und verkeilt ihn.

Zayn hält Vance die Waffe entgegen.

Er greift danach.

»Vance, an die Tür, bereithalten«, befiehlt Sylvian weiter. »Romeo ...« Sylvian dreht sich um und fixiert Zayn. »Warum geht von ihm keine Gefahr aus? Was weißt du, was wir nicht wissen?«

»Habe jemandem geschworen, nichts zu sagen, aber ihr könnt mir auch einfach so glauben.«

»Du naiver Pisser!«, knurrt Sylvian. »Komm hierher und sichere die Fenster.«

Zayn geht zu ihm und setzt sich auf die Fensterbank, um durch einen Spalt in den altmodischen Fensterläden den Garten draußen beobachten zu können.

»Gut.« Reece lässt die Waffe weiterhin auf Romeo gerichtet. »Drei Männer könnten es schaffen, ihn zu fesseln.«

»Was zur Hölle habt ihr vor?«, fragt Harper gekrümmt vom Boden aus.

»Halt die Scheißklappe, Mitchell«, knurrt Romeo. »Ihr müsst mich nicht fesseln. Jaxon wird auch mich töten wollen, wenn Weaver ihm gesagt hat, dass ich dabei war.«

»Wo dabei?«, fragt Reece misstrauisch.

»Ah, sorry, none of my business«, erwidert Romeo zynisch.

»Was soll das heißen?!«, fährt Reece ihn an.

Sylvian ist mitten im Raum stehen geblieben und

mustert mich düster. »Woher wusstest du, dass Jaxon überhaupt hier ist? Was hast du in seinem Zimmer verloren gehabt? Du wolltest nur zur Toilette gehen, Mable.«

Harper schaut hektisch zwischen den Zwillingen hin und her, als könne sie nicht glauben, dass sie zwei vor sich sieht. Irgendetwas muss passiert sein, dass Reece entschied, seine Deckung aufzugeben.

»Ich habe einen Schatten beim Fenster gesehen«, erkläre ich schnell, »und bin meiner Intuition gefolgt. Auch weil Romeo verändert war, als er wieder reinkam. Er hat Jaxon gesehen, schätze ich.«

Reece lacht. »Und dann hast du dich einfach, einfach so mit einer Lüge davongeschlichen? Du hast dir gedacht, was ist schon das Problem? Wieso gehe ich nicht nachschauen, was mein Mörder gerade so tut?«

»Er ist nicht mein Mörder!«, fahre ich ihn an.

»Ach ja?!«, ruft er. »Aber er könnte es werden, wenn er das nächste Mal trifft und keine zehn elitären Ärzte in ihren Anzügen und Abendkleidern bei dir sind, um dich zu retten!«

»Es ist nicht das erste Mal, dass wir uns sehen! Wenn es ihm so sehr darum ginge, mich zu erschießen, hätte er es längst getan!«

»Ach ja? Von welchen heimlichen Dates weiß ich noch nichts?«, spuckt Reece.

»Ich habe ihr meinen Schlüssel zur Bibliothek gegeben«, erklärt Zayn tonlos.

»Was?!«, fährt Reece seinen Bruder an.

»Jaxon hat nicht auf mich geschossen!«, halte ich gegen Reece an.

Reece fixiert mich wieder. »Ich habe *seine Augen gesehen*, Mable. Wir alle *wissen*, dass Jaxon es war.«

Meine Lippen beben. »Und wenn es so ist, kann ich ihm verzeihen.«

Ich begegne Zayns Blick, der kurz in meine Richtung sieht, bevor er sich wieder abwendet. Mir ist klar, dass es ihn verletzt. Ihn verletzt es, dass ich Jaxon genauso liebe wie ihn. Aber ich kann nichts gegen diese Gefühle tun. Nichts davon steuere ich bewusst.

»Wenn du weißt, dass es Jaxon war, warum zielst du dann auf mich?«, fragt Romeo ironisch.

Reece verzieht die Lippen. »Nimm Harper und verschwinde.«

»Danke, ich bleibe lieber hier. Ohne meinen Scharfsinn seid ihr Tyrell ausgeliefert wie eine Horde Schafe.«

»Verschwinde mit Harper, Romeo!«, blafft Sylvian. »Bring sie weg von hier. Sie hat genug gesehen. Sei nicht *dumm*, nur weil du mal ein Mädchen nicht killen willst.«

Romeo rollt mit den Augen. »Da ist sie ja zum Glück nicht die Erste, sonst wären beide längst tot.« Er lächelt kalt in meine Richtung, bevor er Harper die Hand anbietet und sie in den Stand zieht. »Darf ich mich beim Rausgehen wenigstens bewaffnen?«

»Nein«, presst Reece hervor.

»Alles klar, es war großartig, eure hässlichen Gesichter ein letztes Mal gesehen zu haben.« Romeo geht zur Tür und Harper folgt ihm, nicht ohne sich zu mir umzudrehen.

»Du wusstest«, sie zeigt gestört gestikulierend auf Zayn und Reece, »das? Die, äh, ganze Zeit, und wieso, habt ... und wer ist ...«

Romeo umschließt ihren Hals, als würde er nach einem störrischen Tier greifen, und zerrt sie daran mit sich. »Genug Fragen gestellt, Mitchell.« Sie verlassen das Zimmer und Vance schließt die Tür hinter ihnen.

»Du auch.« Sylvian wirkt körperlich wie ein Bogen gespannt.

»Nein!«, keuche ich und laufe auf Vance zu, der schon die Tür geöffnet hat. »Nein, du darfst da nicht rausgehen! Er wird dich töten! Jaxon wird dich töten!«

Sylvians Wut schlägt mir wellenförmig entgegen, als er auf mich zutritt. »Romeo wird er auch töten, wenn er will, Amabelle«, knurrt er mit einer solchen Schlagkraft, dass ich vor ihm zurückweiche. »Geben wir ihnen die Chance, sich zu verteidigen.« Sylvian drückt Vance seine Waffe in die Hand, sodass er nun zwei trägt. »Außerdem kann ich dann sicher sein, dass Romeo nicht mit einer Überraschungsgranate zurückkommt.«

»Nein, bitte.« Tränen quellen mir aus den Augen hervor, aber Vance nickt mir stärkend zu.

»Uns wird nichts passieren. Romeo will genauso wenig sterben wie ich. Das macht uns zu guten Partnern.« Damit geht er hinaus, und ich heule noch lauter, weil ich Angst um Romeo habe und um Vance, und es natürlich besser ist, wenn beide bewaffnet sind, aber es auch wesentlich gefährlicher ist, als wenn sie alle einfach hiergeblieben wären.

Sylvian schließt die Tür hinter ihm, verriegelt sie wieder und stützt sich mit der Hand dagegen, als hätte ihn das alles erschöpft. Stattdessen scheint er nur zu versuchen, den Zorn in seinem Innern zu kontrollieren.

»Reece«, bringt er hervor.

»Ja?«

»Halte mich davon ab. Halte mich auf.« Sylvians Atem geht heftig.

»Ich will dich nicht von irgendetwas abhalten«, entgegnet Reece gelassen. »Alles, was du tun willst, ist genau nach meinem Geschmack.«

Es ist, als hätte Reece mit diesen Worten einen Schuss abgefeuert, der Sylvian trifft und ihn wie ein Tier in Tollwut rasend macht.

Er reißt den Kopf wie ein Wolf in den Nacken, springt auf und umschließt meine Kehle, während er mich an die Wand donnert. Ich bekomme keine Luft mehr und versuche seine Hände zu lösen, weil das alles ist, was ich im Todeskampf tun kann.

»Sylvian, verdammt!«, schreit Zayn, wird aber von seinem Bruder zurückgehalten, der mich boshaft anlächelt.

Dann verschleiern mir wieder Tränen die Sicht.

»Du«, zischt Sylvian mich an, »nein. Nein, ihr

beide. Ihr zwei verlogenen, kleinen Rotznasen. Ihr *beide*«, er spuckt das Wort, »habt so wenig Respekt vor den Gefühlen anderer, dass ihr eine gewaltige Erinnerung daran braucht, was es bedeutet, eine Dame zu sein.«

»Bitte, Sy«, ruft Zayn gequält.

»Sei still«, zischt Reece ihn an, und ich sehe zwischen meinen aufgeschwemmten Wimpern, wie Zayn zusammenzuckt und nachgibt. Er hört auf Reece. Dafür liebe ich ihn. Ich kann ihm keinen Vorwurf machen.

Sylvian würgt mich noch fester, sein ganzer Zorn kommt über mich, und ich kämpfe nicht gegen den Schmerz und die Atemnot an. Wenn er mich töten will, soll er es tun.

Ich würde durch die Hand jedes einzelnen Kings sterben, wenn es sein muss.

Als mir bereits schwindelig wird, lässt er mich los und ich sinke zu Boden.

Reece kommt über mich, packt mich am Arm und zerrt mich mit sich. Er lässt mich mitten auf dem Teppich los, schutzlos ohne Möbelstück, ohne Wand in meiner Nähe, und schubst Zayn brutal in meine Richtung.

Dieser stolpert und kauert sich direkt neben mich, fasst nach meiner Hand.

»Süß.« Sylvian umkreist uns und grinst Reece schäbig zu. »Was für ein niedliches, verliebtes Paar.«

Reece lacht spöttisch und bleibt vor uns aufgerichtet stehen. »Wer glaubt ihr eigentlich, wer ihr seid.« Seine Worte sind nicht als Frage formuliert, sondern als rhetorische Feststellung. »Ich habe euch alles gegeben. Habe alles möglich gemacht, damit ihr in Frieden und Sicherheit leben könnt. Ich habe unsere gesamte *Familie* auf Spiel gesetzt, als ich dich befreit habe, Zayn. Und dich …« Er spuckt vor mir auf die Füße. »Ich habe mich mit dir verlobt, obwohl du nichts bist. Obwohl es unfassbar peinlich für mich geworden wäre, wenn rauskommt, dass unsere Verlobung wieder aufgelöst wird. Denn davon bin ich ausgegangen, dass wir es für den Zirkel tun. Bis du dann darum gebeten hast, dass es *echt* ist.« Er macht einen großen Schritt auf mich zu. »Aber wenn es echt gewesen wäre, Mable«, brüllt er, »fragt man dann nicht seinen verfickten Verlobten, bevor man 'nen anderen Kerl vögelt?! Oder *warte*, LÄSST MAN SICH VIELLEICHT EINFACH GAR NICHT VON WEM ANDERS FICKEN?!«

Ich kralle mich in Zayns Hand fest und beginne zu zittern.

»Es ist alles meine Schuld, Bro«, sagt Zayn hilflos. »Du kannst ihr keinen …«

Er verstummt, als Reece sich ihm zuwendet. Sein Blick ist messerscharf und ich habe noch nie so viel Angst vor ihm gehabt. »Ja?«, fragt Reece plötzlich wieder vollkommen gelassen. »Hat Vanci-Boy sie vergewaltigt, während du ihm geholfen hast? Möchtest du mir das sagen, liebster Bruder? Oder habt ihr doch auf Amabelles Einwilligung gewartet, hm?«

Zayn schluckt.

Sylvian gesellt sich neben Reece. Er wirkt, wenn überhaupt möglich, noch gefährlicher als Reece. Seine Augen liegen in Schatten da, seine freigelegten Tattoos schimmern im Licht. »Nein, weißt du …« Sylvians Lippen verziehen sich zu einem diabolischen Lächeln. »Sie sind einfach Kinder. Zwei kleine, naive, dumme Kinder. Zayn sieht, was um uns herum geschieht, aber er kneift einfach die Augen zu, und Mable glaubt noch immer, sie müsse keine Angst vor uns haben. Wie kann man … Wie kann man so unfassbar *dreist* sein, uns zu betrügen und Vance einfach hierher einzuladen? Was muss alles falsch laufen, damit man so weit geht? Wie sehr … muss man uns verarschen wollen?«

Reece' Kiefer verspannt sich und ein Nerv unterhalb seines Auges zuckt. »Ihr habt beide, *beide,* keine beschissene Ahnung davon, dass ich *jeden einzelnen* Tag mit der Angst lebe, euch zu verlieren. Jeden Tag, wenn Mable in die Vorlesungen gegangen ist. Jeden einzelnen Tag, selbst wenn ich bei ihr war. Wie kann man … wie kann man so fucking respektlos sein … angefangen damit, dass du ihr einfach die Möglichkeit lässt, mit Jaxon zu sprechen!«

»Mann, sie hat gelitten!«, ruft Zayn zu ihm hoch. »Ich musste ihr den Schlüssel geben. Ich musste ihr die Möglichkeit lassen, selbst zu entscheiden!«

»Ja?!«, donnert Reece. »Weil du noch immer willst, dass sie tot ist?!«

»Weil ich will, dass sie glücklich ist!«

Sylvian legt eine Hand auf Reece' Schulter. »Er will es nicht verstehen. Er wird es nicht verstehen. Er ist zu krank, um es zu verstehen. Schick ihn weg.«

»Nein«, keuche ich und halte ihn fest.

Sylvian lächelt schmal. »Glaub mir, Baby, ich werde dich sicher nicht mehr um Erlaubnis bitten. Es ist das, was du auch nicht tust. Du *akzeptierst* schlicht keine Grenzen. Wie unser kleiner Zayn. Der Rachel sogar noch gefickt hat, *nachdem* sie dich zwingen wollte, sich zu prostituieren.«

»Sei nicht albern, Mann«, zischt Zayn, »ihr habt Mable gefickt und ich habe mir heimlich einen dabei runtergeholt.«

Reece atmet gespielt erleichtert aus. »Wow, wenigstens ein dummer Fehler auf deiner Liste weniger.«

»Hört auf, okay?«, fragt Zayn leise. »Wir haben Scheiße gebaut, ich weiß. Ich bin nicht der perfekte Bruder, das weiß ich auch. Aber wir alle lieben sie. Hört bitte auf, sie zu verletzen.«

Alles an Reece wird starr und kalt. »Zu spät. Was auch immer das zu bedeuten hat, ich will es nicht mehr wissen.«

»Nein, Bro«, fleht Zayn. »Bitte, gib mir eine Chance ...«

»Du hattest alle Chancen der Welt, Zayn«, entgegnet Reece tonlos. »Ich habe meine *Existenz* mit dir geteilt. Das war die größte Chance, die du hattest. Ich habe mit dir *alles* geteilt, obwohl nicht ich derjenige von uns bin, der in einer Psychiatrie verwahrt werden sollte. Ich wurde zu dir, damit du nicht nur ich sein musstest. Bin mit dir verschmolzen und habe dich geliebt. So unendlich geliebt. Und du schaffst es nicht ...« Seine Stimme verliert an Kraft. »Du schafft es nicht, mich vorher zu fragen, ob irgendein Typ Mable ficken kann? Du schafft es nicht, mir zu sagen, dass euch irgendeine ... Freundschaft oder was auch immer verbindet, und glaubst dann, du könntest einfach weiter schweigen? Bis ich deinen Verrat erst in dem Moment erfahren muss, als Mable hysterisch Vance' um den Hals fällt, weil sie davon ausgeht, dass Jaxon ihn killen will. Dafür, dass er in ihr war. Wann auch immer das warum passiert ist. Ich weiß es nicht einmal. Es ist mir auch egal. Geh mir aus den Augen.«

»Bro ...« Zayn ist komplett leise geworden.

»Es ist ...«, beginne ich, doch Zayn bringt mich mit einer Handbewegung zum Schweigen.

»Nein, das ist mein Part. Ich hatte Angst. Angst davor, dass passieren würde, was jetzt passiert.«

»Dass passieren würde, was jetzt passiert?!«, fährt Reece ihn an. »Du meinst, dass du mich vier Jahre lang anlügst und das irgendwann rauskommt?! Dass du Mable den fucking Schlüssel zu dem Raum gibst, in dem Jaxon seine Zeit verbringt?«

»Ja. Dass du mich wegschickst. Weil ich nicht so scheißegeil perfekt sein kann wie du.«

»Ich bin nicht perfekt!«, brüllt Reece ihn an und die Worte hallen im Raum wider. »Wenn ich *perfekt* wäre, hättest *du* keine Angst vor mir! Ich wollte nie, dass du mich als etwas *Besseres* siehst, oder als fucking Vorbild. Alles, was ich verdammt noch mal wollte …« Er wendet sich ab. »Fuck. Ist …«, murmelt er und reibt sich übers Gesicht, während er die Waffe noch in der Hand hält. »Ist, dass wir zusammen sind.«

Tränen laufen mir über die Wangen.

»Das ist alles, was ich jemals wollte. Ich wollte, dass du bei mir bist und es bleibst. Ich wollte, dass nichts, absolut nichts uns jemals wieder voneinander trennt. Deswegen sollte es nie auch nur das kleinste Geheimnis geben. Nicht den geringsten Fehler nach außen, den wir uns erlauben. Deswegen … Deswegen habe ich es Jaxon erzählt. Deswegen sind wir zu Kings geworden. Damit sie uns helfen. Damit Jaxon und Romeo uns mit ihrer Art, die Menschen zu manipulieren, helfen, das Zwillingsspiel zu perfektionieren. Ich wollte dir ein Leben geben, das lebenswert ist. Freunde, die dich beschützen. Die uns schützen. Lag ich die ganze Zeit falsch?« Er dreht sich wieder zu Zayn um. Sein Gesicht weiß und kalt. »Ist es nicht das, was du wolltest?«

»Doch, ich liebe uns, Bro«, sagt Zayn erstickt. »Aber manchmal … Manchmal muss ich einfach Zayn sein. Und nicht Crescent.«

Sylvian hebt die Brauen, aber von Reece kommt keine Reaktion mehr.

»Warum dürfen alle Fehler machen, nur ich nicht?«, frage ich die beiden leise.

Sylvian und Reece sehen mich an.

»Niemand von euch ist perfekt oder fehlerlos. Ganz im Gegenteil, ihr erinnert mich tagtäglich daran, dass ich euch eigentlich nicht lieben dürfte. Und nur weil ich mein Herz nicht beeinflussen kann und Jaxon genauso brauche wie euch, weil ich Vance genauso verfallen bin wie allen Kings, dann glaubt ihr, es ist in Ordnung, mich dafür derart abzustrafen?«

Niemand von ihnen antwortet.

»Darum geht es nicht«, flüstert Zayn an meiner Seite. »Wir alle wissen, dass wir eigentlich Bastarde sind und nichts von dir verdienen. Aber jeder von uns hat Angst. So wie du. Als wir dachten, du könntest es vielleicht nicht mehr schaffen, hat sich diese Angst wie ... wie ein Geschwür in unsere Körper gesetzt. Wir rechnen jeden Tag damit, dass es uns noch mal geschieht.«

»Weswegen es absolut Sinn macht, ihr den Schlüssel zu geben«, spottet Reece verletzt.

»Ja, das war vielleicht dumm, aber ich lag richtig, okay? Jaxon hat sie nicht killen wollen.«

»Und das weißt du woher?«, fragt Sylvian trocken.

»Er hat es mir gesagt.«

Reece und Sylvian werfen sich einen Blick zu.

»Du hast nicht *seine eigenen* Augen gesehen, Reece.«

Reece schüttelt den Kopf. »Du bist erst wieder

mein Bruder, wenn du aufhörst, Geheimnisse vor mir zu haben.«

»Sag das bitte nicht, Reece«, flehe ich, weil ich Zayns Schmerz körperlich in mir selbst spüre.

Reece wendet sich an mich. Seine blauen Augen sind klar, und ich spüre all die Schuld, die durch seinen Blick auf mich fällt. »Warum?«, fragt er stimmlos. »Warum musstest du mich so sehr verletzen, Mable?«

Er steckt die Waffe zurück in seinen Gürtel und verlässt den Raum.

Meine zugeschnürte Kehle lässt mich nicht sprechen, und er geht, bevor ich ihm eine Antwort geben kann. Es gibt auch keine Antwort. Ich bin schwach. Ich bereue nichts. Wenn Reece nicht akzeptieren kann, dass ich ähnlich triebgesteuert bin wie sein Bruder, muss ich es hinnehmen. Die Wahrheit zu leben fühlt sich besser an, auch wenn sie mehr schmerzt.

»Ich geh ihm nach«, murmelt Zayn, richtet sich auf und wendet sich zur Tür.

»Warte.« Sylvian betrachtet ihn aufmerksam. »Jaxon.«

»Er wird mir nichts tun.« Damit geht Zayn hinaus und wirft die Tür hinter sich zu.

Ich atme bebend aus, Sylvian ein.

»Baby, Baby«, sagt er seufzend und geht vor mir in die Hocke. Er streicht mit einem Daumen über meine feuchte Wange. »Wann wirst du endlich lernen, dass du ein Lamm im Löwenkäfig bist?«

»Ich liebe sie alle«, wispere ich. »Zayn, Vance ... Jaxon. Ich will nicht ohne sie sein. Es geht nicht. Ich muss um sie kämpfen, wie ich um dich gekämpft habe.«

»Verstehe.« Sylvian lächelt schief. »Aber es wäre an der Zeit, dass du eine Sache begreifst.«

Ich schlucke.

»So, wie du dich vorhin gefühlt hast. Als du nicht wusstest, ob es Zayn, Vance, Romeo gut geht, so geht es uns jeden Tag. Wir atmen nicht mehr ohne Sorge. Wir reden nicht mehr, außer über dich. Die Gefahr um dich ist so viel akuter und präsenter, als dir bewusst ist. Es mag dir vorgekommen sein wie ein Watteschloss, das wir dir die letzten Monate ermöglicht haben. Weil wir gute Lügner sind. Sehr, sehr gute Lügner. Weil wir dich glauben lassen, dein Leben könne ganz normal weitergehen. Damit es dir gut geht. Für diesen Moment. Du glücklich sein darfst, weil dein Leben morgen schon vorbei sein könnte. Es ist das, was du tun würdest, wärest du an unserer Stelle. Du würdest wollen, dass jeder von uns glücklich ist, anstatt in Angst vor dem Tod zu leben. Und dir dieses Gefühl von Sicherheit zu ermöglichen, obwohl nichts sicher ist, erfordert viele Opfer. Mich kannst du nicht treffen. Du könntest die ganze Welt vögeln, und ich würde nicht aufhören, dich zu lieben. Aber nicht jeder ist so stark wie ich. Vermutlich keiner von ihnen bis auf Vance selbst. Sie brauchen etwas zurück. Du willst, dass du uns vertrauen kannst, also müssen wir *dir* vertrauen können. Du willst, dass wir dich respektieren, also respektiere *du* uns. Wir sind keine Gegner mehr, das weißt du doch, Baby? Jeder von uns ist allein an deinem Wohl interessiert. Auch Jaxon, wie es scheint. Entscheide dich, ob du bereit bist, eine Beziehung zu führen. Mit uns allen. Und dann halte dich an die Regeln, die eine Beziehung für gewöhnlich mit sich bringt.«

»Du verurteilst mich nicht?«

»Dass du Vance gefickt hast?«

Ich zucke zusammen, weil seine Stimme plötzlich scharf klingt.

»Nimm dir, was du brauchst«, sagt er mit einem schiefen Lächeln. »Ich kann dir schlecht etwas beibringen und dich dann dafür verurteilen, wenn du es anwendest. Mir geht es mehr darum, dass ich auf diese Weise davon erfahren musste. Das ist ein ... Vertrauensbruch, den ich dir verzeihen kann, aber ich bin ich. Und die anderen sind die anderen. Weißt du, Baby ...« Er fährt mit der Hand durch mein Haar und streicht über meinen Hals. »Wenn es nicht Zayn gewesen wäre und nicht Vance, dann wäre der Kerl, der dich angerührt hat, jetzt wirklich tot. Denk bitte daran, dass du jemandes Todesurteil unterschreibst, nur weil du deine Lust nicht beherrschen kannst. Wir werden jeden töten, der sich nimmt, was uns gehört.« Sein Daumen streift meine Unterlippe, bevor er sich aufrichtet. »Du schläfst heute Nacht bei mir.«

EINUNDZWANZIG

JAXON

Ich bin bis unter die Zähne bewaffnet. Zehn meiner Soldaten stürmen vor mir den Keller. Im Gegensatz zu ihnen trage ich keine volle Montur. Nicht einmal eine schusssichere Weste. Ich habe keine Zeit gehabt, mir eine umzulegen, und keine Kraft.

Wenn ich heute Nacht erschossen werde, dann will ich sterben.

Als Märtyrer.

Der Kellerraum ist relativ spärlich bewacht. Zwei Sicherheitsmänner besetzen die Türen und sind tot, bevor sie Alarm schlagen können.

So leicht, so gut.

Ich stoße tiefer in das Gebäude vor. Unter ganz Kingston breitet sich eine riesige Unterwelt aus. Gänge, Verliese, Hallen, Lernräume, sogar Vorlesungssäle. Ein Gang führt von unserem Verbindungshaus bis zum Zentrum der Universität. Es ist eine Welt für sich, die der Zirkel hier nutzt.

Im Verborgenen.

Im Schatten.

Ein paar meiner Soldaten treten die Tür zu einem Saal auf. Interessiert betrete ich ihn und lese, was an der altmodischen Tafel steht. Wie ich es mir gedacht habe, lehrt der Zirkel seinen Studenten kein Wissen, das man in Lehrbüchern finden würde.

Es geht um die absolut tiefsten Ebenen der Gewaltmonopole, der Kriegsführung, der Wirtschaftsmanipulation, der Propaganda und wie man sich an der Spitze all dieser Instrumente hält. Ein Raum weiter öffnet sich ein riesiges Fernseharchiv. Medien. Ein weiterer Punkt, den es zu beherrschen, zu kontrollieren gilt, damit verborgen bleibt, worüber nicht berichtet werden darf.

Die Gänge sind nur matt beleuchtet. Ich frage mich, wie viel verschiedene Gänge die Kings bereits gesehen haben. Da sie nur noch zur Show an Mastervorlesungen teilnehmen und die hauptsächliche Ausbildung hier im Keller erhalten, werden sie sich wie ich umgesehen haben.

Wir stoßen tiefer und mein Trupp endet vor einer Tür.

Ein digitales Code-Schloss. Natürlich weiß ich die Zahlen nicht, aber Scrilla und sein nerviger Freund Dean West haben mir gezeigt, mit welcher Technik ich es knacken kann.

Nachdem ich das System ausgetrickst habe, springt die Tür auf.

»Ihr bleibt hier«, befehle ich.

»Bist du sicher?« Irene mustert mich besorgt.

Sie liebt mich.

Es war leicht.

Ich lächle ihr zu. »Ja, ihr wisst, warum ihr hier seid.« Mit diesen Worten trete ich durch die Tür und schließe die anderen hinter mir aus. Wenn der Zirkel mit mehr Wachpersonal anrückt und die Eindringlinge des mickrigen Widerstands in die Enge treiben will, werden sie leider alle sterben.

Schade.

Bis dahin haben sie hoffentlich ein paar Brände gelegt und für das nötige Ablenkungsmanöver gesorgt, das ich benötige, um zu tun, weshalb ich gekommen bin.

Ich trete durch die Torbögen des Kellerraumes, die vor vielen Jahrhunderten errichtet wurden, und finde schließlich eine Zelle, die belegt ist. Mit meiner Taschenlampe leuchte ich in den Raum und versteife, als der Mann darin aufrecht dasteht, als hätte er bereits auf mich gewartet.

»Jaxon ... Tyrell.« Er lächelt. Erst jetzt fällt mir auf, dass er sich mit einer Krücke aufrecht hält. »Wie komme ich zu dieser freudigen Ehre?«

Ich strahle ihm mitten ins Gesicht. Der Zirkel bestraft Verräter mit etwas Schlimmerem als dem Tod. Und genauso sieht der Mann aus. Als würde er in dem unerträglichen Zwischenleben von Tod und Hölle gefangen gehalten. Seine Zelle besteht aus einem Bett, einem Kühlschrank, einer offenen Toilette und einem Waschbecken. Wäre ich hier drin gefangen, würde ich es aushalten, nicht aufzugeben?

»Warum wolltest du, dass keine der Stipendiaten, vor allem aber nicht Amabelle, noch studiert, wenn ich meinen Abschluss erreiche?«

»Deswegen kommst du hierher?«, fragt der Mann lachend. Ich hatte einmal Respekt vor ihm, hielt ihn für ein Mitglied des Zirkels. Aber eigentlich habe ich keine Ahnung, wer er wirklich ist. »Du riskierst dein Leben, dringst hier ein, um mir eine solche Frage zu stellen?«

»Ich will es wissen«, zische ich.

»Na ja, ich denke ... Du wärst nicht hier, wenn du es nicht wenigstens *ahnen* würdest, nicht wahr, Jaxon?«

Ich umfasse das Gitter und strahle ihm weiter mitten ins Gesicht. Versuche die Worte hervorzubringen. Die Worte, weswegen ich die Waffe in der Hand halte. Weswegen ich Patronen in meine Taschen gesteckt habe, ein Halfter umgelegt, Messer am Gürtel. Ich weiß nicht, was ich mir erhoffe. Und wie ich reagieren werde, wenn ich die Wahrheit erfahre. Aber ich will auf alles vorbereitet sein.

»Warum sollte ich wollen, dass niemand dir den Platz nimmt?«, fragt er rhetorisch. »Schon gar nicht deine leidige Halbschwester?«

»Sie ist nicht mit mir verwandt«, presse ich hervor.

»Nein? Hat Romeo dir erzählt, was dein Vater dem Zirkel offenbart hat? Böser, böser Romeo. Nie hätte ich geglaubt, dass er wirklich zu dir hält. Ich hätte mir viel weniger Sorgen gemacht, hätte ich davon gewusst, dass er jedes einzelne Mal für dich lügt, wenn der Zirkel ihn ausfragt.«

»Warum?«, zische ich durch die Gitter.

»Es ist ganz leicht, Jaxon. Durch die Heirat deiner Eltern sind die vererbbaren Plätze verschmolzen. Die wahre Blutlinie interessiert nicht. Es ist reine Familiensache, an wen sie einen Platz vererben. Die leiblichen Kinder haben Vorrang, aber bitte erklär mir, wie sollte man das Thema bei euch lösen? Sie ist eine Tyrell, du ein Kingston. Euer Anspruch ist gleichwertig. Und daher entscheidet – wie bei allen leiblichen Geschwistern auch –, wer sich während seiner Zeit in Kingston am besten benimmt und die besseren Noten hat. Leider ist sie sehr klug, und du bist sehr dumm, weil du ausgerechnet sie liebst. Sie wird dich mit Leichtigkeit übertreffen.«

»Sie wird mich gar nicht übertreffen *wollen*«, zische ich. »Alles, worum ich sie von Anfang an hätte bitten müssen, ist, nicht perfekt zu sein. Sie wird es noch jetzt für mich tun. Das weiß ich. Solange sie in Kingston studieren kann, ist sie glücklich.«

»Du bist naiv«, lacht der Fremde. Ein Großteil seiner Zähne fehlt ihm. Der Zirkel wird dafür sorgen, dass er alle verliert. »Amabelle Weaver mag auf den ersten Blick wie eine fromme Studentin wirken, die einen merkwürdigen Männergeschmack pflegt. Aber wenn ihr einmal klar wird, wie *mächtig* sie als eine Tyrell ist, wird sie diesen Weg gehen wollen. Sie wird den *Zirkel verändern wollen,* so wie du. Sie wird es aber auf *ihre eigene Art* machen, auf die Art, mit der sie scheitert, außer es geschieht ein Wunder. Wie dem auch sei, sie würde weder ihre Prüfungen schlechter abschließen noch den Platz im Zirkel verweigern. Denn das, was du hier unten siehst, ist, wie du sicher auch weißt, nur ein kleiner Teil vom großen Ganzen. Der Zirkel *ist* das Werkzeug zur neuen Welt. *Sie* wird es verstehen. Und nicht aus Neid und Missgunst ein paar Kinder dazu bringen, ihr Leben zu riskieren, um hier einzudringen. Oh, glaub mir, Tyrell-Blut ist wahrhaft kämpferisch veranlagt. Du hast keine Chance gegen sie. Nicht mehr.«

»Wie kam es dazu, dass meine Mutter diesen Wichser geheiratet hat?«, zische ich.

Der Fremde lacht wieder. »Na, sie wurde schwanger, Jaxon, und sie brauchte einen passenden Vater. Tyrell wurde von seiner Familie gezwungen, weil die Tyrells schon seit Jahrzehnten darauf warten, zum amerikanischen Adel dazugezählt zu werden. Also heiratete deine Mom Tyrell und er pflegte heimlich weiter die Beziehung zu einer vollkommen normalen, lächerlich langweiligen Frau. Als sie schwanger wurde, versuchte er, ihr ein Leben zu bieten. Für sie und seine Tochter, in die er von Anfang an vernarrt war. Bis seine Familie dahinterkam. Die Tyrells taten ... was sie immer tun, und Samuel schaffte es gerade rechtzeitig, die Spuren seiner kleinen heimlichen Familie zu verwischen, bevor diese Schande einfach ausgelöscht worden wäre. Er verwischte die Spuren so gut, dass er sie selbst nicht mehr fand.«

»Was soll das heißen?«

»Es brauchte Jahre, bis Tyrell seine Affäre und Tochter ausfindig machte. Und als er es tat, musste er feststellen, dass seine heilige Erbin in schäbigster Armut wohnt. Und noch viel schlimmer: die Frau, die er einst liebte, drohte ihm, wenn sie mitbekommen würde, dass er sich auch nur mit einem einzigen Dollar oder gar echter Zuwendung zurück in ihr Leben drängt, nun ja ... Sie drohte ihm wohl glaubwürdig genug, sodass er sie in Ruhe ließ. Als Tyrell feststellte, dass seine Tochter nach ihm kam, klug war und mutig, platzierte er Privatlehrer in ihren Schulen, die sie verdeckt und ganz speziell förderten, wie es normalerweise nur an elitären Internaten geschieht. Diese Lehrer überzeugten die kleine Amabelle davon, sich in Kingston zu bewerben, und der Rest ... Na ja, den Rest kennst du. Dein Stiefvater gründete das Stipendiatenprogramm, um die Spuren weiterhin verschwommen zu halten. Und ich? Tja, ich wusste ja auch nicht, welches von den vielen Kindern eine Gefahr für dich war. Also machte ich dir weis, dass du sie einfach *alle* eliminieren musst. Heimlich, versteht sich. Tyrell sollte denken, seine

Tochter oder sein Sohn wären auf natürlichem Wege gescheitert.«

»Warum ich? Warum hast du dich nicht um diese Drecksarbeit gekümmert?«

»Es waren zwei Fliegen mit einer Klappe. Einerseits wusste ich, wie viel Anerkennung es dir im Zirkel bringen würde, das unbeliebte Stipendiatenprogramm deines eigenen Vaters auf diese Weise zum Scheitern zu bringen, andererseits bin ich von uns beiden nicht derjenige, der sich den Platz im Zirkel verdienen muss. Das darf deine Aufgabe bleiben. Ich war nur der Strippenzieher von ein paar wenigen Dingen im Hintergrund.«

»Und ab welchem Zeitpunkt wusstest du mehr über das Ganze?«, frage ich ohne jede Emotion.

»Erst, als Harper Mitchell ins Spiel kam. Das war einfach zu offensichtlich. Außerdem fiel mir auf, dass Sylvian Silvano mehr wissen musste. Aber über ihn mehr zu erfahren, erschien mir zu heikel. Er wäre sofort misstrauisch geworden. Also betrieb ich eigene Nachforschungen. Ich reiste durch das halbe Land, um Hinweise in den Landsitzen deiner Familie zu finden, Jaxon. So, wie es Sylvian einst getan haben muss, sonst hätte er es nicht in Erfahrung gebracht, nicht wahr?«

»Und wer bist du?« Eigentlich will ich diese Antwort nicht hören. Ich will, dass er lügt. Dass er schweigt. Dass er stirbt, bevor er es mir sagen kann. *Er soll sterben und die Wahrheit mit ins Grab nehmen.*

Vielleicht bin ich hier, um ihn zu erschießen, Belle. Das ist es, was ich tun muss. Das Leid beenden, das nur seinetwegen überhaupt begonnen hat.

Weil er der größte Verräter überhaupt ist.

Er hat mich schon verraten, als wir beide nicht einmal existierten.

Der Fremde neigt den Kopf und lächelt mich schief an. »Wolltest du das wirklich in Erfahrung bringen, mein Sohn?«

Ende Band 6

DANKSAGUNG

Für deine Lesertreue möchte ich mich ganz besonders bedanken.

Meinen Korrektorinnen: Hannah und Katja.

Meinen Testleserheldinnen: Fatos, Daphne, Nessie, Sandra, Madeleine, Anne, Bella, Christin, Julia A., Julia und Maria.

Meinem Federherzteam.

Bis zum nächsten Band!

PERSONENVERZEICHNIS

DIE KINGS

JAXON TYRELL

Erbe der Kingston-Linie (mütterlicherseits)
Sein Vater hat die Stiftung gegründet, die die Stipendien finanziert
Steht deswegen auf Kriegsfuß mit seinem Vater und will das Stipendiatenprogramm zum Scheitern bringen

SYLVIAN SILVANO

Finanziert sein Studium durch den Verkauf von Drogen
Erbe einer einflussreichen Mafia-Familie, zu der er keinen Kontakt hat

REECE CRESCENT
Milliardenerbe einer Textilkette, Halbschwede
Hat seinen Bruder aus der Psychiatrie befreit

ZAYN
?

ROMEO PORTCHARLES
Jaxons ›Schatten‹
Befolgt Jaxons (teils grausame) Befehle, gilt auf dem Campus als ›Freak‹

DER CAMPUS

AMABELLE WEAVER
Wird von (fast) allen Mable genannt, hat ein Stipendium in Kingston erhalten, wohnt mit ihrer Mutter und ihrer jüngeren Schwester Olive in einem Trailerpark

HARPER MITCHELL
Mables Freundin; Tochter von Robert Mitchell, Richter am Obersten Gerichtshof

CLARISSE CUNNINGHAM
Reiches It-Girl und Jaxons ehemalige On-off-Freundin, früher Harpers beste Freundin

VANCE BUCHANAN

Erfolgreicher Football-Spieler und ›Handlanger‹ für die Kings, ebenfalls Stipendiat aus dem ersten Jahr (war Zayns ›Bauer‹ im Schachspiel)

PROFESSOR GOLDMAN

Professor für Philosophie

HILBREDGE

Versuchte Mable zu nötigen und wurde von Jaxon aufgehalten

DAS CROWNS

Studentenbar auf dem Campus, geführt von der Verbindung der Kings

ALPHA REX

Verbindung der Kings

ALPHA REGINA

Verbindung von Clarisse

WEITERE STIPENDIATINNEN:

Lien, Rachel (ausgeschieden), Brittany, Kady (ausgeschieden)

OFF-CAMPUS

ELEANORE
Ehemalige Stipendiatin und Sylvians ›Dame‹, die im Schachspiel verloren hat
War beim Anschlag auf die Elite beteiligt und wird von den Kings vorerst sicher ›verwahrt‹, damit sie nichts über die Kings beim FBI preisgibt

IRENE
Eleanores Schwester, die auf Rache schwört

DAS SCHACHSPIEL

Die Kings spielen mit den Stipendiaten Schach. Die fünf Frauen und fünf Männer werden zu ›Damen‹ und ›Bauern‹ ernannt. Jeder King erhält eine ›Dame‹ und einen ›Bauern‹. Derjenige, dessen Dame bis zuletzt am Campus studiert (und nicht von den anderen ›geschlagen‹ wird), gewinnt.
Das Schachspiel wurde in Mables Jahr zu einer offenen ›Arena‹ verändert und ist seit Mables zweitem Semester ausgesetzt.

DER ZIRKEL

Geheimorganisation, die ihre Wurzeln in Kingston hat. So gut wie jede Spitzenposition in den USA wird durch ein Zirkelmitglied besetzt. Damit ist diese Organisation sehr machtvoll.

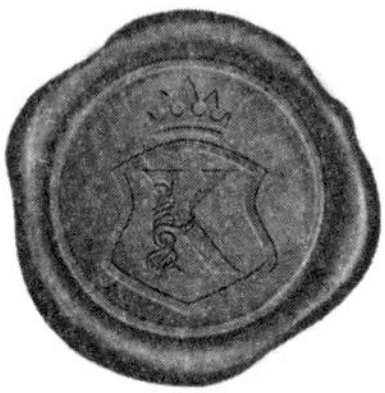

VERPASSE NICHT DIE
MEGA-BESTSELLER-REIHE!

DUNKLE ROMANTIK &
ATEMBERAUBENDE SPANNUNG!

CATCHING Beauty

WARNUNG

Sobald du die erste Seite aufschlägst, wirst du gefangen sein. Daher ist es auch völlig überflüssig, dir vorher Warnhinweise mit auf den Weg zu geben oder dir zu erklären, worum es geht. Mach dich auf vieles gefasst, aber verliere nicht den Glauben ans Gute. Denn letztendlich ist es nur ein Buch. Im allerschlimmsten Moment kannst du es auch einfach zuschlagen. Sollten deine Hände nicht gefesselt sein.

DARK ROMANCE

DU SEHNST DICH NACH *der Dunkelheit?*

AUCH ALS HÖRBUCH

Du hast gehofft,
ich wäre der Retter in edler
Rüstung, der dich aus dem
Gefängnis befreit, in das sie dich
verschleppt haben.
Der bin ich nicht.
Ich bin nur ein Arschloch, das
grundsätzlich seine eigenen Ziele
verfolgt, und ich genieße es zu sehr,
wie du dich gegen mich zur Wehr
setzt. Aber dein Widerstand bricht.
Du ahnst längst, dass dir gefallen
wird, was ich mit dir vorhabe, oder?
Dass die Angst dich zwar erzittern
lassen wird, aber auch deine
dunkelste Sehnsucht weckt?
Die werde ich wecken.
Du wirst vor Angst zittern.
Und ich behalte dich.

Oh, hast du etwa geglaubt,
ich ließe dich entkommen?
Niedlich.

BAD PRINCE

ÜBERALL IM HANDEL BESTELLBAR!

BAD PRINCE: ROYALES SPIEL 978-3-96111-826-7
BAD PRINCE: ROYALE FLUCHT 978-3-96111-793-2

TAUCHE EIN INS ROYALE ENGLAND VOLLER INTRIGEN UND GEFAHR

SIE

Man hat mir meine Identität gestohlen und mich gezwungen, mich in die Royal Family einzuschleusen. Ich habe keine andere Wahl, als zu lügen.
Auch nicht, als ich dem arroganten und viel zu attraktiven britischen Prinzen begegne und mein gesamter Körper in seiner Gegenwart entflammt.
Mein Geheimnis muss eines bleiben.
Nur leider ist der Prinz nicht mein einziges Problem. Jemand ist hinter mir her und er wird nicht ruhen, bis er hat, wonach er sucht, oder sich an mir rächen konnte …

Reich, privilegiert, gutaussehend und gelangweilt.
Der britische Prinz Chester vertreibt sich seine freie Zeit mit ausschweifenden Partys, illegalen Autorennen und wechselt die berühmten Schönheiten an seiner Seite wie Maßanzüge. Er und Prinzessin Rosaline wissen, wie sie sich abseits der royalen Etikette und der Adleraugen der Queen amüsieren können. Doch dann verändert ein schicksalhaftes Ereignis alles und die Royals sind gezwungen, ihr ruchloses Leben aufzugeben – bis ihre adelige Cousine Violet in ihr Leben platzt und dieses auf den Kopf stellt.

Wer ist sie wirklich?
Sind ihre Geheimnisse gefährlicher, als es den Anschein erweckt?
Oder ist alles nur ein Spiel?

EIN DÜSTERER FREMDER.
EIN GEFÄHRLICHER ROAD TRIP.
DAS ENDE DEINER FREIHEIT.

Hardcover mit Schutzumschlag
ISBN: 978-3966987561

Du hast keine Ahnung, was dich erwartet, als du vor mich trittst und mich ansiehst, als wäre ich ein heißer One-Night-Stand.
Ich werde dich enttäuschen, Kleines. Ich habe nicht vor, dich zu vögeln. Du bist in meine Fänge geraten, weil ich es wollte. Du wirst mir gehören, weil nur ich darüber entscheide, ob du lebst oder stirbst.
Vielleicht werde ich anfangs nett sein. Vielleicht spreche ich dir Warnungen aus. Vielleicht will ich nicht, dass du zerbrichst.
Aber nichts wird dich vor dem Monster in mir beschützen können.
Nicht einmal ich selbst.
Warum bist du nicht gelaufen,
als du es noch konntest?

DÜSTER EROTISCH ROYAL

Die erfolgreiche Dark Romance-Reihe,
die tausende Leser begeistern konnte!

London. Heute. Abseits vom Piccadilly Circus.

Florence hat immer für eine bessere Zukunft gekämpft und nichts getan, das diese gefährden könnte. Doch als ihr jüngerer Bruder in die Drogenszene gerät, sieht sie sich gezwungen, ihn mit allen Mitteln daraus zu befreien. Dabei trifft sie auf einen gefährlichen Unbekannten, der den gesamten Londoner Schwarzmarkt beherrscht. Er ist jung – und verdammt gutaussehend – und passt so gar nicht in die düstere Welt der Vorstädte rund um London, in der sie aufgewachsen ist. Was ist sein Geheimnis? Welche Rolle spielt sein treuer Freund Davies? Und was geschieht, wenn sie der dunklen Anziehungskraft des Dark Prince' verfällt und dabei in einen Strudel aus Gefahr und Lust gerät?

DARK PRINCE 1-6 ALS EBOOK UND TASCHENBUCH

EIN PRINZ ZWISCHEN TAG UND NACHT
EINE SCHWARZE PRINZESSIN, DIE IHREN BRUDER RETTEN MUSS
UND EINE ENGLISCHE KÖNIGSFAMILIE MIT GEFÄHRLICHEN GEHEIMNISSEN

ER WIRD DIR DEIN

HERZ

stehlen

... ABER NICHT AUF
DIE ART, DIE DU DIR
erhoffst.

Der Chirurg

Man sagt, ich bin der heißeste Chirurg an Floridas Ostküste. Genauso arrogant wie begnadet. Dazu berufen, Leben zu retten und die Frauen, die bei mir Schlange stehen, nicht lange warten zu lassen. Doch das ist nicht alles, wozu ich fähig bin. Denn genauso oft, wie ich die Leben meiner Patienten rette, entreiße ich es ihnen auch wieder, um ihre Organe auf dem Schwarzmarkt zu verkaufen.

Die Krankenschwester

Ich will ihn nicht mögen. Dr. Kane bekommt mit seinem charmanten Lächeln jede ins Bett und ich werde mich nicht einreihen. Allerdings finde ich etwas über ihn heraus, das mir gefährlich werden könnte, und mein Pokerface ist nicht gut genug, um es vor ihm zu verbergen. Er setzt alles ein, um mic zu verführen. Ich muss ihm widerstehen. Denn wenn er mich bekommt, wird er mir das Herz stehlen ... Und damit meine ic das Organ, das mich am Leben hält. Wortwörtlich.

IN SICH ABGESCHLOSSENER DARK ROMANCE
EINZELBAND MIT HAPPY END-GARANTIE!

Meine Bücher und Produkte gibt es zukünftig im:

www.wondaversum.de

Weil bei den Büchern der Very Bad Kings Reihe das Verlagslogo zukünftig nicht mehr auf dem Buchrücken zu finden sein wird, könnt ihr euch im Shop des WondaVersums ab 2023 kostenlos Sticker bestellen, die eure Bücher wieder vereinheitlichen. Danke für euer Verständnis.